DES MEURTRES POUR RETROUVER SON CALME

LES MEURTRES ZEN

KARSTEN DUSSE

TOME 3

DES MEURTRES POUR RETROUVER SON CALME

ROMAN

Traduit de l'allemand par Jenny Bussek

le cherche midi

Du même auteur
au Cherche Midi

Des meurtres qui font du bien, 2022
Des meurtres pour lâcher prise, 2023

Directeur de collection : Arnaud Hofmarcher

Titre original : *Achtsam morden am Rande der Welt*
Éditeur original : Wilhelm Heyne Verlag

Conception graphique : Justine Dupré
Dépôt légal : novembre 2023
ISBN 978-2-7491-7672-7

Vous pouvez consulter notre catalogue général
et l'annonce de nos prochaines parutions sur notre site :
www.cherche-midi.com

92, avenue de France – 75013 Paris

À Lina

SOMMAIRE

Prologue 11

1. La purification de l'âme 15
2. Proximité et distance 27
3. Les désagréments 35
4. Les initiatives personnelles 45
5. Quand la pleine conscience devient une arme 53
6. Les inspirations 69
7. Partir en pèlerinage 77
8. Les conséquences 87
9. La crise de la quarantaine 97
10. Le chemin de Compostelle 105
11. Les bagages 113
12. Le tourbillon de pensées 119
13. Saint-Jean-Pied-de-Port 133
14. Les questions 141
15. Les rencontres 149
16. Par monts et par vaux 161
17. Les relations personnelles 173
18. Minimiser 185
19. Le temps 191
20. Orisson 197
21. Dîner 207
22. Faire preuve de discernement 215

23. Chercher 225
24. Les noms 231
25. Le col d'Ibañeta 243
26. Reculer 253
27. Les résolutions 261
28. Pampelune 267
29. Les soucis 277
30. Se venger 287
31. L'hystérie 295
32. La colère 303
33. Irache 309
34. Le défi du pèlerinage 317
35. L'obscurité 325
36. Foncebadón 331
37. La sagesse 341
38. Mosaïques 347
39. La *Cruz de Ferro* 355
40. Saint-Jacques-de-Compostelle 363
41. Au bout du monde 369

Remerciements 383

PROLOGUE

« Toute personne qui naît doit mourir. Voilà qui est extraordinairement apaisant. Au lieu de nous préoccuper chaque jour du moment de notre mort, nous pourrions aussi prendre plaisir chaque jour à nous occuper du reste de notre vie. »

Joschka BREITNER
En chemin vers le Moi –
le pèlerinage, un voyage vers soi-même

Nous venions de parcourir côte à côte trois kilomètres du chemin de Compostelle, en silence et dans un état méditatif, quand, tout à coup, la tête du procureur explosa en un nuage rosé.

Je n'entendis le coup de feu que quelques fractions de seconde plus tard.

Ce qui avait été le réceptacle des pensées de mon compagnon de randonnée mouchetait désormais la housse de pluie de son sac à dos et une portion du pèlerinage de Saint-Jacques-de-Compostelle proche du col d'Ibañeta, non loin de Roncevaux.

À l'instant où le projectile avait transpercé son crâne, quelque chose m'avait traversé la tête à moi aussi. Une révélation : *le pèlerinage, ça fonctionne !*

La deuxième étape du Camino Francés à peine entamée, le procureur avait trouvé la paix. De façon peu pacifique, certes, mais quand même. Des mois de souffrance et d'attente angoissée que son cancer l'emporte lui avaient été épargnés. Il venait de mettre ça derrière lui.

Pour moi, en revanche, le chemin était encore très long.

Sur la route de Saint-Jacques-de-Compostelle, j'avais prévu de me concentrer sur trois questions simples :

Quel est le sens de l'existence ?

Quel est mon rapport à la mort ?

De quoi ai-je réellement besoin pour m'épanouir dans la vie ?

Deux autres questions non moins cruciales pour mon avenir venaient de s'y ajouter inopinément :

Qui avait tiré ?

Et pourquoi quelqu'un irait-il assassiner un procureur qui n'avait de toute façon plus longtemps à vivre ?

À bien y réfléchir, il n'y avait pas de réponse sensée à cette dernière interrogation.

1

LA PURIFICATION DE L'ÂME

« Il y a une différence fondamentale entre le soin de vos dents et celui de votre âme. Si vous oubliez de vous brosser les dents, cela empoisonnera d'abord les autres. »

Joschka BREITNER
En chemin vers le Moi –
le pèlerinage, un voyage vers soi-même

Je préfère être honnête d'entrée de jeu : je n'ai jamais été fan de pèlerinages.

Pour moi, les pèlerins, c'étaient des gens avec des problèmes de luxe et des vêtements multifonctions. Les gens qui pouvaient se permettre, un chapeau de soleil vissé sur la tête, de partir plusieurs semaines en randonnée à travers l'Espagne pour aller à la rencontre d'eux-mêmes n'avaient – c'est le moins qu'on puisse dire – pas de problèmes aussi banals que la gestion d'un cabinet d'avocat à concilier avec la charge d'un enfant. Pour pouvoir faire un pèlerinage contre sa détresse psychique, il fallait d'abord avoir du temps et des moyens.

Dans la première partie de ma vie, l'idée que la famille et le travail pouvaient être non pas un frein mais une bonne raison de partir en pèlerinage ne m'était jamais venue à l'esprit. Ce jour-là, en sonnant à la porte de mon thérapeute Joschka Breitner, je ne soupçonnais pas encore que, passé quarante-cinq ans, cela pourrait changer.

Il fut un temps où je considérais que les thérapeutes étaient à peu près aussi utiles que les professeurs de golf qui corrigent des déficiences plutôt secondaires au quotidien. Mais c'était avant de connaître Joschka Breitner. Parce que Katharina, la mère de ma fille et ma femme à l'époque, m'avait forcé à me détendre.

Joschka Breitner me familiarisa avec la pleine conscience et ô miracle : grâce à celle-ci, je pus résoudre les trois types de difficultés qui se posent dans la vie d'un homme. Celles que j'avais déjà depuis longtemps. Celles dont j'ignorais l'existence. Et celles qui surgissaient quotidiennement dans ma vie.

M. Breitner et la pleine conscience avaient changé ma vie. Désormais, j'allais chez mon thérapeute comme la plupart des hommes vont chez le coiffeur : pas pour innover mais pour garder la même tête. J'éprouvais une certaine satisfaction intérieure ou le sentiment d'avoir, pour l'essentiel, trouvé ma place.

Je menais une vie réglée. J'avais une relation merveilleuse avec ma fille de cinq ans et mes rapports avec mon ex-femme étaient détendus. J'entretenais même une relation cordiale avec le nouveau compagnon de celle-ci. En outre, j'avais des revenus plus que suffisants sans que cela me coûtât trop d'efforts. Et jusqu'à cette séance de coaching, je ne m'étais jamais demandé si les mots « réglée », « merveilleuse », « détendus », « cordiale » et « sans trop d'efforts » suffisaient à résumer ce que je devais attendre de la vie.

Mes entretiens thérapeutiques avec M. Breitner une fois par mois étaient une sorte de détartrage de l'âme.

Si on laisse passer trop de temps entre deux détartrages, on finit par ressentir des aspérités désagréables sur les dents de devant. Ces aspérités doivent alors être éliminées.

Pour mon âme, le processus était similaire.

À ceci près qu'entre deux séances de coaching, l'élimination en pleine conscience des aspérités de mon âme avait coupé court à la vie de huit personnes. Ce dont Joschka Breitner ignorait tout. Les morts qui m'accompagnaient étaient en quelque sorte la conséquence logique de ses enseignements. Pas leur cause.

Les séances de thérapie ne s'étaient pas seulement muées en une agréable routine. Elles servaient aussi à prévenir la calcification de mon âme. Ainsi, personne n'avait été menacé de mort ces derniers temps. Or je n'imaginais pas qu'elles pourraient conduire un jour à la découverte d'une dent complètement creuse.

J'arrivais régulièrement et en toute décontraction chez Joschka Breitner avec dix minutes d'avance sur mon rendez-vous de dix-sept heures trente. Pour constater à chaque fois qu'il n'y avait plus de place de parking pour mon Land Rover Defender légèrement surdimensionné dans le quartier Art nouveau où se trouvait son cabinet. Généralement, je faisais deux fois le tour du pâté de maisons en suivant les sens uniques, en vain, pour finalement me garer sur le parking d'un supermarché trois rues plus loin. À chaque fois, je faisais ensuite les huit cents mètres jusqu'au cabinet en courant, échangeant mon avance confortable contre la crispation d'une ponctualité manquée de peu.

Immanquablement, j'appuyais alors à pile dix-sept heures trente et une sur la sonnette de Joschka Breitner.

À la seule différence que ce jour-là, contrairement aux douze mois précédents, je ne sonnai qu'à dix-sept heures trente-deux. Après être venu en taxi. En arrivant dans le quartier, le chauffeur avait tourné dans une voie à sens unique une rue trop tôt. Mon niveau de décontraction n'était pas au top. J'avais encore un peu la gueule de bois à cause de la veille. Une indisposition qui me rappelait douloureusement mon désir d'oublier la soirée d'hier.

Cette fois encore, M. Breitner m'ouvrit la porte avec le calme que je lui connaissais. Il répondit à mon léger manque de ponctualité par un silence affable et me précéda dans son bureau. Je n'ai jamais réussi à savoir s'il ne possédait qu'un jeu de vêtements ou s'il avait le même jean délavé, la même chemise en coton et le même chandail en d'innombrables exemplaires. Je ne me rappelle pas l'avoir vu ne serait-ce qu'une seule fois porter autre chose.

Mais jamais cette tenue invariablement unique n'avait paru même un tantinet défraîchie. L'apparente insignifiance qu'il semblait attribuer à sa garde-robe n'en soulignait que plus l'importance.

Tandis que M. Breitner nous servait du thé vert, je m'assis comme d'habitude dans un des fauteuils en tubes chromés tendus de velours côtelé tout en promenant pour la énième fois mon regard sur le dos des livres posés sur son étagère.

Comme toujours, je me demandai pourquoi le roman d'Ernest Hemingway *Le soleil se lève aussi* avait été glissé entre *L'Art de la guerre* de Sun Tzu et *Les Pensées pour moi-même* de Marc Aurèle.

Je m'apprêtai à laisser cette question s'évanouir sans réponse dans ma tête, sachant qu'à cet instant précis, Joschka Breitner m'interromprait pour me demander comment j'allais.

Mais il n'en fut rien.

Sa question usuelle, *Heureux de vous revoir, comment vous sentez-vous ?,* resta en suspens, créant un blanc assourdissant dans le tapis sonore qui sous-tendait habituellement mes visites.

Décontenancé par cet accroc dans notre routine, je posai mon regard sur lui. Il se tenait devant moi avec deux tasses de thé et me souriait d'un air interrogateur.

« Pourquoi deux minutes ? voulut-il savoir en me tendant ma tasse.

– Pardon ? » J'ignorais où il voulait en venir.

« Eh bien, depuis plus d'un an, vous arrivez toujours à nos séances avec une minute de retard. Aujourd'hui, ce sont deux minutes. Pourquoi ? »

M. Breitner m'avait beaucoup appris. Surtout à prendre conscience de mes désirs. En cet instant, je n'en avais qu'un seul : ne pas devoir réfléchir à cette question idiote.

Le fait d'être interrogé avec une précision toute prussienne sur l'augmentation infime de mon manque de ponctualité ne fit qu'amplifier mes embardées chancelantes autour de mon centre intérieur.

« Mais… je… qu'est-ce que ça change ?

– C'est à vous de me le dire. Sur une journée, deux minutes, c'est pas grand-chose. Comparé à une minute, c'est une différence de cent pour cent. Ce n'est pas rien. Alors, pourquoi avez-vous deux fois plus de retard que d'ordinaire aujourd'hui ? »

À cause de la soirée de la veille. Que j'aurais préféré oublier, en fait.

À cause de l'essieu cassé de mon Land Rover. À cause de la chanson des deux prostituées. À cause des deux hommes d'affaires chinois aux urgences. À cause de toutes ces choses qui me contrariaient beaucoup trop pour que je veuille m'en souvenir.

Mais qui ne me pesaient pas assez pour que je veuille en parler à mon thérapeute.

À cause d'événements qui feraient donc quand même l'objet de cet entretien.

Je tournai encore un peu autour du pot.

« Le chauffeur de taxi a pris la mauvaise rue. »

M. Breitner me regarda comme s'il était une de ces pancartes en carton que des personnes en quête de points de repère installent sur le site de tragédies pour attirer l'attention.

Sur ces pancartes, on peut lire : *Pourquoi ?*

Je supposais que la question portait sur la raison pour laquelle j'avais pris un taxi.

« … parce que je ne peux pas prendre ma voiture pour le moment… »

De nouveau, ce regard de pancarte demandant *Pourquoi ?*

« Parce que j'avais un petit… dîner avec des clients hier. Ça s'est fini un peu plus tard que prévu », précisai-je avec un sourire embarrassé en imitant sans plus de mots le geste consistant à se renverser d'un coup un verre de vodka glacée dans le gosier.

Joschka Breitner connaissait ma profession.

J'étais avocat.

Mais il ne savait pas *comment* je l'exerçais concrètement.

Pour l'essentiel, cela impliquait du trafic de drogue, de la prostitution et des armes.

J'ajoute à ma décharge que je m'occupais par ailleurs aussi d'une maternelle.

En principe, mon thérapeute savait qu'une part fixe de mes revenus d'avocat de la défense résultait de l'accompagnement juridique de mandants criminels.

Mais il ignorait que la totalité de mes mandants se limitait aux membres de deux clans mafieux autrefois concurrents que je ne me contentais pas seulement de conseiller, ayant pris de fait leur direction.

Parce que j'avais tué leurs chefs respectifs pour purifier mon âme.

Le premier, parce qu'il m'avait dérangé sur un îlot de temps.

Le second, parce que sa survie s'était révélée incompatible avec les intérêts de mon enfant intérieur.

Mais tout ça, c'était du passé.

Depuis plus d'un an, mon quotidien était réglé comme du papier à musique.

Or les avocats dont les affaires roulent vont régulièrement manger avec des clients. Il n'y avait là rien à cacher à mon coach de pleine conscience.

D'un point de vue objectif, la soirée d'hier fut la réunion d'un avocat avec un dealer, un trafiquant d'armes, la patronne d'un service d'escort-girls et un directeur de maternelle.

D'un point de vue affectif, elle devait être un moment de convivialité avec une joyeuse bande d'originaux.

D'un point de vue réaliste, il n'en fut rien. Bien au contraire.

Et je pressentais que M. Breitner décortiquerait cela par le menu.

« Monsieur Diemel, quel âge avez-vous ? » demanda-t-il, me poussant avec sa sensibilité habituelle à sortir de mon mutisme.

Il connaissait la réponse.

« Quarante-cinq ans. Hier, c'était mon anniversaire. »

Cette fois-ci, je ne réussis pas à interpréter son regard de pancarte en carton.

« Vous voulez savoir pourquoi c'était mon anniversaire ?

– Plutôt pourquoi vous êtes sorti avec des clients pour le fêter. »

Ce fut le premier coup porté à mon encontre par la lance thérapeutique de la vérité. Je ne fêtais pas mes quarante-cinq ans avec de véritables amis mais avec des gens qui, ne serait-ce que pour des raisons professionnelles, n'avaient pas d'autre choix que d'accepter mon invitation.

« Je ne voulais pas en faire toute une histoire, esquivai-je, sachant pertinemment que mon obstination à ne pas vouloir faire toute une histoire de mon anniversaire n'amoindrissait en aucun cas la signification réelle de cette journée.

– Quarante-cinq ans… statistiquement, c'est la moitié d'une vie. Ce n'est pas commun de… comment dire… célébrer cet événement de manière si "neutre", déclara M. Breitner sans jugement.

– Ce n'est pas comme si je ne l'avais pas fêté. L'après-midi, ma fille a voulu aller au zoo et, ensuite, Katharina a voulu qu'on mange un gâteau. »

Katharina et moi étions divorcés depuis six mois. Nous avions organisé la garde d'Emily de manière très flexible, à l'amiable.

« Et vous, que vouliez-vous de tout ça ? demanda Joschka Breitner.

– Pardon ?

– C'était votre anniversaire. Je sais maintenant ce que votre fille et votre ex-femme voulaient à cette occasion. Et vous, que vouliez-vous ? »

Je ne comprenais pas très bien.

« Moi ? Je… j'étais content de passer mon anniversaire en famille…

– Est-ce que vous seriez aussi allé au zoo tout seul ?

– Bien sûr que non, dis-je spontanément.

– Vous avez donc fêté avec votre famille l'anniversaire que celle-ci s'était imaginé. Et une fois la famille repartie, vous avez préféré aller travailler pour fuir le vide qui vous attendait à la maison », déduisit M. Breitner de mes maigres réponses.

Voilà qui allait dans la mauvaise direction.

Parce que cela se rapprochait dangereusement de la vérité.

« Non, pour fêter aussi.

– Avec des mandants ?

– Nous avons des rapports quasi amicaux.

– Combien de vos mandants étaient au courant pour votre anniversaire ? »

Touché. Pas un seul.

« Pour que je comprenne bien : vous avez délibérément voulu fêter votre quarante-cinquième anniversaire avec des gens qui n'en savaient rien ? demanda M. Breitner en résumant les faits.

– À vrai dire, j'aurais préféré passer la soirée tout seul chez moi.

– Mais ?

– Mon enfant intérieur voulait sortir. »

M. Breitner connaissait mon enfant intérieur. Après tout, c'était lui qui me l'avait présenté. « Du coup, je me suis dit : faisons un compromis. On va faire la fête, mais avec des gens qui ignorent tout de mon anniversaire. »

Le caractère toujours aussi professionnel du regard interrogateur de mon thérapeute était à mettre sur le compte de son habitude à entendre des explications stupides de ma part.

« Oui… bon… et j'avais aussi un peu envie de me bourrer consciencieusement la gueule.

– Et comment on fait ça ? demanda M. Breitner, mi-confus, mi-curieux.

– Se bourrer la gueule consciencieusement, c'est déguster de l'alcool en profitant de l'instant présent, tranquillement et sans jugement. Je ne m'enivre que par amour de l'ébriété. Pas pour refouler je ne sais quelles émotions négatives.

– Se bourrer la gueule consciencieusement, c'est comme tabasser quelqu'un avec tendresse, fut l'estocade que M. Breitner porta sans le moindre effort à ma parade argumentative.

– Pardon ?

– Le premier coup sape les fondements de l'entreprise elle-même. Avec le premier verre, vous engourdissez précisément les sens qui permettent la perception en pleine conscience de l'instant présent. »

J'aurais pu m'épargner cette bourde. On ne devrait jamais vendre à un artiste un faux de l'œuvre qu'il a lui-même créée.

« Oui, bon. L'expression "se bourrer la gueule consciencieusement" n'est pas bien choisie. Je voulais plutôt me soûler "consciemment".

– Comment on fait ça ?

– En le planifiant sérieusement. J'étais convenu avec Katharina qu'elle s'occuperait d'Emily ce soir-là. Pour pouvoir m'écrouler ivre mort au lit, j'avais réservé d'avance une chambre à l'hôtel où aurait lieu le dîner de travail. J'avais même apporté deux bouteilles d'eau minérale exprès, pour les boire la nuit contre la gueule de bois, et m'étais réjoui à l'idée de fêter ces quarante-cinq dernières années avec mon enfant intérieur, incognito et parfaitement seul au milieu de quelques connaissances. »

Tout en parlant, je me demandais quand est-ce que j'étais devenu un ringard pareil, allant même jusqu'à planifier une beuverie dans les moindres détails.

« Si une soirée prévue avec autant de soin vous attendait hier soir, pourquoi avez-vous l'air aujourd'hui d'un adolescent grognon dont la boum aurait été gâchée ? »

Eh bien, peut-être parce que c'était exactement ce qui s'était produit.

2

PROXIMITÉ ET DISTANCE

« L'être humain est un animal social. La proximité avec d'autres êtres humains lui est vitale. L'éloignement n'est positif pour l'âme que s'il a été choisi librement pour observer la proximité antérieure à distance, dans le temps et dans l'espace. »

Joschka BREITNER
En chemin vers le Moi –
le pèlerinage, un voyage vers soi-même

Malgré ou peut-être justement à cause de mon évidente répugnance à en parler, M. Breitner me ramena tout en douceur et avec une patience d'ange à la soirée de la veille.

« Avant que nous en venions aux événements d'hier soir, vous sortez faire la fête souvent ?

– Moi ? Non, c'est plutôt rare.

– C'est-à-dire ?

– Pour ainsi dire jamais.

– Y a-t-il une raison à cela ? »

C'est fou comme les temps changent. Il y a des phases dans la vie où il faut se justifier de faire la fête tout le temps. Et il y en a d'autres où il faut se justifier de ne pas sortir du tout.

« Eh bien, cinquante pour cent de mes soirées sont consacrées à ma fille quand elle dort chez moi. Dans ces cas-là, je ne sors pas, évidemment. Je ne bois même pas d'alcool.

– Ça vous manque ?

– Bien au contraire, répliquai-je un peu trop vite. Je suis heureux de pouvoir profiter pleinement et avec tous mes sens de chaque seconde avec elle.

– Un haut niveau d'exigence, fit remarquer M. Breitner d'un air critique.

– Oui. Et avant que vous me posiez la question : la réponse est oui là aussi ! Être père peut être fatigant parfois. C'est pourquoi, d'un autre côté, je suis content d'avoir l'autre moitié de mes soirées juste pour moi.

– C'est quoi qui vous fatigue ?

– La course permanente entre les séances de bébés nageurs, les cours d'éveil à la danse et les anniversaires d'enfants, à quoi s'ajoute l'agitation provoquée par chacune de ces activités. Parfois, en fin de journée, je suis à peine capable de lire quelque chose à ma fille. Mais je le fais quand même. Et la plupart du temps, je m'endors à côté d'elle.

– Vous passez la moitié de vos journées à vous sacrifier pour votre fille et la seconde moitié vous sert à vous en remettre, résuma M. Breitner avec une clairvoyance troublante avant de poursuivre : Les occasions de sortir le soir et de faire des rencontres sont donc plutôt limitées.

– Mon envie de rencontres est limitée, répliquai-je. Et à cause du regard demandant *Pourquoi ?* de Breitner, j'ajoutai immédiatement : Elle est réduite du fait qu'à mon sens, il y a déjà beaucoup de gens dans ma vie que je ne veux absolument pas connaître mieux. Avec l'âge, je me rends compte que mon désir de contact se concentre sur un cercle de personnes de plus en plus étroit au centre duquel se trouve ma famille, ma fille et enfin moi-même.

– Quand pour une fois, vous êtes au centre de vos préoccupations, vous venez en dernier, marmonna Joschka Breitner dans sa barbe tout en hochant la tête.

– Pardon ? l'interpellai-je.

– Parfois, vous avez donc le sentiment d'un manque, pas vrai ? »

Si. Sinon, je n'aurais pas prévu en toute conscience de me prendre une cuite avec des gens qui m'étaient somme toute étrangers. J'acquiesçai.

« Bon, voilà qui est au moins un début, murmura M. Breitner d'un air rassurant.

– Un début de quoi ?

– La question serait plutôt : un début pour quoi ? Mais nous verrons cela. Racontez-moi d'abord votre soirée d'hier. De quels clients s'agissait-il ? »

Des dirigeants des organisations criminelles de Dragan Sergowicz. De personnes sur lesquelles j'avais désormais moi-même autorité depuis le meurtre de ce dernier.

Nous nous réunissions deux fois par an dans des lieux agréables, autour d'un bon repas où nous buvions et riions beaucoup. Si des sujets liés au travail survenaient dans la conversation, nous en discutions.

Ces rencontres n'augmentaient pas seulement leur degré de loyauté et d'efficacité. En ce qui me concernait, leur effet était bien plus salutaire encore : elles me faisaient tout simplement plaisir.

Elles étaient l'occasion d'échapper à mon quotidien de père s'isolant dans sa tanière.

Et peu importe les préjugés sur les patronnes de boîtes de call-girls, les trafiquants d'armes et de drogue ainsi que les directeurs de maternelle : Carla, Walter, Stanislav et Sascha étaient des gens dont j'appréciais la compagnie. Avec eux, on pouvait s'amuser avec une joie décalée et quasi enfantine d'absurdités, comme lors de mes soirées étudiantes ou de mon service militaire dans l'armée fédérale.

J'essayais d'expliquer cela à mon coach sans évoquer le meurtre de Dragan.

« J'ai un groupe de clients du milieu que je fréquente à titre professionnel. Nous nous retrouvons régulièrement dans une ambiance décontractée. J'aime ces rencontres. Ça change. Du coup, je me suis dit, pourquoi ne pas en profiter pour combiner ça avec mon anniversaire ? »

Là encore, M. Breitner tira une conclusion lourde de sens de cette information succincte.

« Vous préférez donc vous réunir avec des gens dont le rôle et les rapports qu'ils ont avec vous sont clairs plutôt que de vous risquer à de nouvelles rencontres ? »

Qu'y avait-il de mal à cela ? Aucune idée.

« En effet. Vous avez quelque chose à y redire ?

– On prétend qu'il existerait des gens qui sortent avec de vrais amis pour leur anniversaire. »

Ne voulant pas décrire plus avant mon très petit cercle d'amis, je décrivis plutôt mon aversion pour les soirées en général.

« Je ne supporte pas tous ces défilés d'étrangers tirés à quatre épingles. Peu importe qu'il s'agisse de soirées pour les plus de quarante ans ou d'autres réjouissances. Toujours ces mêmes types m'as-tu-vu ma-maison-ma-voiture-mon-bateau qui comblent leur vide intérieur avec de l'alcool et des fringues de créateur. Sans parler des jacasses toutes peinturlurées qui noient leurs complexes et leur peur de l'avenir à grand renfort de prosecco. La tragédie est complète quand ces deux groupes se retrouvent au même endroit. Très peu pour moi. »

Dans le silence qui suivit cette diatribe spontanée, je me sentis un peu perdu.

« Qu'est-ce qui vous déçoit autant ? voulut savoir M. Breitner.

– Je… je…

– Vous fêtez vos quarante-cinq ans et n'avez personne qui vous invite à sortir pour célébrer l'événement, c'est ça ? »

Aïe. Ça faisait mal. Mais il avait tapé dans le mille.

J'acquiesçai.

« C'est donc ça, la première leçon négative d'hier soir ? demandai-je, résigné.

– Ou la première leçon positive de ce jour-ci. Vous aimeriez faire la connaissance de gens sans fard, mais apparemment, vous ne savez pas où. »

Je comblai le blanc dans la conversation en prenant une gorgée de thé. Après une autre gorgée, M. Breitner reprit la parole.

« Mais revenons à la soirée d'hier. Votre enfant intérieur ou vous-même – laissons la question ouverte – souhaitiez sortir. Ce pour quoi vous êtes en général trop épuisé. Pour ne pas devoir affronter l'aversion que vous inspirent les inconnus, vous vouliez faire la fête avec des mandants qui ignoraient tout de votre anniversaire. Vous vous étiez réjoui d'avance de la soirée et vous y étiez même préparé. Vous aviez consciemment prévu de boire de l'alcool, mais pas pour remplir votre vide intérieur ni noyer votre peur de l'avenir. Correct ? »

Résumé de la sorte, cela semblait vraiment débile. J'acquiesçai avec hésitation.

« Qu'y a-t-il de mal à ça ?

– Rien du tout. Si ce n'est qu'apparemment, votre plan n'a pas fonctionné. Sinon la soirée n'aurait pas – de quelque manière que ce soit – mal tourné. Vous ne seriez pas arrivé aujourd'hui avec deux fois plus de retard que d'habitude, ni même en taxi qui plus est, et seriez probablement aussi de meilleure humeur. Alors, que s'est-il passé hier soir ? »

Je me mis donc à lui raconter.

3

LES DÉSAGRÉMENTS

« Les smartphones ne se distinguent que très peu des cigarettes. Quand vous avez vous-même réduit votre consommation, celle des autres vient vous impacter d'autant plus négativement. »

Joschka BREITNER
En chemin vers le Moi –
le pèlerinage, un voyage vers soi-même

Pour ma fête d'anniversaire clandestine, j'avais réservé une table au Sky-Lounge, un restaurant au vingt-troisième étage d'un hôtel cinq étoiles. Où que l'on fût assis, il offrait une vue fantastique sur la ville. Par temps clair, on pouvait voir la chaîne de moyennes montagnes la plus proche. Quand la météo était bonne, ce panorama n'était surpassé que par l'atmosphère du bar à cocktails sur le toit-terrasse en surplomb.

Même sobre, là-haut, dominant les toits de la ville, on se sentait loin des choses du quotidien en contrebas, au-dessus d'elles, supérieur.

À mon arrivée, Sascha était déjà au bar. C'était l'ancien chauffeur de Dragan. Il avait une formation d'éducateur et dirigeait la maternelle dont nous avions, non sans opportunisme, repris la gestion à une association parentale imbue d'elle-même. Lui et moi avions chacun emménagé dans un appartement au-dessus de l'établissement.

J'avais une relation quasi amicale avec Sascha. Il savait beaucoup de choses sur moi. Ma date de naissance n'en faisait pas partie.

En vue de mon enivrement en toute conscience, j'avais fixé un nombre de boissons précis, dans un ordre défini à l'avance. Un gin tonic en apéritif, une coupe de champagne ensuite, deux verres de vin blanc en accompagnement du dîner et, pour finir, une double vodka. Compte tenu de mon poids, si je buvais deux litres d'eau en parallèle du volume d'alcool absorbé, je m'écroulerais bien imbibé sur mon lit et me relèverais le lendemain matin en pleine forme.

Mon estomac manquant cruellement d'entraînement, j'avais emporté quelques comprimés de Talcid au cas où tous ces verres me donneraient des aigreurs.

Mon premier gin tonic à la main, j'attendais avec impatience l'arrivée de Carla, Stanislav et Walter, qui firent tous leur apparition en l'espace des quinze minutes suivantes.

Carla, une ancienne call-girl, était désormais, du fait de la conversion des établissements de prostitution de Dragan en entreprises sérieuses, la directrice de « S-Exclusive », un service d'escortes de haut standing. Visuellement parlant, elle aurait tout aussi bien pu être la chef de réception cosmopolite d'un hôtel cinq étoiles. Seuls son humour cru et son rire jovial qui éclatait sans prévenir contrastaient avec son apparence.

Walter, un ancien soldat de métier, était à la tête du secteur appelé « S-Protection », officiellement une entreprise de sécurité. Officieusement, les gars et les filles de Walter s'occupaient du commerce très lucratif d'armes de petit calibre et de la motivation musclée de partenaires d'affaires imperméables à l'argumentation. Walter était le genre d'homme à qui M. Tout-le-Monde pouvait toujours demander de l'aide au magasin de bricolage quand il n'arrivait pas lui-même à hisser un sac de paillis d'écorces pour son jardinet sur son caddie. D'un autre côté, s'il était payé pour le faire, Walter n'aurait aucun scrupule à réduire le jardinet et le paillis d'écorces de ce même M. Tout-le-Monde en cendres.

Après le décès de Toni, un autre officier du clan de Dragan, Stanislav, avait pris en charge le trafic de stupéfiants. Les drogues étaient distribuées dans un certain nombre de clubs et de discothèques dont les clientes formaient également le vivier de nouvelles recrues pour la boîte de Carla. La société de Stanislav avait été baptisée « S-Events ».

À travers l'attribution de places dans la maternelle « Comme un poisson dans l'eau » qu'il dirigeait, Sascha nous assurait la subordination de toutes les personnes que nous ne pouvions pas mettre suffisamment sous pression par le seul biais du sexe, de la came ou de la violence.

Un coin du toit-terrasse avait été privatisé pour un événement d'entreprise. Un fabricant chinois de panneaux solaires semblait avoir organisé un pot pour des clients professionnels. Comme me l'avait appris le réceptionniste lors de ma réservation, ces jours-ci se tenait le Salon des énergies renouvelables et l'hôtel affichait en grande partie complet grâce à ses visiteurs.

Walter nous informa fièrement qu'il s'était acheté quelques panneaux solaires de cette même entreprise le week-end dernier. Il les avait montés et installés lui-même sur son toit.

Après avoir bu les trois quarts de mon gin tonic, je me sentais déjà agréablement pompette. Et libre. J'étais sur le point d'inviter mes compagnons à rejoindre notre table à l'intérieur lorsque le portable de Carla se mit à sonner.

Je détestais que des portables, quels qu'ils fussent, sonnent lors de réunions de quelque type que ce fût.

En accord avec les principes de la pleine conscience, j'en avais réduit ma propre utilisation au minimum. Je possédais deux téléphones : un smartphone professionnel et un portable personnel « vintage ». Ma stratégie de la déconnexion consistait à n'allumer mon smartphone qu'en cas de nécessité. Pour que mon ex-femme et Emily puissent malgré tout me joindre en cas d'urgence, mon vieux Nokia, quant à lui, restait allumé tout le temps. Hormis Katharina et moi, personne n'en connaissait le numéro.

Le refus d'être joignable en permanence ne relevait pas seulement d'une attitude personnelle vis-à-vis de la joignabilité permanente. En compagnie d'autres personnes, mettre mon téléphone en mode muet était aussi une forme de respect.

Carla semblait voir cela autrement.

Mon visage n'ayant manifestement pas la capacité de révéler mes désirs profonds par des mimiques expressives, elle se détourna et prit l'appel.

Si mes règles tacites étaient égales aux autres, je pouvais bien les enfreindre moi aussi. Je commandai un autre gin tonic, non planifié, tout en me demandant avec Walter combien de kilomètres carrés de panneaux solaires seraient nécessaires pour alimenter une usine de fabrication d'éoliennes par temps calme. Cette discussion qui, faute d'expertise, ne menait à rien, prit fin lorsque j'entendis une bribe sonore de la conversation de Carla :

« … dans ce cas, sors immédiatement de la chambre et monte sur le *rooftop*. Oui, dans ton peignoir, s'il le faut. »

Carla raccrocha en repivotant vers nous.

« C'était Chayenne, une nouvelle », expliqua-t-elle.

Personne n'a envie de s'appeler Chayenne. Au fond, il n'y a que trois raisons de s'appeler ainsi : soit on est un avion à hélice bimoteur, soit on a des parents avec des goûts douteux en matière de prénoms. Toutes les autres Chayenne avaient eu besoin d'un nom de prostituée rapidement.

« Chayenne a été *bookée* pour la soirée ici, dans cet hôtel. Le client veut qu'elle fasse des choses qui… eh bien… je lui ai dit de quitter la chambre sur-le-champ et de monter. Je ne permettrai pas qu'on traite mes filles de la sorte ! Une objection à ce qu'elle vienne nous rejoindre ? »

Qui étais-je pour m'y opposer ?

J'étais trop lâche pour dire à mes collaborateurs que je ne voulais pas être seul à mon anniversaire. Au lieu de cela, je prétendais vouloir leur faire plaisir en leur offrant un dîner. Il aurait donc été tout à fait inconséquent de ma part de leur interdire de faire plaisir à leurs employés à leur tour. Rien n'empêchait que Chayenne fût également la bienvenue sur le toit. Hormis le fait que la raison d'être de cette soirée, mon paisible anniversaire secret sans nouvelles têtes, risquait ainsi d'être sérieusement compromise.

Quelques minutes plus tard, une demoiselle encore toute tremblante d'indignation d'environ vingt-cinq ans arriva sur le *rooftop*. Toutes les conversations s'arrêtèrent d'un coup, Chayenne étant, d'une part, absolument superbe, ce qui, d'autre part, pouvait difficilement être souligné davantage que par le peignoir qu'elle n'avait jeté que très négligemment sur ses dessous. Ses vêtements, eux, elle les avait sous le bras. Carla l'étreignit en lui chuchotant quelque chose à l'oreille, comme une grande sœur.

Pour ne pas attirer encore plus l'attention sur nous, je priai mes collègues-amis et Chayenne d'aller s'installer à la table réservée pour nous à l'intérieur.

En chemin, je posai ma veste sur les épaules de Chayenne, si bien qu'elle prit place à côté de moi. Assise, elle avait presque l'air habillée. Tout en restant diablement séduisante.

Deux serveurs nous apportèrent du champagne préalablement mis au frais.

Chayenne nous raconta ce qui s'était passé dans la chambre d'hôtel. Son client, un homme d'affaires chinois qui prenait manifestement part au Salon des énergies renouvelables, avait exprimé un certain nombre de souhaits assez baroques lors de leur entretien préliminaire.

« Vous ne pouvez pas vous imaginer ce que ce type voulait me faire faire ! Il a exigé que… »

Il s'ensuivit l'énumération d'une série de désirs sexuels auxquels je n'aurais, malgré toute ma fantaisie, jamais pensé moi-même. Aucun d'eux ne m'excitait. Mais c'était aussi le cas de nombreuses mamans de la maternelle de ma fille. Et visiblement, quelqu'un avait quand même couché avec elles. C'est qu'en règle générale, en matière de sexe, il faut au moins deux personnes avec le même degré de tolérance. Et si Chayenne – ce que je comprenais très bien pour ma part – n'avait pas eu la tolérance nécessaire pour les désirs de son client chinois, alors exit le sexe.

« J'ai dit "non" et je me suis enfermée dans la salle de bain pour appeler Carla. Quand elle m'a dit de monter, j'ai pris mes affaires et je suis sortie. Mais où est... merde... j'ai dû laisser mon sac à main dans la chambre... »

Elle avait dit « non » et avait quitté la chambre. L'affaire aurait pu en rester là.

Je levai ma coupe pour mettre officiellement fin à ce petit incident.

Mais Stanislav me devança.

« Il voulait te mettre *quoi* dans le... ?

– Les gars, s'il vous plaît ! l'interrompis-je sans attendre. L'affaire est réglée. Chayenne est ici. Le type, non. Le sujet est clos. »

Tous me regardèrent. Personne ne leva son verre.

« Pardon d'intervenir, lança Carla. Mais je ne pense pas que nous puissions repasser à l'ordre du jour si facilement. Ce genre de comportement, c'est carrément sexiste. Si nous ne lui envoyons pas un signal ici et maintenant, ce type n'apprendra jamais que ça ne se fait pas.

– Mais l'éducation des hommes d'affaires chinois n'est pas notre affaire, protestai-je, ma coupe de champagne toujours en main.

– Sascha, t'en penses quoi toi, en tant qu'expert en pédagogie ? On fait quoi avec ce genre de types ? voulut savoir Stanislav.

– Sascha dirige une maternelle, pas un bureau d'études sur les michetons chinois. » Ma coupe flottait toujours devant mes lèvres. Sur celles de Sascha se dessinait déjà une réponse.

« Alors, nous fit-il profiter de son expertise, en cas de conflit, il est toujours utile de mettre les personnes impliquées à la place de l'autre.

– OK… dit Carla, assimilant l'information. Dans ce cas, que diriez-vous de montrer à ce mec ce qu'on ressent quand on se fait injecter quelque chose dans les fesses contre son gré ? »

D'un côté, je retrouvai là précisément le genre d'humour peu conventionnel que j'estimais tant chez mes collaborateurs. D'un autre côté, je le trouvai un peu trop moralisateur. Et le pire, c'était qu'il menaçait de phagocyter le programme que j'avais consciencieusement établi pour la soirée.

J'avalai cul sec ma coupe de champagne inutilement tenue en l'air avant de m'immiscer dans la conversation.

« Je ne pense pas que cela soit nécessaire. Comme disait Chayenne, le type voulait lui aussi que la chantilly lui soit… »

Mais Walter me prit de vitesse : « Que diriez-vous d'utiliser de la mousse expansive ? Ça, c'est pas ce qu'il voulait. »

Assentiment général et visages réjouis. Effarement de mon côté.

On pouvait beaucoup s'amuser avec des gens du milieu. Mais même après des années de collaboration, il m'était impossible de partager entièrement leur humour à la fois cru et infantile. De plus, je les fréquentais depuis bien assez longtemps pour savoir que la plaisanterie de Walter était non seulement très sérieuse, mais qu'il la jugeait aussi moralement légitime. L'humour différent et rafraîchissant avec lequel j'avais voulu pimenter mon anniversaire menaçait à présent de le rendre amer.

« Mais vous ne pouvez pas… » commençai-je.

Carla ignora mes efforts pour régler cette histoire à l'amiable.

« Bonne idée. Mais où est-ce qu'on va encore pouvoir trouver de la mousse expansive à cette heure-ci ? »

Curieusement, Carla ne voyait dans la proposition de Walter qu'un problème logistique.

« J'en ai dans le coffre. J'en ai eu besoin pour étanchéifier la fixation des panneaux solaires sur la charpente du toit. Ça devient dur comme de l'acier Krupp.

– Quand elle sera dans le Chinois, elle aura assez d'air pour gonfler et durcir ? fut la seule préoccupation de Stanislav.

– Je crois qu'elle gonfle quand la pression baisse. Comme le gaz carbonique qui fait des bulles quand on ouvre une bouteille d'eau pétillante. »

Je devais intervenir.

« Les gars, vous ne pouvez quand même pas sérieusement bourrer le derrière d'un homme d'affaires chinois avec de la mousse expansive simplement parce qu'il a exprimé quelques souhaits exotiques à l'égard d'une de nos call-girls, tentai-je de remettre les choses à plat.

– Des souhaits exotiques et misogynes, me corrigea Stanislav.

– Du sexisme pur et dur, ajouta Carla.

– En tant qu'employeurs, nous avons aussi une responsabilité sociale », renchérit Walter.

Voilà qui n'avait plus rien à voir avec l'humour décalé qui m'avait plu chez eux au départ. Mes amis par intermittence avaient sacrifié leur innocence sur l'autel de la morale.

J'entendis quelque chose faire « clic ». La serrure d'un petit coffre. La boîte de Pandore.

4

LES INITIATIVES PERSONNELLES

« Si vos collaborateurs font preuve d'initiative personnelle, il faut que vous leur fassiez confiance. Ne vous focalisez pas anxieusement sur les risques encourus. Concentrez-vous sur l'instant présent pour y puiser du courage en pleine conscience. »

Joschka BREITNER
En chemin vers le Moi – le pèlerinage, un voyage vers soi-même

Je n'étais pas sûr de savoir ce qui était le plus sexiste : le fait qu'un client demandât à une call-girl ce qu'elle serait prête à faire en échange d'argent ou – comme nous le faisions tous autour de cette table – le fait de vivre de l'argent que la dame recevait parce qu'elle le faisait. Mais il est toujours plus facile de régler la partie du problème dont on n'est pas soi-même la cause.

Ce dont j'étais parfaitement sûr en revanche, c'était de ne pas vouloir débattre de sexisme dans ce cercle. Pas pour mon anniversaire. Pas avec des pointures du grand banditisme alcoolisées et influencées par l'air du temps.

Pour me donner une contenance, je me resservis moi-même du champagne avant de vider ma coupe d'un trait, dans l'espoir que quelqu'un daignât refermer la boîte de Pandore dans l'intervalle. Mais il n'en fut rien.

Mes deux gins tonics et mes deux coupes de champagne n'y étant peut-être pas pour rien, la discussion se mit alors à dégénérer. C'était du moins mon impression.

« Nous devrions descendre voir ce Mr Yellow sans tarder et lui faire parvenir un message. Pour l'égalité des sexes », s'enflamma Walter non sans pathos.

Sascha semblait avoir des réserves.

En tant que directeur d'une maternelle, il assistait à de nombreuses formations. Après tout, l'attention des enfants ne pouvait être attirée sur les problèmes de notre société que si les adultes en charge disposaient de la sensibilité nécessaire pour ce faire.

Avant, il suffisait d'apprendre gentiment aux deux à cinq ans la différence entre « le mien et le tien », « mordre et parler » ou « avec et sans couche ». Aujourd'hui, l'acquisition de connaissances solides sur la diversité, l'égalité des genres et le racisme latent est, avec raison, une priorité. Grâce aux formations, Sascha se tenait régulièrement au courant de ces sujets. Son savoir enrichirait une fois de plus notre conversation. Du moins en ce qui concernait la formulation de Walter.

« Je n'en suis pas certain, mais cela pourrait être raciste… releva Sascha.

– En quoi ma mousse expansive serait-elle raciste ? voulut savoir Walter.

– La mousse n'est pas le problème, précisa Sascha. Mais l'appellation "Mr Yellow" est raciste. Elle rabaisse le Chinois en raison de son appartenance ethnique.

– Plus qu'une bombe de mousse dans les fesses ? demandai-je d'une voix un peu trop faible, aussitôt couverte par celle de Chayenne.

– Pourquoi ? "Mr Yellow" n'est rien d'autre qu'une description factuelle. Après tout, le type de la chambre 498 vient du pays du sourire et possède de toute évidence un pénis.

– En effet. Et en tant que Chinois, il est aussi une personne de couleur. Sinon, nous ne l'appellerions pas "Mr Yellow" », donna à penser Sascha.

C'en était trop pour moi.

« Les gars, la couleur de peau n'a vraiment aucune importance ! m'exclamai-je.

– Très juste, me seconda Walter, pour repartir ensuite d'un pas décidé dans une tout autre direction. La couleur de peau n'excuse pas le sexisme. Ce type doit recevoir une bonne leçon. »

Il fit un appel du coude à Stanislav. Tous deux semblaient d'accord pour mettre leur plan en œuvre. Ils me regardèrent.

Partant de mon diaphragme, je sentis une désagréable sensation de froid monter dans ma gorge. Cette forme d'interventionnisme allait trop loin pour moi. Je devais faire quelque chose. Ne serait-ce que contre le froid.

Joschka Breitner m'avait appris que ce n'étaient pas les situations concrètes qui posaient problème, mais le regard porté sur elles.

Je jugeais moralement condamnable le plan consistant à vouloir infliger de graves sévices corporels à un inconnu pour avoir verbalisé ses préférences sexuelles.

C'est ce qui suscitait en moi ce désagréable sentiment de froid.

J'essayai donc de ne plus juger la situation, mais de la considérer de façon neutre et bienveillante.

J'avais devant moi quelques collaborateurs désireux de faire preuve d'initiative personnelle face à une difficulté d'ordre professionnel.

Pour rendre le monde meilleur, ils voulaient sanctionner un comportement inadmissible à leurs yeux.

Ce qui, en soi, n'était pas une raison d'avoir peur.

Au contraire. J'étais d'ailleurs plutôt disposé à leur laisser une certaine marge de manœuvre. Grâce aux principes de pleine conscience de Joschka Breitner, j'avais pu développer un style de management inédit.

Sous l'angle de cette nouvelle méthode RH, consentir à la punition du Chinois ne serait pas, même si cela me déplaisait, forcément une erreur.

Pour mettre en balance les risques et les chances d'une action autonome de mes collaborateurs, M. Breitner m'avait dévoilé la théorie des quatre « R » de la gestion du personnel : rendre honneur, rester vigilant, réparer ses erreurs et respecter.

En suivant ces quatre « R » étape par étape, on parvenait toujours à une solution bienveillante.

Tout d'abord, je rendis honneur au comportement de mes collaborateurs jusqu'à présent. Rendre honneur, c'était faire preuve de reconnaissance envers eux pour l'enrichissement professionnel qu'ils m'avaient apporté.

Jusqu'ici, Carla, Walter et Stanislav avaient très bien réussi à se passer de mes conseils pour diriger leurs secteurs d'activité basés sur le sexe et la violence. Je m'occupais seulement du volet juridique. Eux étaient sur le front. Jamais de ma vie je n'avais encore vendu la moindre arme, le moindre gramme de coke ou quelque service sexuel que ce fût. Eux, des tonnes. Et avec beaucoup de succès. Ce que je pensais personnellement de la solution qu'ils proposaient ne laissait donc rien présager de son efficacité.

Un bon point pour la mousse expansive.

Rester vigilant consistait à envisager avec mansuétude les éventuels problèmes pouvant découler de l'intervention de mes collaborateurs.

Même avec tout l'amour du monde, l'injection de mousse expansive dans un micheton entraînerait forcément une lésion corporelle. Cela pourrait entraîner des difficultés pénales. Mais *pas obligatoirement*. Surtout si le miché ne portait pas plainte.

Avant qu'un homme d'affaires chinois, atteint dans l'intégrité de son derrière à cause de faveurs sexuelles réclamées à une prostituée, perdît de surcroît la face publiquement, il préférerait sans doute déclarer en toute discrétion que cette histoire de fesses n'avait été qu'une regrettable erreur sans intervention extérieure.

Avec un peu de bonne volonté, l'indécision l'emportait sur ce point.

Tant que mes collaborateurs ne commettraient pas de faux pas à la suite de ces deux étapes, l'étape trois, soit la question de leur réparation, ne se poserait pas.

Avec le respect compris dans l'étape quatre, je pus finalement lâcher prise et laisser mes collaborateurs mettre leur plan – aussi stupide qu'il fût à mes yeux – à exécution.

Les quatre « R » fonctionnaient. Le froid dans mes épaules disparut.

Je versai la fin du champagne dans ma coupe et pris une grosse gorgée.

Si l'air du temps exigeait un signal clair contre le sexisme, comment pouvais-je m'opposer à l'initiative personnelle et bien intentionnée de mes collègues ?

En buvant, j'avais dû faire un mouvement de la tête ressemblant à un acquiescement.

Walter et Stanislav se levèrent et quittèrent le restaurant. D'abord en direction du parking souterrain et de la mousse expansive. Puis de l'homme d'affaires chinois.

Je restai à table avec Carla, Sascha et Chayenne.

5

QUAND LA PLEINE CONSCIENCE DEVIENT UNE ARME

« La pleine conscience est un bouclier.
Pas une arme.
Elle est un bunker.
Pas un char d'assaut. »

Joschka BREITNER
En chemin vers le Moi –
le pèlerinage, un voyage vers soi-même

Finalement, j'avais parlé très ouvertement de la soirée de la veille à M. Breitner. J'avais seulement revu de manière créative l'affaire du micheton et de la mousse expansive.

« Vos mandants ont donc voulu jeter l'ami récalcitrant de votre collaboratrice hors de l'hôtel », résuma Joschka Breitner la version du récit qui en avait découlé. J'acquiesçai.

« Et vous avez utilisé un de mes exercices pour réduire votre mauvaise conscience face à une agression physique annoncée ? demanda-t-il, surpris.

– Oui... j'ai mal fait ? » demandai-je à mon tour, non moins surpris. Après tout, ces exercices avaient préservé mon équilibre mental lors de méfaits d'un tout autre acabit.

« "Bien" et "mal" sont des jugements de valeur. Dont nous voulons justement nous libérer avec la pleine conscience. J'étais simplement un peu étonné...

– De quoi ?

– En ce qui me concerne, je vois la pleine conscience comme un bouclier. Pas comme une arme. C'est un bunker, pas un char d'assaut.

– Sachant qu'un char d'assaut n'est une arme aussi efficace que parce qu'il est un bunker pour son équipage », fis-je remarquer.

M. Breitner sourit.

« J'inclurai cet aspect dans mes futures séances de coaching. Assis dans votre char de la pleine conscience, vous avez donc regardé Walter et Stanislav charger le canon. L'image est-elle juste ainsi ? »

J'acquiesçai. M. Breitner poursuivit son résumé :

« Hier, sans le vouloir, vous êtes allé au zoo. Sans le vouloir, vous avez mangé du gâteau chez votre ex-femme. Sans le vouloir, vous avez laissé une employée inconnue prendre place à votre table et, sans le vouloir, vous avez laissé vos mandants régler un problème violemment. C'est correct ?

– Vu comme ça...

– Savez-vous ce que vous voulez, en fait ? »

Je haussai les épaules.

M. Breitner hocha la tête d'un air entendu. « Bien, nous y reviendrons. Que s'est-il passé après le départ des deux mandants ?

– L'entrée en scène de mon ex-femme. »

Je repris le récit de la soirée de la veille.

J'étais donc attablé. Pour mon quarante-cinquième anniversaire. Dans le restaurant panoramique d'un hôtel de luxe.

À côté de deux séduisantes dames des quartiers rouges arborant différents degrés de nudité et un directeur de maternelle. Éméché. Et mécontent.

Peut-être aurais-je dû me réjouir d'être si dépourvu d'attaches au milieu de ma vie qu'au fond il n'y avait rien de mal à cela. Mais je n'y arrivais pas. Le hic, c'est que j'ignorais ce que j'aurais aimé à la place. Parce que je n'avais tout simplement aucune idée de ce que je voulais vraiment.

Et c'était précisément ce qui m'attristait.

Je commandai le vin blanc.

À l'instant où je refermai la bouche pour avaler une première lampée de pinot gris bien frais, l'ascenseur face à la porte d'entrée vitrée du restaurant s'ouvrit en déversant ses passagers.

Katharina, ma charmante ex-femme, apparut dans mon champ de vision.

Elle portait une robe de soirée noire aussi élégante que courte. Dans une main, elle tenait son sac. Et dans l'autre, un accessoire bien moins attrayant : son petit ami du moment. Un dénommé Heiko.

Katharina et moi entretenions de très bons rapports.

Quelque temps plus tôt, nous nous étions par hasard chacun fait le cadeau de pardonner à l'autre l'échec de notre couple. Depuis, l'amitié qui nous liait nous autorisait un certain degré de franchise. Nous l'utilisions pour le bien d'Emily et nous tenions informés de tout ce qui, dans notre vie, pouvait avoir une influence sur la sienne. Entre autres, de nouvelles relations qui dépassaient le stade d'une simple liaison.

Katharina m'avait parlé de Heiko et, à sa demande, j'avais même fait personnellement sa connaissance.

Ce que Katharina ignorait en le rencontrant, et que je ne savais pas non plus avant de le voir, était que Heiko et moi nous connaissions déjà. Il y avait des années de cela, Heiko avait été un de mes clients.

À l'époque, il ne s'appelait pas encore ainsi. Et nous avions tous deux nos raisons de garder ça pour nous.

L'homme qui se faisait désormais appeler Heiko et qui venait de sortir de l'ascenseur avait connu Katharina quelque six mois plus tôt sur une application de rencontre. À cause de ma philosophie de la déconnexion, je n'étais pas un grand fan de ces applis. Comme tout ce qui est numérique, les contenus d'une application virtuellement romantique se laissaient réduire dans la réalité à un code binaire composé de zéros et de uns. Katharina était un numéro un. Pas Heiko.

En cas de doute sur la quantité de souffrance qu'on évite grâce à la détox digitale, je vous conseillerais simplement de vous abonner à une application de rencontre payante et de consulter les profils des membres.

Ou de jeter un œil à Heiko. Un petit bonhomme racorni en tenue de créateur avec des lunettes rondes cerclées de métal et une calvitie naissante.

Mais Heiko étant l'ami de Katharina et moi un ex-mari tolérant, je le respectais.

Ma tolérance reposait en partie sur ce que je savais de lui. Je préférais savoir Katharina avec quelqu'un dont je connaissais le passé trouble, plutôt que de me laisser moi aussi aveugler par l'éclat supposé de son présent.

En tant qu'avocat, je n'avais pas eu un mince rôle à jouer dans son passé nébuleux. Or tant que cela ne nuisait pas à Emily, Katharina pouvait bien se laisser éblouir par qui elle voulait.

L'opinion qu'elle avait de Heiko et la mienne différaient dès le départ en raison de cet écart de connaissances. Celles-ci se laissaient parfaitement résumer par les mots « avec » et « sur ».

Katharina, elle, trouvait que l'on pouvait rire « avec » Heiko.

Elle me l'avait décrit en quelques mots, disant qu'il dirigeait une agence digitale à caractère journalistique et qu'il était stérile.

Ces deux informations n'avaient aucun rapport de cause à effet. Mais la dernière expliquait son intérêt pour des femmes sans désir d'enfant, qu'il voulait manifestement impressionner avec la première.

Heiko gérait ce qu'on appelait un service de *fact-checking* au doux nom de VERITAS. Lui et ses employés vérifiaient pour le compte de réseaux sociaux les contributions d'utilisateurs pour y déceler des discours de haine ou des fausses informations.

Du fait de ma philosophie de la déconnexion, je n'allais pas sur les réseaux sociaux. Pour moi, ils avaient la valeur communicative de portes de toilettes. On pouvait y inscrire des choses.

On pouvait aussi s'abstenir de le faire.

Ce qui m'amusait en revanche, c'était l'idée de gagner son argent en corrigeant ces portes de chiottes.

Apparemment, Heiko n'avait pas de mal à séparer vie professionnelle et vie privée. J'ignorais comment il s'était décrit sur Internet mais s'il avait ajouté une photo à son profil, il avait dû, en guise de compensation, se servir énormément de notions peu factuelles du style « financièrement indépendant », « valeurs morales » et « humour ».

Mais tout cela m'était égal. Katharina pouvait rencontrer et fréquenter qui elle voulait. Elle était majeure et vaccinée. Si elle se sentait bien avec Heiko – quelle qu'en fût la raison –, j'étais content pour elle.

Je n'accordais d'attention à Heiko que dans la mesure où il entrait en contact avec Emily. Et grâce à ce que je savais de lui, j'étais sûr qu'il voudrait éviter toute altercation avec moi.

En voyant Katharina et Heiko entrer dans le restaurant, je me demandai qui au juste était auprès de notre fille ce soir.

Katharina, qui m'avait également repéré, vint à notre table. Pas Heiko. M'ayant aperçu en compagnie de Sascha, il se cachait dans l'entrée en attendant. Je le comprenais.

« Salut Björn, comme on se retrouve. »

Notre petite fête familiale datait de quelques heures à peine et pourtant, elle semblait avoir eu lieu dans un autre monde.

« Tu continues la fête ? » demanda-t-elle en jetant un œil à la ronde.

Je fis les présentations. Elle connaissait Sascha. Après tout, c'était le directeur de la maternelle de notre fille. Elle avait entendu parler de Carla dans le cadre de mon travail. La beauté envoûtante en lingerie fine qui portait ma veste sur le peignoir de l'hôtel était aussi nouvelle pour elle que pour moi. Katharina accepta ma Chayenne avec l'indulgence étonnée que j'avais moi-même pour son Heiko.

« Chayenne est… une amie de Carla. Elle a des soucis avec sa chambre d'hôtel », clarifiai-je quand même sans nécessité. Katharina m'embrassa sur la joue et me sourit tout en chuchotant : « Tu n'as rien à m'expliquer. » Avant qu'elle s'en aille, je lui demandai où se trouvait Emily.

« Ma mère est avec elle et reste dormir. Heiko m'a invitée à passer la nuit ici. Je prends le relais demain », m'informa-t-elle. Elle me souffla un « Happy birthday » du bout des lèvres tout en pointant Chayenne du doigt, d'un geste visible seulement pour moi, avant de quitter notre table pour rejoindre Heiko et s'asseoir avec lui à l'autre bout du restaurant.

Je me demandais si le signe du doigt était une licence morale à me payer une prostituée pour mon anniversaire. Je ne savais pas ce qui m'aurait alors dérangé le plus : que mon ex-femme se permette de me donner ce genre d'autorisation ou bien qu'elle le fasse sans jalousie.

Mais je savais une chose : tandis que j'avais eu mauvaise conscience en demandant à Katharina de garder Emily ce soir pour que je puisse passer une nuit seul à l'hôtel, mon ex-femme avait refilé sans difficulté notre fille à sa mère. Pour coucher avec ou dormir contre Heiko dans ce même hôtel, cette même nuit. Vraiment super cet…

« Anniversaire ? Pourquoi tu ne dis pas que c'est ton anniv ? s'exclama Sascha en interrompant le cours de mes pensées.

– *Happy birthday to you…* » entonna Carla, vite rejointe par Chayenne.

J'enfouis mon visage dans mes mains. J'étais complètement dépassé par les événements. Les gins tonics, le champagne, le vin commençaient à me faire effet. Mais pour mes convives, mon geste devait avoir l'air d'un signe d'embarras.

Entre-temps, le chœur de chanteurs s'était étoffé de deux basses, dont une avait un accent croate. Walter et Stanislav étaient donc de retour. Mais à qui appartenait cette voix de jeune femme ? J'ôtai les mains de mes yeux.

Devant moi se dressait une autre beauté en peignoir, ses vêtements sous le bras. La sérénade terminée, ces messieurs sautèrent à mon cou tandis que Carla se jetait à celui de la fille.

« Sandy ? Qu'est-ce que tu fais ici ? demanda Carla à la jeune femme qui, dans la vraie vie, devait aussi peu s'appeler Sandy que Chayenne, Chayenne.

– J'avais un client en bas, dans la chambre 489. J'étais dans la salle de bain et quand je suis ressortie, Walter et Stanislav étaient là.

– C'est drôle, dit Chayenne, j'étais dans la chambre 498. C'est presque les mêmes chiffres… »

Ce qui était moins drôle, c'était de voir toutes les personnes présentes, qu'elles fussent debout ou assises, se rendre compte brusquement de ce qui avait dû se passer quelques étages plus bas. Walter confirma mes craintes.

« Ah ben, qu'est-ce que vous voulez ! On a inversé les chiffres. Au lieu de toquer au numéro 498, on a frappé au 489. Quand on l'a remarqué, il n'y avait déjà plus de mousse expansive dans la bombe.

– Pardon, les gars, intervint Sascha en faisant preuve d'esprit critique, mais une fois la porte ouverte, vous avez bien dû voir que le type en question ne correspondait pas à la description de l'homme d'affaires chinois !

– Ben si, justement. Le type de la 489 est chinois lui aussi. Rien de bien grave, donc, voulut relativiser Stanislav.

– Mais vous ne pouvez pas aller injecter à chaque Chinois dans cet hôtel… m'entendis-je répliquer tandis que Walter reprenait la parole.

– L'inversion des chiffres a été le seul accroc dans notre plan. Mis à part ça, tout s'est déroulé comme prévu.

– Comme prévu ? Mais vous venez de nous dire que vous avez bourré un client innocent de… s'interrogea désormais aussi Carla.

– Innocent ? Lorsque nous en avons eu terminé, Sandy – un peu à notre surprise, c'est vrai – est sortie en criant de la salle de bain. »

Tous les regards s'étant posés sur elle, Sandy s'expliqua à ce sujet.

« J'ai hurlé parce qu'il y avait soudain deux types masqués dans la chambre. Mais quand ils m'ont poussée gentiment dans le couloir, j'ai reconnu Walter et Stanislav.

– En voyant Sandy, nous avons évidemment compris que nous étions dans la mauvaise chambre. Mais ce type n'était certainement pas innocent, nous assura Walter avant que Stanislav ne nous éclaire lui aussi sur ce point.

– En effet, le Chinois de la 489 voulait exactement la même chose de Sandy que celui de la 498 de Chayenne. »

Silence consterné à table.

« Et alors ? demandai-je en lançant un regard compatissant à la jeune femme. Comment tu te sens maintenant ? »

Contre toute attente, Sandy n'avait absolument pas l'air d'avoir besoin de compassion.

« Ben, j'ai trouvé ça marrant. Assez tordu, c'est sûr, mais au moins, ça changeait pour une fois », répondit-elle gaiement.

Sascha mit fin au blanc qui s'ensuivit en résumant le problème de manière philosophique.

« N'est donc pervers que ce qui ne tente personne. »

J'aurais pu prendre un premier comprimé contre les brûlures d'estomac à ce moment-là.

Ou rentrer chez moi.

Mais je n'eus l'occasion de faire ni l'un ni l'autre.

Chayenne contraria mes rêves de fuite en posant une question offensive :

« Et le connard de la chambre 498 ? Il va s'en sortir comme ça, lui, avec son comportement sexiste ? »

Les regards interrogateurs de Chayenne, Carla, Walter, Stanislav, Sascha et Sandy se rejoignirent au milieu de la table avant de se diriger vers moi.

Bien, pensai-je, *mon estomac attendra*.

Il ne me restait plus qu'à récapituler les faits en m'aidant de nouveau des quatre « R ». Ce qui, compte tenu de mon état d'ébriété, était loin d'être évident.

Malgré l'honneur rendu aux performances antérieures de mes collaborateurs, ils avaient manifestement commis une erreur en inversant les numéros de chambre.

Tout en restant vigilant, cela ne semblait rien changer à l'estimation du danger encouru. Le Chinois de la chambre 489, confondu avec celui de la chambre 498, ne ferait, pour les mêmes raisons que ce dernier, pas de tapage à cause de l'incident.

Pour la première fois se posait cependant la question de la réparation. Afin d'éviter que la bévue de mes collaborateurs nuisît à notre relation ou à leur confiance en eux, il fallait leur donner une chance de réparer leur bourde.

Le Chinois de la chambre 498 offrait cette chance.

J'essayai donc d'accueillir les regards interrogateurs avec respect. Tout en ayant moi-même une question :

« Est-ce qu'on ne ferait pas mieux de mettre l'intervention dans la chambre 489 sur le compte d'une méprise et de laisser tomber l'affaire de la chambre 498 ?

– Pourquoi une méprise ? Le mec de la 489 était chinois, lui aussi ! se récria Stanislav.

– Et pourquoi cet idiot de la chambre 498 profiterait-il de notre inattention ? Où est la justice dans tout ça ? » demanda Walter.

Je n'avais vraiment aucune envie de me lancer dans un débat sur la justice.

Une fois qu'on avait, à l'instar de mes mandants, cessé de considérer certaines lois comme contraignantes, on avait soudain pas mal de libertés. Entre autres celle, colossale, de manier la notion abstraite de justice comme si elle était quelque chose de très malléable. Un peu à la manière d'un artiste de rue façonnant un ballon à sculpter. Selon ses envies, celui-ci se transformera en teckel ou en poney. Libérée du corset de la validité des lois, vidée de son contenu, la justice se laisse gonfler de la même façon et remodeler en noble idéal ou en argument massue.

Ce ne sont alors plus les règles qui sont justes, mais ce que chacun considère comme tel.

« De toute façon, il faudrait que quelqu'un aille récupérer mon sac », dit Chayenne en ajoutant à ma discussion philosophico-abstraite avec moi-même un argument égoïstement-concret.

J'avais deux examens d'État en droit à mon actif et un excès d'alcool dans le sang. Je n'avais pas la force de discuter avec des mafieux et des prostituées d'évidences entérinées depuis longtemps, comme l'appartenance du monopole de la violence à l'État. Tant pis ! Qu'ils fassent comme bon leur semblait. Ne serait-ce que pour le sac.

Ma gorgée de vin blanc suivante fut une nouvelle fois interprétée comme un acquiescement. Walter et Stanislav se relevèrent.

Carla disparut avec Chayenne et Sandy en direction des W-C.

« Le type avec Katharina, c'était pas "Olaf, le Bonhomme de neige" ? » demanda Sascha lorsque nous fûmes seuls. Son talent de physionomiste était la raison pour laquelle Heiko ne voulait pas le croiser.

« C'était lui autrefois. Il s'appelle Heiko désormais. C'est le petit ami de Katharina.

– Et elle ignore tout de son passé, je suppose ?

– Toute personne a le droit d'être dupée par son compagnon. C'est faire preuve de sagesse humaine.

– Si tu le dis. » Sascha savait toujours très vite quand je n'avais pas envie d'approfondir un sujet. « De toute manière, tu sembles aimer les secrets aujourd'hui. Pourquoi tu n'as pas dit que c'était ton anniversaire ?

– Je ne voulais pas en faire toute une histoire, juste une soirée sympathique.

– Eh bien, apparemment, tu as l'inverse des deux maintenant, fit-il remarquer laconiquement. Est-ce que je peux te donner un conseil en guise de cadeau ? »

Je restai interdit. Après le dessin d'un voilier offert par Emily et un gâteau fait par Katharina, c'était mon troisième présent de la journée. « Bien sûr. Avec plaisir même.

– Tu ne penses pas assez à toi. Ce soir, même les souhaits de Chayenne et de Sandy étaient plus importants que les tiens. »

Une fois de plus, je constatai qu'en fait, je ne savais pas vraiment ce que je voulais.

Carla, Chayenne et Sandy revinrent des W-C. Les deux dernières s'étaient entièrement rhabillées et portaient – une fois n'est pas coutume – leurs peignoirs sous le bras.

Walter et Stanislav nous rejoignirent dans la foulée. Ils se tapèrent dans les mains en rigolant et rendirent son sac à Chayenne. Chayenne et Sandy restèrent à table avec nous. Nous mangeâmes de très bons steaks et tous insistèrent pour me commander un gâteau d'anniversaire et une bouteille de vodka glacée en dessert. Le scintillement des cierges magiques s'accorda joliment avec le clignotement des gyrophares qui se reflétèrent soudain dans les façades en verre qui nous entouraient. Les deux ambulances étaient visiblement arrivées devant l'hôtel en même temps. Ivre au beau milieu de tout ça, j'espérais que la suite de mon anniversaire glisserait sur moi sans laisser de traces.

Ce qu'elle ne fit pas.

Après le dessert, je me levai pour me rafraîchir aux toilettes et avaler enfin un comprimé pour l'estomac avant de prendre congé de mes invités et d'aller dans ma chambre.

Non loin des W-C, devant l'ascenseur, je tombai de nouveau sur Katharina. Et Heiko. Je lui serrai la main.

« Salut, Heiko. *Est-ce que j'étais en train de bafouiller ?* Ça va ?

– Oui, merci », répondit-il, très bref. Quelle mouche l'avait piqué ? À peine sa main avait-elle retrouvé sa liberté qu'il appuya sur le bouton de l'ascenseur. Ne voulant pas laisser cette rencontre sombrer dans l'embarras sans rien dire, j'entrepris de relancer la conversation.

« La vue est sublime ici, non ? Même quand on détourne le regard de Katharina.

– Oui, c'est magnifique », rétorqua-t-il en rappuyant sur le bouton. J'ignorais s'il voulait parler – comme moi – de Katharina *et* du panorama.

Katharina lui donna une légère bourrade, comme à un enfant boudeur.

« Allez, arrête de faire la tête. »

Avec une franchise inhabituelle, elle m'expliqua la raison pour laquelle son petit copain tirait la gueule.

« Heiko m'a fait une demande en mariage ! »

Alors là, j'étais soufflé. Elle n'allait quand même pas... ? Je les regardai l'un et l'autre tour à tour. Ils n'avaient pas l'air d'un couple venant de se fiancer.

« Et ? Tu as... ? » demandai-je, hésitant. Entre autres parce que, tout en parlant, je dus réprimer une envie spontanée de vomir.

« Je l'ai remercié en lui disant que j'y réfléchirais tranquillement. Et que j'en parlerais avec ma famille. Après tout, je ne suis ni une adolescente ni enceinte. »

La revoilà, l'admirable rationalité de Katharina, capable de recouvrir même la situation la plus émotionnelle du voile gris de la réalité. Me trouvant apparemment à l'intérieur du voile, je vis pour la première fois avec stupéfaction que son envers était très nettement teinté de rose.

À la place de Heiko, du côté extérieur, je me serais probablement moi aussi senti doublement vexé. Pas seulement à cause de la réponse de Katharina mais aussi à cause de sa franchise vis-à-vis de moi.

À ma place, j'étais infiniment fier d'elle. Et de l'importance qu'elle accordait à notre famille.

« Bon, ben... On en reparle bientôt alors, dis-je, soulagé.

– Oui. Et je vais tâcher de voir dans notre chambre comment redonner un peu de couleurs à ce garçon contrarié, ajouta-t-elle avant d'entrer dans l'ascenseur, insistant un peu trop sur le registre lascif.

– Chambre 1-2-5 ? demanda-t-elle à Heiko qui la suivit en trottinant.

– 2-1-5, marmonna-t-il dans sa barbe en pressant un bouton.

– Oups, j'ai inversé les chiffres », lança Katharina en riant, avant de me souffler un « bonne nuit » à travers les portes qui se refermaient.

On n'était pas obligé de tout se dire, même entre amis.

2-1-5. Je connaissais ce numéro de chambre. Il figurait sur celle qui jouxtait la mienne.

Après que mon anniversaire incognito avait été envahi par des invitées inconnues, interrompu par des maltraitances tolérées avec bienveillance et démasqué par tout le monde, j'avais autre chose à faire que d'écouter à travers la cloison mon ex-femme chasser à coups de reins et avec beaucoup d'élan la mauvaise humeur de sa nouvelle conquête.

J'en avais assez de mon anniversaire.

Je n'allai pas aux W-C. Je ne retournai pas à table. Avec l'ascenseur suivant, je descendis au garage, soûl comme une bourrique, montai dans ma voiture et rentrai à la maison.

Le cadeau d'anniversaire ultime que je reçus ce soir-là fut la chance pure et dure de n'avoir écrasé personne ni m'être fait arrêter par la police sur le chemin du retour.

De ce fait, je pus avancer mon Land Rover Defender, intact jusque-là, si près du mur de mon immeuble que la roue avant droite alla se planter dans une fenêtre de la cave, cassant l'essieu avant.

6

LES INSPIRATIONS

« Si vous considérez un problème comme une inspiration avant tout, vous n'aurez plus à vous creuser obstinément la tête en quête d'une solution. Laissez celle-ci venir à vous. Méditez sur l'inspiration et voyez ce que vous pouvez changer dans votre comportement. Le trio sous tension "problème-réflexion-solution" se transformera ainsi en un paisible accord à trois "inspiration-méditation-changement". »

Joschka BREITNER
En chemin vers le Moi –
le pèlerinage, un voyage vers soi-même

Je m'étais bien gardé de mentionner le deuxième Chinois à mon coach de pleine conscience et n'avais pas non plus – pour éviter d'autres questions – évoqué mon passé commun avec Heiko. Pour le reste, je m'en étais tenu en grande partie à la vérité, ce qui m'était déjà suffisamment désagréable.

« Bon, très bien. » M. Breitner prit une gorgée de thé, reposa sa tasse sur la table et croisa les mains. Ses deux index pointaient sur moi, provocateurs.

« Quel est le bilan, à vos yeux ?

– D'hier soir ?

– De ces quarante-cinq dernières années. »

Je sentis mon estomac se nouer.

À l'origine, je voulais simplement découvrir quelques aspérités intérieures pour pouvoir les lisser.

Je devais admettre que la soirée de la veille indiquait une telle aspérité.

Mais voilà que M. Breitner voulait examiner à la loupe mon âme tout entière au lieu de se contenter de raboter l'aspérité en question.

Très peu pour moi. J'essayai de changer de sujet.

« Vous n'êtes pas curieux de savoir ce qui s'est passé avec l'ami de Chayenne ?

– Je ne suis pas le conseiller conjugal de vos collaborateurs. Je suis votre coach de pleine conscience. Alors, dites-moi, quel bilan tirez-vous de ces quarante-cinq dernières années ?

– Pourquoi quarante-cinq ?

– Parce qu'il se trouve que votre quarante-cinquième anniversaire a été à l'origine de la soirée d'hier. Vous avez décidé librement de la manière dont vous vouliez célébrer la première partie de votre existence. Si les décombres d'hier constituent le mémorial de votre vie, cela doit avoir une raison. »

Il exagérait.

« Je vous arrête tout de suite ! Ce n'est pas parce qu'une petite fête a loupé que je dois me mettre à douter du bilan provisoire de ma vie.

– Si je vous ai bien compris, c'était votre seule fête depuis un bon bout de temps. Cela fait donc bien longtemps que vous loupez toutes les fêtes. Peut-être que cette soirée était loupée parce que vous doutez de ce bilan.

– Pourquoi aurais-je des doutes sur ma vie ?

– Eh bien, le récit de votre soirée d'hier à lui seul est assez révélateur. Vous êtes désemparé dès que vous ne pouvez plus satisfaire les désirs de votre fille ou de votre ex-femme. Après quarante-cinq années d'existence, vous n'avez pas d'amis pour vous organiser une fête. Vous vous cachez à vous-même votre souhait de pouvoir échapper à votre quotidien et le mettez sur le dos de votre enfant intérieur. Vous n'arrivez pas à faire la fête juste pour vous mais uniquement sous couvert de votre identité d'avocat de la pègre. Votre spontanéité minutieusement planifiée s'est malgré tout soldée par un échec parce que vous avez donné davantage d'espace aux souhaits d'autres personnes qu'aux vôtres. De toute évidence, vous n'avez pas vraiment coupé avec votre ex-femme. Et je ne vous parle même pas du manque absolu de responsabilité dont vous avez fait preuve en rentrant bourré en voiture chez vous, comme un adolescent attardé. »

L'abattement qui me saisit dépassait de loin la fatigue d'une banale gueule de bois. Formulé ainsi, le bilan de la première partie de ma vie semblait en effet un peu morose. Mais je connaissais ça. Joschka Breitner voulait me sortir de ma réserve pour que je trouve moi-même ce qu'il y avait de positif dans ma vie.

« Attendez ! Ce n'est pas aussi simple. Bon d'accord, pour la voiture, j'ai vraiment fait n'importe quoi. Mais sinon ? En quarante-cinq ans, j'ai donné vie à ma fille, j'ai gardé de bonnes relations avec mon ex-femme et mon boulot n'est pas mal du tout, à vrai dire.

– Le bilan que vous faites se résume donc au don d'une vie pour laquelle vous sacrifiez la vôtre, à la rupture d'un mariage et au fait de ne pas être totalement hors jeu professionnellement ? À votre place, pour fêter ça, j'aurais moi aussi eu envie de me recroqueviller chez moi ou de me pochtronner avec des inconnus.

– Mais il n'y a rien de mal à avoir une belle relation avec ma fille, des rapports agréables avec mon ex-femme, des revenus suffisants sans devoir me plier en quatre et même une sorte de lien amical avec mes mandants !

– C'est donc tout ce que vous attendez de la vie ? »

Durant un détartrage, cela aurait été le moment pour le patient de constater, en passant sa langue sur l'endroit couvert de tartre tout à l'heure, qu'une dent venait de se briser parce qu'elle était entièrement creuse.

« Je croyais que vous étiez mon coach de décontraction, dis-je, appelant à l'aide intérieurement.

– En effet. Cela signifie que je dois vous dire ouvertement ce qu'il faut décontracter chez vous. Si j'étais orthopédiste, je devrais aussi vous annoncer la fracture de votre jambe avant de vous poser un plâtre.

– Qu'est-ce que ça veut dire ? Que je suis un perdant qui n'a eu que ce qu'il méritait ? lançai-je pour tenter de trouver un sens à la ruine de ma vie intérieure.

– Bien au contraire. Vous devriez être reconnaissant à cette soirée pour les leçons que vous pouvez en tirer.

– Quelles leçons ? Que je trimballe visiblement toute une série de problèmes non résolus avec moi ?

– Essayez tout d'abord de ne pas considérer vos problèmes comme tels mais comme des inspirations. Leur connotation sera bien plus positive.

– On dirait une entourloupe tout droit sortie du marketing psychologique. »

L'esquisse d'un sourire se dessina sur le visage de Breitner. « Le besoin de transporter des choses lourdes a posé problème à l'humanité pendant des millénaires. Jusqu'à ce qu'une personne s'en inspire pour inventer la roue. Celle-ci est-elle pour autant une entourloupe inventée par le marketing psychologique ?

– Soit. Disons que les problèmes m'inspirent. Est-ce que ça va me faciliter la recherche de solutions ?

– Si vous considérez un problème comme une inspiration, vous n'aurez plus à vous creuser obstinément la tête en quête d'une solution. Laissez celle-ci venir à vous. Méditez sur l'inspiration et voyez ce que vous pouvez changer dans votre comportement. Le trio sous tension "problème-réflexion-solution" se transformera ainsi en un paisible accord à trois "inspiration-méditation-changement".

– Ah, ah... dis-je, plus que sceptique. Rappelez-moi ce qu'il y avait d'inspirant dans la soirée d'hier ?

– Vous l'avez conduite dans toutes les règles de l'art droit dans le mur. Voiture y compris. Prenez ça comme une inspiration pour méditer sur la question de savoir si votre mode de vie actuel, qui consiste à vous sacrifier pour votre fille, à vous replier sur vous le reste du temps et à devoir, en toute conscience, vous mettre minable une fois par an en guise de compensation, est vraiment tout ce que vous attendez de l'existence. Ou si vous voulez y changer quelque chose. »

Trois coups portés avec la lance de la vérité, qui, en touchant à l'essence de la soirée de la veille, avaient malheureusement tous tapé dans le mille. M. Breitner vit à mon air qu'il était sur la bonne voie, ce qui l'incita à poursuivre.

« D'après ce que vous m'avez raconté, vous n'avez, alors même que c'était votre anniversaire, pas exprimé et encore moins défendu le moindre souhait personnel. C'est ce que j'appellerais une leçon inspirante. Voyez la soirée d'hier comme une opportunité de réfléchir en toute conscience aux désirs que vous pourriez avoir pour la seconde partie de votre vie. »

Je haussai les épaules. « Peut-être que je suis heureux comme ça...

– Les désirs sont le bois dont on sculpte le futur. C'est pourquoi il est plutôt rare d'être heureux sans plus de désirs. La plupart des gens sont malheureux sans l'avoir désiré. Prenez conscience de vos désirs pour le temps qu'il vous reste à vivre !

– Sinon quoi ?

– Sinon vous vous retrouverez un jour complètement dépressif dans un centre Porsche, à faire le tour des véhicules de leasing en compagnie d'une jeunette de vingt ans louée pour l'occasion.

– Pardon ?

– C'est ce qu'on appelle la crise de la quarantaine. En faire l'expérience revient à ne pas obtenir de réponse satisfaisante à cette question légitime : C'était tout ? Vous-même refusez déjà de vous interroger sur ce que vous attendez des années à venir. »

Je sus soudain que je n'avais en effet aucune idée de ce que j'espérais pour la suite.

Je n'y avais même pas encore pensé.

De toute évidence, la séance de ce jour ne traitait pas simplement de quelques petites aspérités intérieures.

Elle traitait du sens à donner au reste de ma vie.

7

PARTIR EN PÈLERINAGE

« Le premier pas que l'on fait sur le chemin vers soi-même est aussi le dernier. Se trouver soi-même signifie pénétrer en territoire inconnu. »

Joschka BREITNER
En chemin vers le Moi –
le pèlerinage, un voyage vers soi-même

Apparemment, j'étais depuis un certain temps si malheureux dans le présent que je n'avais absolument pas pensé à mon avenir. J'essayai d'y voir une inspiration.

« Comment faire pour savoir ce que j'attends de la seconde partie de ma vie ? »

M. Breitner me guida vers la méditation adéquate.

« Trouvez d'abord qui vous êtes vraiment. Quand vous le saurez, vous saurez aussi ce dont vous avez besoin. Et cela vous permettra de remplir les années qu'il vous reste. »

Rien de plus simple. Je savais qui j'étais.

« Je suis Björn Diemel, quarante-cinq ans, divorcé, père d'une petite fille, avocat. »

Cela ne sembla pas suffire à M. Breitner.

« Nom, âge, situation familiale, profession. Décririez-vous une pomme de la même façon ?

– Pardon ?

– Eh bien, si je vous disais avoir mangé hier une pomme célibataire de Baraboo, cueillie deux semaines plus tôt, qui bossait dans une cagette au supermarché en tant que modèle fruitier brillamment lustré, sauriez-vous alors quoi que ce soit de cette pomme ?

– Non.

– En effet. Si vous aviez vraiment voulu apprendre quelque chose sur elle, vous auriez dû l'avoir en main et l'observer par vous-même. Ce n'est qu'à cette condition que vous auriez pu voir ce qui la définissait vraiment. Dans quel type de sol étaient enfouies les racines de son arbre ? Dans quelle partie du ciel brillait le soleil qui a fait pousser ce dernier ? Quel chemin ont parcouru les nuages dont l'eau a été absorbée par le tronc ? Vous auriez constaté que l'âge, la situation familiale et la profession d'une pomme sont secondaires quand il s'agit de découvrir ce qu'elle est au fond.

– D'accord, mais le truc, c'est que je ne suis pas une pomme.

– Très juste. Vous êtes une créature bien plus complexe. Si vous voulez vraiment savoir qui vous êtes, vous devriez arrêter de vous définir à travers les relations que vous entretenez avec les autres. Revenez à vous-même. Demandez-vous où sont vos racines, quelle lumière vous réchauffe, quelles pensées vous nourrissent.

– Hein ?

– Quittez le panier de fruits. Abandonnez les rôles que vous endossez. Ne soyez ni père, ni ex-mari, ni avocat pendant quelque temps. Et voyez ensuite qui vous êtes.

– Je dois me couper du monde ?

– Non, c'est tout le contraire. Vous devez vous détacher. Sortez. Partez. Quittez pendant quelques semaines votre quotidien. Sur le plan géographique. Concret. Affectif. »

Un rêve bien naïf à mes yeux, qui n'avait rien à voir avec les contraintes de la vie réelle.

« Pardon, mais soyons clairs. Comment je fais pour tout larguer pendant plusieurs semaines ? Je ne peux quand même pas… ne serait-ce qu'à cause du cabinet…

– Vous ne seriez pas le premier avocat à confier vos dossiers urgents à un remplaçant et à décaler tous vos rendez-vous d'un mois. Combien d'entretiens impossibles à déplacer avez-vous, disons, d'ici trois mois ? »

On était fin avril. Dans trois mois, on serait en juillet. Je fis semblant de penser à mon agenda très peu rempli, qui, sans représenter de réelle entrave, me donnait plutôt, depuis que je m'étais mis à mon compte, la possibilité d'inventer librement mes indisponibilités.

« En juillet ? Pfiou, il faudrait que je réfléchisse... »

Mes tergiversations provoquèrent le contraire de ce que j'avais voulu obtenir.

« Donc, aucun qui soit assez important pour que vous l'ayez en tête. Parfait. Qu'est-ce qui pourrait encore vous empêcher de ne vous occuper que de vous-même en juillet ? »

On touchait maintenant à l'affectif. Bien sûr que je pouvais fermer mon cabinet pendant un mois. Mais je ne voulais pas me séparer de ma fille aussi longtemps. Là encore, je commis l'erreur de ne pas parler de mes désirs mais de mes obligations.

« Je ne peux pas laisser ma fille toute seule pendant un mois. C'est impossible à organiser.

– Avez-vous seulement déjà essayé ? Vous qui avez de si bons rapports avec votre ex-femme. Votre fille va à la maternelle et se sent très bien chez sa mère. En votre absence, sa prise en charge ne serait donc pas inenvisageable. Peut-être pourriez-vous tout simplement essayer d'en parler. »

Bien, je pouvais tenter le coup. Quand Katharina me demanderait si j'avais perdu la boule, le problème de l'organisation serait réglé. Et le problème affectif ne se poserait même pas.

« Vous ne semblez pas convaincu, nota M. Breitner.

– Je… je ne peux pas m'imaginer loin de ma fille aussi longtemps. Je crois que je n'y arriverais pas, laissai-je finalement quand même échapper en toute sincérité.

– Pourquoi ?

– Parce qu'elle… ça va vous sembler kitsch… parce qu'elle est mon soleil. Je ne pense pas être capable de me passer un mois complet de sa compagnie rayonnante.

– C'est une très belle image. Allons plus loin. Votre fille est le soleil autour duquel tourne votre vie tout entière, correct ? »

J'acquiesçai avec hésitation, ignorant où il voulait en venir.

« Dans cette image, vous êtes donc la Terre », déduisit-il.

J'acquiesçai de nouveau, réticent.

« Vous savez certainement que la Terre tourne d'abord sur elle-même avant de tourner autour du Soleil, n'est-ce pas ? Si elle s'arrêtait de le faire, elle serait tout bonnement inhabitable. Car dans ce cas, une de ses faces brûlerait tandis que l'autre gèlerait. Vous devriez comprendre que votre vie doit parfois aussi tourner autour de vous, pour que son aptitude à tourner autour des autres ait du sens.

– Dans le cadre de cette métaphore, c'est un très bon argument. Mais j'aurais quand même du mal à m'éclipser pendant un mois au détriment d'Emily.

– Et si vous le faisiez *pour* elle ?

– Qu'est-ce qu'elle y gagnerait ?

– Des tas de choses. Pendant tout ce temps, vous vous occuperiez de la personne qui est tout pour elle : vous. Que peut-on faire de plus beau pour sa fille ?

– Mais je fais déjà mon maximum pour elle.

– Peut-être est-ce là justement quelque chose d'important à changer. Que lui restera-t-il si, à la fin, elle a tout, et son père rien ? Peut-être vaudrait-il mieux pour elle que son père s'accorde d'abord ce dont il a besoin, lui, et qu'au lieu de le sacrifier pour elle ensuite, il le partage avec elle. »

À l'écoute de ces mots, ma résistance commença à s'émousser, remplacée peu à peu par une forme de scepticisme curieux.

« OK, supposons que je trouve le temps de partir. Je ferais quoi de mes quatre semaines de liberté ?

– Limitez-vous au strict nécessaire et trouvez-vous vous-même. »

Se trouver soi-même. Un autre lieu commun. Nous venions tout juste de dire qu'à mon anniversaire, je savais exactement où j'étais : à côté de la plaque, de toute évidence.

« Je voulais dire concrètement. Où aller pour me trouver ? Où méditer sur mes probl... mes inspirations ? Dans un spa quelconque ? Un monastère ? Sur un alpage avec sa fromagerie attenante ? »

Si je parvenais vraiment à me libérer un mois entier, je dégoterais sûrement quelques offres thalasso, massages et restauration hors de prix inclus, pour oublier par la méditation l'expérience inspirante de mon manque de désirs.

« Partez en pèlerinage.

– En... *quoi* ? »

À cet instant, l'idée de faire un pèlerinage croisa pour la première fois mon chemin de vie.

De façon si surprenante que j'eus besoin d'un moment pour traiter l'information. En tout cas, voilà qui était loin du séjour bien-être pour la découverte de soi auquel je m'étais attendu.

« Je devrais abandonner ma fille pour aller me balader dans la cambrousse avec des grenouilles de bénitier ? » m'exclamai-je enfin.

Joschka Breitner reposa sa tasse, planta ses yeux dans les miens et me demanda sur le ton de la confidence :

« Savez-vous seulement ce qu'est un pèlerin ? »

Bien sûr que je le savais. Il y avait bien assez de documentaires Arte sur le sujet.

Je lui fis un résumé de mes connaissances : « Un pèlerin, c'est quelqu'un qui s'achète des chaussures, des pantalons Gore-Tex et des sacs à dos de trekking perspirants produits par un ouvrier du textile pakistanais contre l'équivalent de plusieurs fois son salaire annuel, pour se délester des problèmes de luxe du premier-monde en faisant des randonnées sur le dos du tiers-monde. »

Le regard bienveillant de M. Breitner était toujours posé sur moi. « Le terme pèlerin vient du latin *peregrinus* qui signifie tout simplement "être à l'étranger". Un pèlerin, c'est la pomme qui a quitté le panier de fruits. »

Timidement, je lui rendis son regard.

« ... et qui finit par redégringoler exactement là où toutes les autres dégringolent aussi. Dans des caisses remplies de vieux os... ajoutai-je.

– Faire un pèlerinage, c'est essayer de trouver un objectif intérieur sur le chemin vers un objectif extérieur, me confia M. Breitner.

– Je vois. "Le but, c'est le chemin" et "même le chemin le plus long commence par un tout petit pas" et ainsi de suite. » Bien que je déteste les dictons de calendrier, j'en avais emmagasiné une quantité faramineuse.

Face à mon défaitisme revêche, M. Breitner restait d'un calme olympien.

« Justement pas, rétorqua-t-il. L'objectif extérieur, c'est l'objectif extérieur. Qui peut tout à fait être une caisse pleine de vieux os. Le terme "relique" semble toutefois plus noble. Mais cela importe peu en fin de compte. L'objectif extérieur donne un cadre à votre quête. L'objectif intérieur, c'est vous.

– Le but, c'est donc le chemin vers moi-même.

– Non. Le premier pas que l'on fait sur le chemin vers soi-même est aussi le dernier. Se trouver soi-même signifie pénétrer en territoire inconnu. C'est une grande aventure. Vous pourriez découvrir quelque chose d'incroyablement unique. Vous-même. »

Je laissai l'idée de m'engager dans cette aventure m'imprégner.

« Et pourquoi le coup des vieux os ? Pourquoi aller voir un cercueil quelconque ?

– Pourquoi le plus gros chocolat du calendrier de l'avent est-il toujours dans la case du vingt-quatre décembre ? »

Le regard que je jetai à M. Breitner était comme moi : perplexe.

« Pour avoir un but, m'expliqua-t-il. On se fiche de savoir si vous croyez vraiment au pouvoir des prétendus ossements d'un saint. De la même façon, le vingt-quatre décembre, personne n'a besoin d'un chocolat deux fois plus gros que les autres. Mais l'existence même de l'objectif extérieur structure votre cheminement. Elle lui donne un début et une fin. Chaque jour qui passe, vous vous rapprochez de votre but. Vous avez une raison de vous lever le matin. Vous avez le droit de tomber d'épuisement dans votre lit le soir. C'est dans ce cadre que vous évoluez. C'est dans ce cadre que vous pouvez vous découvrir vous-même. »

J'avais enfin compris l'image. Mais elle était encore loin d'être assez concrète.

« Ce qui signifie quoi, en pratique ? Où, quand et comment dois-je faire mon pèlerinage ? »

C'est là que M. Breitner me mit pour la première fois sur la voie qui allait changer ma vie.

« Très concrètement ? Faites le chemin de Compostelle. L'itinéraire classique du Camino Francés relie Saint-Jean-Pied-de-Port à Saint-Jacques-de-Compostelle. Huit cents kilomètres tout rond. Vous pourriez partir le premier juillet et être de retour le trente et un. Sur trente et une journées, ça vous ferait vingt-cinq kilomètres par jour. En marchant à cinq kilomètres-heure, vous en seriez à cinq heures de randonnée par jour. C'est assez concret pour vous comme ça ?

– C'est surtout archipointilleux.

– En effet. Mais c'est vous qui m'avez demandé un exemple concret. Comme vous m'avez raconté tout à l'heure avec le plus grand des sérieux la façon archipointilleuse dont vous aviez planifié l'enchaînement de vos consommations d'un soir en fonction de votre équilibre hydrique et de votre poids corporel, j'ai pensé pouvoir vous amadouer avec des statistiques mesquines. »

En voyant mon air stupéfait, M. Breitner me sourit. « Vous ne marcherez évidemment pas cinq heures par jour à cinq kilomètres-heure, trente et un jours de suite. Parfois, vous marcherez pendant huit heures à six kilomètres-heure et parfois, vous vous arrêterez deux jours dans une ville quelconque. Et si ça vous prend, vous parcourrez telle ou telle portion en bus. Et peut-être qu'après Saint-Jacques-de-Compostelle, vous continuerez jusqu'à Finisterre, pour clore votre pèlerinage à l'endroit que l'on prenait autrefois pour le bout du monde. Cela n'a aucune importance. Vous verrez tout ça en cours de route. Ça fait partie de l'aventure. Mais je peux vous garantir une chose : au terme de celle-ci, vous ne vous retrouverez pas ivre mort dans votre voiture encastrée dans la fenêtre de la cave de votre immeuble. »

En cet instant, je me rendis compte qu'en pensée, je me trouvais déjà sur le Camino Francés.

8

LES CONSÉQUENCES

« Une chose est sûre : on ne part pas en pèlerinage sans en revenir transformé. »

Joschka BREITNER
En chemin vers le Moi –
le pèlerinage, un voyage vers soi-même

Je convins avec M. Breitner de prendre mes dispositions d'ici notre séance de coaching suivante, pour pouvoir partir librement quatre semaines en pèlerinage. Dans l'intervalle, je comptais me renseigner un peu sur ce fameux Camino Francés. Un chemin long et sinueux de huit cents kilomètres qui reliait les Pyrénées françaises à la ville espagnole de Saint-Jacques-de-Compostelle. Un chemin qui me permettrait peut-être de contourner très largement la crise de la quarantaine qui me menaçait.

Or, de retour chez moi, la soirée d'hier me réservait une autre inspiration. À peine avais-je fermé la porte de mon appartement que j'entendis grincer les marches en bois dans la cage d'escalier. Sascha avait dû s'apercevoir de mon retour et montait me voir.

J'avais passé la journée à l'éviter. Le matin, j'avais fait chercher mon Land Rover par une dépanneuse. Quand mes maux de tête carabinés m'avaient laissé téléphoner. Ce qui, malheureusement, n'avait été le cas qu'après que l'intégralité des élèves de maternelle et leurs parents l'avaient vu planté dans la lucarne de la cave. Mais Sascha était quelqu'un de pragmatique. Il n'abordait un problème que s'il le concernait directement et qu'une solution semblait possible.

Le conseil qu'il m'avait donné hier, m'exhortant à prêter attention à mes propres désirs, serait le comble de ce qu'il se permettrait en matière d'ingérence non sollicitée dans ma vie privée. Il ne me ferait pas la morale pour conduite en état d'ébriété et n'essaierait pas de sonder mon âme. La question était donc : que me voulait-il ?

« Il faut qu'on parle d'hier soir, lança-t-il tout de go, à peine avais-je ouvert ma porte.

– Je t'offrirais bien un verre de vin mais j'ai encore mal au crâne, dis-je pour détendre l'atmosphère.

– Je comprends. Hier, tu as dû péter les…

– Désolé pour la voiture, l'interrompis-je, me réfugiant dans l'excuse. Je n'ai pas pu la faire enlever avant l'ouverture de l'école. Quant aux dégâts sur le mur de l'immeuble, je… »

Sascha m'arrêta d'un geste de la main. « Il ne s'agit pas de la voiture mais des Chinois. »

Mon estomac se crispa. Pourvu que les plaisanteries à base de mousse expansive que j'avais tolérées avec bienveillance et quelques verres en trop n'eussent pas eu d'autres conséquences fâcheuses.

« Qu'est-ce qu'ils ont ? Ils sont… morts ?

– Pas vraiment.

– Comment peut-on n'être pas vraiment mort ?

– On parle de deux Chinois. L'un d'entre eux est mort. L'autre, non. Donc, les deux ensemble, pas vraiment. C'est justement ça le souci. »

L'argumentation mathématiquement éclairante de Sascha assombrit considérablement mon moral.

D'un point de vue pessimiste, je venais d'apprendre que le signal contre le sexisme lancé à l'occasion de ma fête d'anniversaire avait entraîné un décès.

J'étais une personne responsable. Jusqu'ici, j'avais déjà assouvi à l'excès mon besoin de m'occuper de la mort d'autres personnes.

Mais Sascha n'était pas non plus exempt de sentiments. Il respectait la valeur de la vie humaine. Selon différents niveaux de prix. La plus chère à ses yeux était la sienne. S'il acceptait la mort d'un des Chinois tout en regrettant la survie de l'autre, c'était parce que celle-ci pouvait être néfaste pour sa survie à lui.

« Quel est le problème exactement ? voulus-je savoir.

– Tout à l'heure, j'ai vu Laura au supermarché. Elle avait l'air éreintée par sa nuit de garde aux urgences hier. »

Laura était une femme formidable. L'année dernière, son fils était en dernière année de maternelle. Nous nous étions connus au comité des parents d'élèves, où nous étions délégués. Elle aussi vivait seule, comme moi. Nous avions eu une aventure intense mais brève car nous avions vite compris que nous n'aurions pas d'avenir ensemble. Ce qui n'avait affecté aucun de nous deux.

Laura était médecin et avait gardé contact aussi bien avec la maternelle, c'est-à-dire Sascha, qu'avec moi.

« Et qu'est-ce que Laura a à voir avec les deux Chinois ?

– Elle les a rencontrés sous la forme d'une anecdote. Un de ses collègues, un jeune urologue, a vu passer les deux Chinois sur sa table d'opération hier dans la nuit. Au-delà de douleurs évidentes dans le bas-ventre, le plus âgé des deux s'est plaint d'une sensation d'oppression dans la cage thoracique, ce sur quoi le jeune homme lui a fait une injection de nitroglycérine contre le risque de crise cardiaque. »

Une lueur d'espoir s'alluma en moi.

« Donc, le type est mort d'un infarctus ? » demandai-je. Le danger inhérent à l'agression à la mousse expansive ne s'était donc pas réalisé en causant le décès du Chinois, survenu sous la forme d'un arrêt du cœur. Voilà qui soulageait grandement ma conscience.

« Oui. À cause de la nitroglycérine.

– Comment ça ? Elle n'était pas censée lui éviter l'infarctus ?

– Le spray, m'expliqua Sascha, devait diminuer la pression artérielle pour soulager le muscle cardiaque. Mais si le patient a ingéré du Viagra juste avant, l'interaction médicamenteuse provoque une chute si drastique de la tension que le patient finit quand même par mourir d'une crise cardiaque, le cœur n'étant plus assez irrigué. »

D'un point de vue formel, je savais à présent que jusqu'à avant-hier, un des Chinois souffrait encore de troubles de l'érection.

Ce qui n'était donc plus le cas désormais.

D'un point de vue juridique, la chaîne de cause à effet impliquant la mousse expansive avait été reléguée au second plan par les facteurs isolés – et indépendants de ma volonté – du Viagra et du spray à la nitroglycérine.

« Le Chinois numéro un n'est donc pas mort à cause de la mousse mais à cause d'une erreur médicale du jeune urologue, observai-je.

– En effet, confirma Sascha.

– Du coup, l'urgentiste a pu consacrer beaucoup plus de temps au Chinois numéro deux, c'est ça ? dis-je.

– Exactement. Le comportement de ce dernier n'a cependant pas non plus facilité durablement le travail du médecin.

– Pourquoi ?

– Parce qu'il a avisé le docteur qu'il tuerait toute personne qui oserait prononcer ne serait-ce qu'un seul mot sur la mousse expansive ou la raison véritable de l'hospitalisation de son collègue. Même verdict pour ceux qui lui avaient fait subir ça. De plus, il a insisté pour payer en liquide. »

Le Chinois avait peur de perdre la face, ce qui était une bonne chose.

Sa colère ne l'était pas. Je n'étais pas encore certain de savoir ce qui prévalait.

« Et qu'a fait le collègue de Laura ?

– Il a pris l'argent, éliminé toute trace de mousse expansive et établi un acte de décès pour infarctus du myocarde avant de raconter l'histoire des deux Chinois à qui voulait l'entendre dans la clinique. Entre autres à Laura.

– La mousse expansive ne sera donc mentionnée nulle part officiellement et Laura aura entendu officieusement un fait divers de plus sorti des urgences. Où est le problème ?

– Les deux Chinois avaient des tatouages typiques des triades.

– La mafia chinoise ? » Les nœuds que j'avais dans l'estomac se mirent à remonter désagréablement jusque dans ma gorge, qui s'asséchа.

« Oui. Et c'était pas n'importe qui. Tu te souviens des numéros de chambre ? »

Comment oublier ? Après la débauche d'interversions dont ils avaient fait l'objet, ces derniers s'étaient gravés dans ma mémoire.

« 489 et 498, pourquoi ?

– Les triades chinoises donnent des numéros à leurs membres. Tous commencent par un quatre. Le chef d'une triade a le 489.

– Celui de la victime par inadvertance ?

– Exact.

– Donc, pour rigoler, nous avons balancé de la mousse isolante dans les fesses d'une "tête de dragon" ?

– Pour rigoler et… faire quelque chose contre le sexisme.

– Une vraie réussite, si tu veux mon avis. Le survivant n'embêtera plus jamais de prostituée avec ses envies sexuelles insolites sans l'assassiner ensuite. Du coup, j'espère que tu ne crains plus qu'on ait offensé un des Chinois des triades de façon raciste, dis-je pour dissimuler ma panique grandissante.

– Tous les Chinois ne sont pas membres des triades. Croire cela serait effectivement un préjugé raciste.

– Mais tous les Chinois auxquels nous avons donné une leçon hier soir l'étaient.

– Vu comme ça, tu as raison.

– Et alors, qu'est-ce que ça signifie pour nous ? Quel est le risque que le Chinois se venge ?

– Pour le moment, le danger est minime. Même s'il le voulait, il ne saurait pas de qui se venger. Impossible de remonter jusqu'à nous. Walter et Stanislav étaient masqués.

– Deux membres d'une triade réservent chacun une call-girl auprès du même service d'escortes et reçoivent ensuite tous deux la visite des mêmes hommes masqués qui leur font subir la même violence sexuelle. Ils se douteront forcément…

– On dit sexualisée, pas sexuelle », me corrigea Sascha.

Je le regardai, irrité et confus.

« Sexuelle… sexualisée… On s'en fout, non ?

– Non. Dans le cas de la violence sexualisée, la sexualité sert à exercer de la violence. »

En l'écoutant, je me demandais s'il était vraiment nécessaire que Sascha participât à tous les cours de formation continue auxquels il avait accès.

« Quoi qu'il en soit, poursuivis-je, je crois qu'il est nul besoin de se gaver de *fortune cookies* pour deviner le lien entre ces demoiselles et les deux garçons à la bombe de mousse.

– J'ai mené mon enquête, répondit Sascha pour me rassurer, les Chinois ont réservé Chayenne et Sandy en passant par le réceptionniste de l'hôtel. Le survivant n'a donc aucune idée de quelle agence elles viennent.

– Et le réceptionniste… ?

– Walter l'a déjà pris à part. Il ne se souviendra de rien. De plus, il a informé Walter que la délégation chinoise à laquelle appartenaient nos deux messieurs a quitté l'hôtel ce matin, comme prévu. Le premier a probablement déjà trouvé sa place dans les cieux tandis que l'autre est de retour sur la place de la Porte-de-la-Paix-Céleste.

– Et si ce n'était pas le cas ? Où sont Chayenne et Sandy ? Elles ne doivent courir aucun risque.

– Par sécurité, Carla les a provisoirement retirées du catalogue. »

La tension qui crispait mes reins semblait s'y être installée durablement pour me faire froid dans le dos. Au lieu de nous retrouver avec une prostituée indignée et une autre amusée, nous nous coltinions désormais un Chinois mort et un autre potentiellement assoiffé de vengeance, un réceptionniste terrifié jusqu'au tréfonds de son être et deux putes sans emploi. Le signal lancé par Walter et Stanislav contre le sexisme faisait partie de ces solutions qui nous faisaient regretter le problème initial.

9

LA CRISE DE LA QUARANTAINE

« Une crise de la quarantaine peut être une opportunité. Ce n'est qu'en questionnant sa vie qu'on peut ensuite arrêter de la remettre en question. Après tout, la vie que vous avez menée jusqu'à présent vous a conduit à ce moment précis où vous réalisez que vous pouvez soit l'aimer telle qu'elle est, soit la changer selon vos désirs. »

Joschka BREITNER
En chemin vers le Moi –
le pèlerinage, un voyage vers soi-même

« Emily m'a dit qu'hier, ton Land Rover était coincé dans la fenêtre de la cave de la maternelle. C'est vrai ? » fut la première question de Katharina le lendemain. Sa mère avait amené Emily à l'école la veille.

Katharina avait pris l'habitude de passer boire un expresso chez moi après avoir déposé Emily et avant de filer au boulot.

Pour que nous puissions parler en toute tranquillité, en tant que parents et amis, sans la présence de notre fille.

Depuis plus d'un an, Katharina avait réintégré son poste de juriste dans une assurance. Se voir à nouveau reconnue par des adultes comme une personne active à part entière l'avait délivrée d'une grande part de l'amertume maternelle que ressentent les femmes d'affaires autrefois accomplies dans les salles d'attente équipées de jouets en bois des écoles de danse pour enfants.

Entre-temps, nous avions échangé les rôles.

En tant qu'avocat libéral aux horaires flexibles, j'avais pu m'occuper d'Emily pendant que Katharina enchaînait les heures supplémentaires à sa reprise du travail. J'avais passé énormément de temps dans des bassins de natation à température corporelle, sur des terrains de jeux ou dans les vestibules de toutes sortes d'écoles extrascolaires.

Désormais, je comprenais très bien la frustration de Katharina autrefois.

Des lieux fréquentés par des parents isolés avec leurs enfants sont des lieux où les accomplissements du parent qui est là ne comptent pas. En contrepartie, les accomplissements futurs de l'enfant en train de jouer et ceux, actuels, du compagnon ou de la compagne absente comptent d'autant plus.

Ce sont des lieux que les mères investissent, les pères se contentant, au mieux, de faire acte de présence.

Mon mari est en déplacement à Hambourg. Mon mari a commandé le nouveau véhicule d'entreprise hier. Mon mari nous a réservé une finca à Majorque pour l'été… Voilà le genre de propos qui résonnaient sans cesse à mes oreilles.

Quant à la phrase *Mon mari ne va pas tarder à arriver pour prendre le relais,* je ne l'entendais jamais.

Les aires de jeux se prêtent merveilleusement à des études sur le sexisme.

Du fait que a) j'étais un homme b) qui passait malgré tout du temps avec son enfant dans un parc, les mamans concluaient que je n'étais à l'évidence pas le genre de type a) à partir en voyage d'affaires à Hambourg, b) à posséder une voiture de fonction ou c) à réserver des fincas.

Pour que ces femmes m'acceptent en tant qu'homme, il me manquait une carrière.

Pour qu'elles m'acceptent en tant que parent à part entière, il me manquait l'expérience de l'accouchement.

Bien que je ne me sois jamais considéré moi-même comme un homme au foyer, j'avais ressenti dans ma chair ce que cela faisait d'être perçu ainsi par les autres.

Voyant, comme Katharina avant moi, ma carrière contestée parce que j'allais au terrain de jeux nous avait rapprochés quelque peu, elle et moi.

« Alors, que s'est-il passé avec ta voiture ? insista-t-elle.

– Un souci avec l'essieu avant, répondis-je l'air de rien, tout en mettant une capsule d'expresso pour elle dans la cafetière. Je ne pourrai probablement pas la louer de sitôt en tant que voiture de mariage, déplorai-je.

– De toute façon, je ne compte pas me marier tout de suite. Heiko et moi ne nous connaissons pas encore depuis assez longtemps. »

Le revoilà. Le côté rationnel de mon ex-femme. Ce n'étaient pas les sentiments qui déterminaient l'intensité de la relation mais ce que l'on savait de l'autre. En cet instant, ce trait de sa personnalité me rassura beaucoup. Je continuais néanmoins à lui cacher que je connaissais déjà Heiko. En même temps, ce que je savais de lui n'en faisait pas vraiment un bon parti.

« Merci de m'avoir parlé si ouvertement de sa demande, dis-je.

– Avec plaisir. Je voulais surtout que Heiko voie l'air perdu d'un homme auquel j'ai déjà été mariée. »

Je lui tendis son expresso, profitant de cette vexation sûrement à moitié sérieuse pour l'interroger sur ses intentions.

« Et alors ? Pourra-t-il mettre en pratique cette leçon un jour ?

– Je lui ai demandé un trimestre de réflexion. Je dois d'abord définir tranquillement ce que je veux vraiment. »

Je n'étais donc pas le seul à ne pas savoir ce que je désirais réellement.

Trois mois de réflexion pour Katharina. Et tout ce que je voulais, c'était quatre semaines pour moi, dans trois mois.

Voilà qui m'offrait la transition parfaite pour aborder mon projet de pèlerinage.

« Puisque nous en sommes à parler de souhaits et de désirs... »

J'évoquai dans les grandes lignes mon idée, échafaudée avec M. Breitner, de prendre un mois de congé pour m'épargner une crise de la quarantaine.

« Il est peut-être un peu tard pour ça. J'ai l'impression que tu es déjà en plein dedans », fut sa première réaction.

J'étais confus. Katharina ne m'en avait jamais parlé.

« Qu'est-ce qui te fait dire ça ? »

Elle leva son index d'un air menaçant. Cela ne présageait rien de bon.

« Par exemple le fait que tu passes ton anniversaire avec une prostituée qui, vu son âge, aurait pu être ta fille si tu n'avais pas refusé pendant des années d'avoir des enfants. »

Combiner deux reproches qui n'avaient rien à voir l'un avec l'autre dans une même phrase était une des spécialités de Katharina. Je connaissais parfaitement ce piège argumentatif. Peu importe contre lequel des deux je me défendrais d'abord, un autre reproche suivrait immédiatement : « Ne change pas de sujet ! » Je me défendis donc en niant en bloc : « Ce n'est pas ce que tu penses. Je... »

Pour éviter de devoir lui expliquer l'histoire des Chinois, la prostituée d'anniversaire fournissait tout de même un alibi plus compréhensible pour la soirée d'hier.

Mais je n'eus pas le temps de m'expliquer.

« C'est pas mes oignons », m'interrompit-elle.

Elle joignit son majeur à son index, ce qui me tranquillisa. Visiblement, elle ne voulait pas me menacer mais procéder à une énumération.

« Ou encore le fait que, même soûl comme un cochon, tu t'efforces de jouer le rôle de l'ex-mari indulgent qui, la langue pâteuse, fait la conversation avec Heiko devant l'ascenseur. Ce que j'apprécie beaucoup d'un côté, sachant pertinemment qu'à tes yeux, Heiko est un abruti. Mais d'un autre côté, la bienveillance affectée que tu lui témoignes l'humilie presque encore plus que si tu lui montrais franchement le mépris qu'il t'inspire. Au moins, comme ça, tu le respecterais en tant qu'homme. D'ailleurs, j'ai bien vu ton haut-le-cœur à l'annonce de sa demande en mariage. »

J'ignorais quel était le lien entre ma fausse bienveillance et ma prétendue crise de la quarantaine. Mais Katharina n'avait pas encore fini. C'était au tour de l'annulaire.

« Et enfin, très clairement, ton comportement d'adolescent immature, puisque tu as manifestement pris le volant totalement ivre pour rentrer chez toi avant de foncer dans le mur de la maternelle. Avec une bagnole qui, soit dit en passant, est un signe de crise de la quarantaine à elle toute seule. Quelle personne sensée de plus de quarante ans habitant au centre-ville aurait l'idée d'aller s'acheter un Land Rover Defender ? »

Je levai les mains en guise de capitulation. Mais Katharina n'en avait toujours pas fini.

« Alors qu'en tant qu'homme responsable, ç'aurait été facile pour toi, après une soirée bien arrosée, de te prendre une chambre à l'hôtel, tout simplement. C'est ce qu'a fait Heiko. Les gens équilibrés font ce genre de choses. »

Sachant que cette nuit-là, Heiko avait très certainement fait l'équilibriste avec Katharina. Et ce dans la chambre d'hôtel adjacente à celle que j'avais réservée bien avant lui. Mais de cela, je ne pouvais pas plus lui parler que de l'incident avec les Chinois quelques étages au-dessus de ma chambre finalement restée inoccupée. Katharina aurait fini par manquer de doigts tant cela augmentait le nombre d'indices pointant sur une crise de la quarantaine.

Mon regard, à ce moment-là, devait être celui de quelqu'un à qui quatre semaines seraient loin de suffire pour ne serait-ce qu'identifier les principaux problèmes de sa vie. Sans parler de les résoudre.

Katharina replia ses trois doigts, baissa la main et vint vers moi en souriant.

« Oui », dit-elle. Je la regardai, perplexe.

« La réponse est oui ! » Elle m'attrapa par les épaules. « Tu peux tout à fait prendre un mois de vacances cet été. Je m'en sortirai avec Emily. Et puis, en cas de besoin, j'ai toujours ma mère. Ces dernières semaines, voire ces derniers mois, tu t'es sacrifié pour Emily et tu as toujours été là quand je devais travailler tard. Te redonner un peu de ce temps pour te permettre de te trouver toi-même est la moindre des choses que je puisse faire. »

Mon premier réflexe fut de me demander si je devais douter de sa magnanimité, mais finalement je décidai de la remercier, c'est tout. Ça valait le coup d'essayer.

« Qu'est-ce qu'on va dire à Emily ?

– Dès que tu seras parti, je lui dirai que son père est un égoïste qui laisse sa famille en plan. Peut-être que tu auras une meilleure idée en la récupérant tout à l'heure à la maternelle. »

Après le départ de Katharina, je restai un moment dans la cuisine, les yeux dans le vide. En entendant la porte d'entrée de l'immeuble claquer, j'émergeai de ma torpeur. Puis je sortis à mon tour et allai dans la librairie la plus proche pour sonder le rayon des guides de voyage à la recherche de livres sur le Camino Francés.

10

LE CHEMIN DE COMPOSTELLE

« Avec le chemin de Compostelle, c'est comme pour tout dans la vie : la fascination vient de la foi. Pas des faits. Avoir foi dans le salut, c'est déjà être à moitié sauvé. Or en prime, le chemin de Compostelle traverse de magnifiques paysages. »

Joschka BREITNER
En chemin vers le Moi –
le pèlerinage, un voyage vers soi-même

Dire à ma fille que d'ici deux mois, je ne serais pas à la maison pendant quatre semaines n'était pas agréable. Heureusement, ces unités de temps étaient encore trop abstraites pour qu'elle puisse vraiment comprendre le « quand » et le « combien de temps ». Nous étions d'autant plus conscients du fait qu'on se manquerait énormément l'un à l'autre.

Savoir que je ne verrais pas ma fille pendant si longtemps avait aussi de bons côtés puisque je n'en appréciais que plus les moments passés avec elle.

Dans les semaines qui me séparaient de ma prochaine séance de coaching, je réfléchis mûrement aux conditions de possibilité et aux exigences d'un pèlerinage en plein été.

Dans les guides, j'appris tout sur le matériel nécessaire : un bon équipement, une liste de bagages, une feuille de route, des auberges et un carnet du pèlerin.

Lors de nos sessions suivantes, M. Breitner me familiarisa avec l'aspect immatériel du projet : l'histoire du chemin de Compostelle, l'état d'esprit du pèlerin, l'importance de ma propre attitude intérieure.

Je fus immédiatement captivé.

« Savez-vous qui était ce Jacques qui a donné son nom au chemin de Compostelle ? m'interrogea Joschka Breitner.

– Un genre de… saint ? fut la maigre réponse du protestant que j'étais et dont la confirmation datait d'il y avait de nombreuses années.

– Oui, tout à fait. Mais cela ne nous apprend rien sur l'origine du chemin de Compostelle. »

L'historique qu'il me fit ensuite de la vie de Jacques le Majeur était fascinant. Il montrait ce qui pouvait advenir quand l'esprit d'une époque, le pouvoir et la foi s'alliaient.

Et n'avait pas grand-chose à voir avec l'idée biaisée que je me faisais du pèlerinage de Saint-Jacques-de-Compostelle comme d'une jolie petite excursion pour adorateurs de Dieu, jalonnée de nuitées collectives dans des auberges de jeunesse.

Jacques de Zébédée était un apôtre de Jésus. Après la mort de ce dernier, les apôtres se partagèrent le monde en diverses zones d'influence. Je ne connaissais que trop bien cette méthode de répartition territoriale, également pratiquée par les trafiquants de drogue. À la différence que celle de Jacques était la foi chrétienne. On lui attribua l'Espagne. Quant à savoir s'il eut du succès ou non, cela dépend du point de vue.

En Espagne, Jacques fit croître le nombre d'adeptes du christianisme de deux cents pour cent. Ce qui tint notamment au fait qu'à son arrivée là-bas, il était le seul chrétien du pays.

Avant Adam Ries[1] – qui n'était pas encore né à l'époque –, il avait donc réussi à convertir en tout et pour tout deux Espagnols.

Pour des raisons de carrière, Jacques retourna finalement à Jérusalem. Il devait en effet y être promu, c'est-à-dire lapidé. Sur le plan personnel, cela était bien sûr regrettable, mais sur le plan

1. Ndlt : Adam Ries (1492-1559) était professeur de calcul. Il est connu en Allemagne pour avoir expliqué les mathématiques au grand public.

professionnel, ce fut un tremplin. D'une pierre deux coups en quelque sorte, il devint à la fois martyr et saint.

Son binôme chrétien, resté en Espagne, fit rapatrier son corps par bateau sur la péninsule ibérique. On rapporte qu'à son arrivée, la coque du navire était entièrement recouverte de coquilles Saint-Jacques.

Le corps de Jacques fut enterré au nord de l'Espagne. L'apôtre, passé de vie à trépas, s'accorda d'abord un long repos de huit cents ans. Par la suite, frais et dispo, il démarra en trombe sa deuxième carrière en devenant la figure de proue de la politique migratoire européenne.

En l'an 812 après Jésus-Christ, à la faveur d'un phénomène stellaire, les ossements de Jacques furent redécouverts par un ermite. À un moment où, pure coïncidence, une grande partie de l'Espagne était occupée par les Maures.

À l'époque, on ne craignait pas encore d'être cas contact. Plus il y avait contact, mieux c'était. Plus un chrétien se rapprochait des restes d'un apôtre de Jésus, plus cela était bénéfique pour son propre salut.

La découverte du squelette tomba donc à pic pour attirer des chrétiens en masse et faire ainsi contrepoids aux Maures.

La dépouille de Jacques représenta en quelque sorte une source d'énergie spirituelle renouvelable pour lutter contre l'islamisation de l'Occident redoutée par les Européens de ce temps-là.

L'évêque chrétien en charge du nord de l'Espagne était parfaitement conscient de l'impact médiatique de la découverte. Pour prévenir toute remise en question de l'authenticité des reliques, il examina les ossements avec minutie et selon les plus stricts critères scientifiques de l'époque : il les regarda.

Avant de conclure : « Ces os sont bien ceux d'un véritable apôtre de Jésus. »

Saint Jacques – *San Tiago* en espagnol – fut inhumé une seconde fois et son tombeau déclaré lieu de pèlerinage.

Comme espéré, cela fit venir des chrétiens de toute l'Europe. Escortés des chevaliers qui les protégeaient. Et une fois sur place, ces deux groupes purent s'occuper ensemble et avec combativité du problème de l'immigration mauresque. Soutenus par saint Jacques en personne, qui ne se priva pas de quitter sa tombe pour aller se battre.

Ainsi, la découverte des reliques sonna le glas de la domination mauresque en Espagne.

Durant des centaines d'années, saint Jacques incarna la première réponse paneuropéenne à la question migratoire du IXe siècle : en tant que Jacques, le tueur de Maures.

Avec le temps, cette image fut complètement inversée. Le chasseur d'immigrés devint pourvoyeur de randonneurs. Saint Jacques se mit à attirer toutes sortes d'étrangers pour qu'ils puissent aller à la rencontre d'eux-mêmes.

J'aimais cette histoire. Parce qu'elle révélait si bien l'ingrédient nécessaire à la relativisation de la vérité même la plus absolue : un peu de temps.

C'est précisément cette prise de conscience qui me conforta dans mon envie de faire le Camino Francés sans délai. Avant que quelqu'un se mette à défendre une autre vérité et à réclamer la fermeture des huit cents kilomètres du chemin de Compostelle parce qu'ils seraient la preuve du racisme européen. Ou, pour le moins, l'introduction d'un quota obligatoire de Maures. Et par la même occasion, la transformation du Camino Francés en « Camina Francesa ».

Peut-être qu'il faudrait même interdire le christianisme complètement, Jésus ayant négligé de prendre ses distances avec Jacques bien des siècles avant que celui-ci ne lançât sa carrière solo.

Quoi que réservât l'avenir au Camino, je souhaitais l'arpenter avant.

Pour finir, M. Breitner résuma en quelques phrases marquantes le pouvoir d'attraction exercé depuis des centaines d'années par le chemin de Saint-Jacques :

« Avec le chemin de Compostelle, c'est comme pour tout dans la vie : la fascination vient de la foi. Pas des faits. Avoir foi dans le salut, c'est déjà être à moitié sauvé. Or en prime, le chemin de Compostelle traverse de magnifiques paysages. »

Breitner s'épancha sur la difficulté du col d'Ibañeta, au départ du pèlerinage. Il me parla d'une fontaine de vin, de villages abandonnés et de la *Cruz de Ferro*, une croix en fer couronnant un tronc d'arbre, au pied de laquelle des millions de pèlerins avaient déposé des pierres comme autant de fardeaux.

Grâce aux images qui se formèrent ainsi dans mon esprit, je me voyais déjà sur le Camino. J'avais commencé à croire en la possibilité d'y découvrir qui j'étais.

11

LES BAGAGES

« Faire un pèlerinage revient à structurer ses journées, à réduire au maximum ses bagages et à avoir de ce fait beaucoup plus de temps et d'espace pour la nouveauté. »

Joschka BREITNER
En chemin vers le Moi – le pèlerinage, un voyage vers soi-même

J'appris dans mes guides de voyage qu'apparemment, les pèlerins avaient une manie : celle de n'emporter que le strict minimum de bagages.

Lorsque j'en parlai à M. Breitner, il m'expliqua le principe.

« Combien de caleçons avez-vous ? » me demanda-t-il, franco.

Bien qu'ignorant où cette inspection allait nous mener, j'acceptai de m'y soumettre.

« Disons... une douzaine ?

– Et combien de caleçons portez-vous en même temps ?

– Un seul ?

– Le nombre de caleçons dont vous avez besoin au quotidien se situe donc quelque part entre un et douze. Et si vous n'en aviez que six, quel impact cela aurait-il sur votre vie ?

– Je devrais les laver deux fois plus souvent.

– Si vous faisiez une lessive par jour, combien vous en faudrait-il ?

– Deux. Un que j'aurais sur moi et un autre que je laverais.

– Et si le caleçon lavé devait sécher un jour de plus ?

– Alors trois.

– En réfléchissant de manière systémique, vous aboutissez donc avant même votre départ à la conclusion qu'au fond, dans la vie, trois caleçons, c'est amplement suffisant. Actuellement, vous vous embarrassez donc pour rien de neuf caleçons superflus. La même chose est valable pour vos tee-shirts et vos chaussettes. La qualité du système l'emporte sur la quantité. »

Dans mon esprit, le contenu de mon armoire à vêtements se réduisit comme peau de chagrin.

« Une idée intéressante.

– En fait, c'est la base de l'art du pèlerinage.

– Vous voulez parler de la réduction du nombre de sous-vêtements ?

– Non. Plutôt du fait de structurer ses journées, de réduire au maximum ses bagages et d'avoir de ce fait beaucoup plus de temps et d'espace pour la nouveauté. Que vous pouvez accueillir mais aussi laisser filer en cours de route. Chaque jour, vous dormirez ailleurs. Les journées ne se ressembleront pas. Vous rencontrerez tout un tas de gens. Mais tous les matins, vous ferez votre sac. Tous les soirs, vous laverez votre linge. Ce mélange de distractions et de routine découvrira de nouveaux pans de votre âme. Au bout d'un moment, vous arriverez à la conclusion de pouvoir, tout simplement, vous passer d'une partie de vos problèmes et de vos besoins, au lieu de les trimballer en permanence avec vous. »

Comprendre mes besoins réels pour quatre semaines de randonnée faisait donc déjà partie des enseignements que le pèlerinage jacobée promettait de m'apporter.

J'en profiterais aussi pour parfaire ma stratégie de la déconnexion. Je n'emporterais non pas deux mais un seul téléphone portable : mon vieux Nokia, afin d'être joignable en cas d'urgence pour Emily. Quant à mon smartphone, je le laisserais à la maison, éteint. Si je voulais me trouver moi-même, je devais éviter de me perdre dans les méandres des moyens de communication modernes. Je convins avec Katharina de l'appeler une fois par semaine. Le samedi.

Si mes réflexions sur ce que je n'emporterais pas étaient importantes, celles sur ce que j'emporterais l'étaient tout autant. Je voulais que les choses qui m'accompagneraient fussent naturelles pour moi. De nombreux manuels du pèlerin faisaient état dans leurs listes pratiques de vêtements ou de serviettes en tissus *hightech*. Je n'arrivais cependant pas à comprendre pourquoi quelqu'un qui cherchait son salut éternel devait porter une tenue tout aussi durable.

En toute conscience, je décidai de ne prendre que des équipements dont la durée de vie restante ne dépassât pas la mienne. Il m'importait de savoir que mes habits ne me survivraient pas longtemps. Pour mon équilibre psychologique, j'optai donc pour du coton plutôt que du polyacrylique, du cuir plutôt que du Gore-Tex, du métal plutôt que du plastique.

Sachant l'effet positif que cela aurait sur mon mental, j'acceptais de bonne grâce le surpoids que cela représentait.

À la recherche de choses utiles, j'allai fouiller dans une caisse à la cave, contenant des accessoires datant de mon service militaire dans l'armée fédérale. Saint Jacques serait certainement le dernier à se retourner dans sa tombe si j'apparaissais pour partie en tenue de combat devant la sépulture qu'il avait lui-même quittée si souvent vêtu de la sorte.

Finalement, mon choix se porta sur ma vieille paire de bottes et mon sac à dos militaire.

Je les avais tous deux portés pour la dernière fois vingt ans plus tôt, dans le cadre d'un exercice de réserve. Le sac à dos était chiffonné et poussiéreux. Les bottes étaient propres, cirées et dures comme du béton. Je devrais les assouplir.

Le sac était bien plus petit qu'un sac à dos de trekking moderne. Mais sa taille limitée eut le mérite de me rappeler une technique apprise dans l'armée pour réduire mon paquetage au minimum, en le compartimentant.

La première couche comportait le nécessaire de survie que je voulais garder à portée de main. Je le mettrais dans les poches de mon pantalon cargo ou de ma veste : de quoi me ravitailler, des médicaments, mes papiers, de l'argent.

La deuxième couche comprenait tout ce que je voulais, selon les circonstances, avoir à disposition rapidement : mon protège-pluie, des vêtements de rechange, ma gourde. En plus du sac à dos, j'aurais aussi un petit sac en bandoulière.

Le reste, c'est-à-dire la troisième couche, était du luxe pur qui rentrerait facilement dans mon sac à dos vert olive : un sac de couchage, du linge de secours, une serviette et mes affaires de toilette.

D'une certaine manière, intégrer des objets reçus au moment de franchir le seuil de l'âge adulte dans la seconde partie de ma vie pour qu'ils m'accompagnent dans la quête de moi-même, me procurait un sentiment de paix.

12

LE TOURBILLON DE PENSÉES

« Si vous n'arrivez pas à interrompre très vite le tourbillon de vos pensées, ôtez-lui au moins son importance. Au lieu de nourrir le tourbillon de négativité avec votre imagination, utilisez-la pour placer deux autres tourbillons d'énergie positive à ses côtés. Avec de la musique entraînante, des couleurs lumineuses et des motifs encore plus fantaisistes. Ainsi, le tourbillon qui vous oppresse s'estompera au moins temporairement. »

Joschka BREITNER
Ralentir sur la voie de dépassement – manuel de pleine conscience pour cadres dirigeants

Pour assouplir mes bottes vieilles de vingt-six ans, je pris la résolution de faire de longues balades trois matins par semaine. Les lacets bien serrés, j'allais chaque fois marcher deux heures dans la forêt communale.

Les hautes tiges de mes bottes me donnaient une impression d'ancrage et de sécurité. Je sentais le vieux cuir reprendre vie.

D'une certaine manière, ma première randonnée ressembla aux retrouvailles de deux personnes qui avaient été un couple autrefois et qui, après leur séparation, ne s'étaient plus revues depuis une éternité. Cela ne se rapportait pas seulement aux altérations du cuir. Les chaussures m'étaient familières mais les premiers pas que je fis avec furent raides et heurtés. Mes pieds se souvinrent immédiatement d'anciennes blessures.

Au début, mes tentatives de marche me faisaient serrer les dents. Mais ça devenait plus facile à chaque pas. Une fois les bottes réchauffées grâce aux premiers frottements douloureux, leur matière gagnait en souplesse. Je me demandais alors pourquoi le contact avait été rompu. Mais quand je les enlevais après deux heures de promenade, cela me revenait : elles appartenaient à une certaine phase de mon existence. Mais elles n'étaient pas faites pour la vie de tous les jours.

Dans la foulée d'une de ces sorties, environ un mois après mon anniversaire, je passai – avec mes bottes aux pieds – récupérer Emily à la maternelle.

En m'apercevant, Sascha m'invita dans son bureau dont il referma la porte derrière nous.

Cela était inhabituel.

« On a un problème. »

Je n'entendais pas cette phrase pour la première fois. En attendant la suite, je m'appuyai contre une étagère remplie de dossiers.

« Un des Chinois a refait surface. »

Sûrement celui qui n'avait pas fait d'infarctus. Nous n'avions plus rien entendu des Chinois depuis un mois et j'avais espéré que le problème s'était réglé de lui-même. Même Chayenne et Sandy avaient depuis longtemps repris leurs activités chez S-Exclusive.

« "Refait surface", c'est-à-dire ? Chez l'urologue des urgences ? voulus-je savoir.

– Non. À l'hôtel. Chez le réceptionniste. Ce dernier vient d'appeler Carla à l'agence d'escortes pour lui demander d'arranger une rencontre avec l'un de nous le plus rapidement possible.

– Que s'est-il passé exactement ?

– Il a dit que le Chinois était de retour. Apparemment, il était un peu confus. Walter est en chemin pour le retrouver dans une demi-heure devant l'ancien kiosque, dans le parc derrière l'hôtel. »

Je connaissais le lieu. Vu la clientèle qui le fréquentait et le décor ambiant, c'était tout l'opposé de l'hôtel cinq étoiles voisin. Un bel endroit pour se piquer ou discuter incognito d'événements fâcheux.

Mais je connaissais Walter. Sa façon de solutionner des problèmes ayant conduit à celui du Chinois, il ne me semblait pas très judicieux de le charger de la résolution de nos difficultés. J'aurais préféré une désescalade rapide.

« Tu as un peu de temps là ? » demandai-je à Sascha. Il opina. « Alors on appelle Walter et on va ensemble au point de rendez-vous. Je ne veux pas que quelqu'un d'autre se présente devant le collègue de Laura avec de la mousse isolante dans la bouche. »

J'allai voir ma fille dans le groupe des Nemo pour lui dire que je viendrais la chercher une heure plus tard. Emily, occupée à faire une licorne en perles à repasser, ne protesta pas.

Dans l'intervalle, Sascha avait contacté Walter.

Le réceptionniste nous attendait devant le kiosque fermé. On voyait déjà à trente mètres de distance que sa main droite était bandée. À l'emplacement du petit doigt, la gaze blanche était tachée de rouge.

Je ne supportais pas la vue du sang. Pas chez les vivants en tout cas. Chez les morts, c'était un élément entrant dans leur composition. Dans un corps animé en revanche, le sang était un élixir merveilleux.

Je ne pouvais pas tolérer qu'il fût gaspillé.

J'en eus la nausée. Notamment parce que mon cerveau se mit à me dépeindre la relation de cause à effet entre la réapparition du Chinois et la disparition de l'auriculaire.

Mes pensées se mirent à tourbillonner. Ce n'était pas bon signe.

Surtout parce que je voulais mener cette conversation l'esprit clair.

Sur les trente mètres qui me séparaient encore du réceptionniste, je me concentrai donc sur un exercice de pleine conscience tout simple de M. Breitner :

Si vous n'arrivez pas à interrompre très vite le tourbillon de vos pensées, ôtez-lui au moins son importance. Au lieu de nourrir le tourbillon de négativité avec votre imagination, utilisez-la pour placer deux autres tourbillons d'énergie positive à ses côtés. Avec de la musique entraînante, des couleurs lumineuses et des motifs encore plus fantaisistes. Ainsi, le tourbillon qui vous oppresse s'estompera au moins temporairement.

Très bien. À vingt-cinq mètres du réceptionniste, je fis tourner mes pensées autour de l'idée alternative que la tache rouge pouvait être due à bien d'autres choses qu'un doigt manquant.

Peut-être que le Chinois avait apporté des rouleaux de printemps ainsi qu'une sauce piquante et des baguettes au réceptionniste. Manque de pot, celui-ci avait glissé et s'était enfoncé une baguette dans la main qu'il avait ensuite bandée avant de plonger par inadvertance son doigt dans la sauce.

Plutôt improbable.

Mais à quinze mètres du réceptionniste, ce scénario m'avait au moins évité de paniquer.

Je laissai libre cours à un deuxième tourbillon de pensées : peut-être qu'en procédant au check-in du Chinois, le réceptionniste avait été si heureux de le revoir qu'il avait, d'excitation, entortillé sans faire exprès son petit doigt dans le câble de sa souris d'ordinateur. Lorsqu'il avait voulu serrer la main au Chinois, le câble lui avait lacéré la peau.

Pas vraiment non plus ce qui devait s'être passé.

Néanmoins, je constatai avec satisfaction que l'invention de ces deux réalités alternatives avait suffisamment détourné mon attention de l'image d'un doigt sectionné pour que je puisse m'adresser au réceptionniste sans être affolé.

Ce qui n'était pas le cas du réceptionniste lui-même. Qui lui, l'était complètement.

« Je devais le dire ! Je devais le dire ! S'il vous plaît, ne me faites rien ! »

Pour Walter, ce genre de supplication le poussait en général à faire immédiatement quelque chose. Je le retins.

Sascha était de toute façon du genre posé.

Je faisais moi aussi tout mon possible pour garder mon calme. Ce qui, dans ce cas, revenait à me retrancher derrière mon rôle d'avocat.

« Mon nom est Björn Diemel. Je suis l'avocat de S-Exclusive. D'après ce qu'on m'a dit, il y aurait du nouveau au sujet d'un client que vous aviez envoyé à ma mandante ?

– Du nouveau ? Quand j'ai refusé de lui donner le nom et l'adresse de l'agence, ce fou furieux avec sa tête de coing m'a coupé le petit doigt avec des ciseaux à volaille ! »

S'étant avancé d'un pas, Sascha fit de son mieux pour sortir le réceptionniste de la boucle infernale de l'angoisse dans laquelle il était entré.

« Pardon de vous interrompre mais, dans ce contexte, le terme "tête de coing" pourrait être raciste. »

Bingo. Le réceptionniste fut si stupéfait par la remarque qu'il en oublia sa terreur.

Je repris la parole.

« Pouvons-nous décider d'un commun accord d'appeler ce monsieur un Chinois ?

– Cet animal m'a tranché le... ! »

Un coup d'œil à Walter de ma part suffit à remettre le réceptionniste dans le droit chemin.

« Donc, poursuivis-je en m'efforçant de remplacer le déluge d'émotions par des faits, le Chinois voulait probablement savoir de quelle agence venaient les escort-girls, n'est-ce pas ? Vous avez refusé de le lui dire, ce sur quoi il vous a amputé l'auriculaire. C'est à peu près ce qui s'est passé ?

– Il voulait me couper tous les autres doigts aussi. Du coup, j'étais forcé de lui répondre. »

Walter fit un pas en avant. « Et je t'ai dit que je te les casserais un par un si tu parlais.

– Option la moins grave, très clairement, nota Sascha.

– Les gars ! intervins-je. Oubliez les doigts un instant. Reprenons depuis le début. Qu'est-il arrivé exactement ? »

La veille, un groupe d'hommes d'affaires chinois était arrivé à l'hôtel. Ils venaient tous de la filiale chinoise de l'entreprise de panneaux solaires qui avait organisé un pot sur le toit-terrasse de l'établissement le soir de mon anniversaire. Il se trouvait qu'ils étaient de passage toutes les quatre semaines, pour des réunions avec des collègues de la succursale allemande.

Le réceptionniste avait reconnu le Chinois immédiatement. L'homme de la chambre 498, le client de Chayenne. Celui qui était moins haut placé dans la hiérarchie de la triade.

Désormais logé dans la 489, il avait à l'évidence été promu. Promotion qui n'était certainement pas sans lien avec ma fête d'anniversaire. Vu sous cet angle, le Chinois aurait vraiment eu de quoi être reconnaissant. Il ne l'avait simplement pas compris.

Le Chinois avait lui aussi tout de suite reconnu le réceptionniste. Cependant, il avait préféré remettre la joie de ces retrouvailles à plus tard et lui avait rendu visite dans la soirée pour lui demander poliment le nom du service d'escortes qui lui avait fait vivre l'expérience inoubliable de la mousse expansive.

Le réceptionniste fit semblant de ne se souvenir de rien, jusqu'à ce que le Chinois s'empare sans prévenir de sa main droite, la plaque sur le comptoir d'accueil et sorte comme par magie des ciseaux à volaille de sa poche, avec lesquels il lui coupa l'auriculaire tout en répétant sa question. Après ça, les informations demandées jaillirent plus vite de la bouche du réceptionniste que le sang du moignon de son petit doigt.

Il révéla des noms et les coordonnées de l'agence ainsi que les prénoms de Chayenne et de Sandy, d'ailleurs bien connues dans l'hôtel.

« Et ensuite, le Chinois est reparti ? voulus-je savoir, pour finir.

– Pas tout de suite. Il a levé mon petit doigt en l'air et l'a tenu devant mes yeux. Puis il a dit : “Si tu crois que ça, c'est grave, regarde bien ce que je ferai à tous ceux qui sont mêlés aux événements du mois dernier !” Et ensuite... il a... » Submergé par ses émotions, le réceptionniste eut du mal à continuer.

« Ensuite il a quoi ? demanda Walter, relativement impassible.

– Il a jeté mon doigt dans le destructeur de documents sous mon bureau. »

Tout ceci avait eu lieu la veille, tard dans la soirée. Le Chinois avait donc eu plus de douze heures pour utiliser les informations extorquées.

Walter dégaina son portable pour appeler Carla. Je l'entendis s'enquérir de Chayenne, de Sandy et d'incidents inhabituels. Il écouta un moment avant de raccrocher.

« Hier, Chayenne et Sandy étaient toutes les deux indisponibles. Mais apparemment, un type qui parlait anglais avec un accent cantonais a demandé après elles. »

J'entraînai Walter et Sascha sous le toit du vieux kiosque pour faire le point sur la situation.

« Walter, tu mets Chayenne et Sandy sous protection sur-le-champ. Ces deux-là sont les prochaines sur la liste du Chinois.

– Si une triade s'en prend à notre organisation, notre protection rapprochée ne sera pas le seul de nos soucis, souligna Walter.

– Et si tu avais laissé ta mousse expansive dans le coffre de ta bagnole, nous n'en aurions aucun », laissai-je échapper alors que je privilégiais en général un management basé sur l'harmonie.

Walter sembla peiné. Je poursuivis sur un ton plus conciliant.

« Cela dit, je crois que nous n'avons pas affaire ici à une triade entière.

– Qu'est-ce qui te fait dire ça ? demanda Sascha.

– Ça fait quatre semaines et il ne s'est rien passé. Si l'histoire de la mousse expansive était remontée jusque dans les cercles officiels, bien d'autres Chinois auraient rendu visite au réceptionniste beaucoup plus tôt. Mais il n'y a rien eu. Le type de la chambre 489 a fait exactement ce qu'il a ordonné au médecin urgentiste : il n'a pas dit un mot de l'incident, à personne. Cela aurait eu la fâcheuse conséquence de lui faire perdre la face. Son chef a fait un arrêt cardiaque, lui en revanche a eu une promotion. Le type des ciseaux à volaille est retourné à l'hôtel pour des raisons professionnelles avant tout. Voyant le réceptionniste de service hier soir, cela a dû, par un malheureux hasard, déclencher sa soif de vengeance. D'après moi, il s'agit de représailles personnelles exercées par un seul mafieux. Et non pas d'une guerre officielle menée par une triade au complet. »

Sascha réfléchit.

« Si le Chinois agit seul, il ne pourra le faire qu'en étant ici, dans ce pays, n'est-ce pas ? »

Je réfléchis à mon tour.

« Probablement, oui. »

Walter ne réfléchit pas, préférant l'action. Il retourna auprès du réceptionniste dont il saisit la main bandée.

« Combien de temps le Chinois doit-il rester à l'hôtel ? »

Le réceptionniste prétendit devoir réfléchir.

« Je ne sais pas exactement, de toute façon, cette information est soumise à la protection des do... »

Walter appuya sur la tache rouge. Celle-ci s'avéra être un bouton de vérité.

« Encore deux jours ! La délégation chinoise séjourne tous les derniers lundis du mois trois jours chez nous... depuis environ deux ans… le Chinois s'appelle Yung K'uang. C'est la deuxième fois qu'il vient !

– Et voilà pour la protection des données. Merci beaucoup. » Walter relâcha la main du réceptionniste et se tourna vers moi. « Je propose de rendre une petite visite à ce monsieur et de l'inviter à venir voir ses panneaux solaires d'en haut. »

J'avais certes l'intention de n'explorer mes envies pour la seconde partie de ma vie qu'une fois arrivé sur le chemin de Compostelle. Mais je savais déjà que le souhait de morts supplémentaires n'en faisait pas partie. Je fis donc ce que j'aurais déjà dû faire à mon anniversaire : j'exprimai mes désirs.

« Nous ne ferons rien de tout ça. L'humiliation d'un membre d'une triade peut certes entraîner une désagréable vendetta personnelle. Mais la disparition d'un membre d'une triade serait une déclaration de guerre officielle au reste de son clan. Cela ne serait pas juste désagréable. Ce serait pile ce que nous voulons éviter.

– On fait quoi alors ? » s'obstina Walter.

J'aurais aimé lui répondre : *Aucune idée. Et tant que ce sera le cas, nous ferions mieux de ne rien entreprendre du tout. La colère du Chinois finira peut-être par se dissiper d'elle-même. Après tout, faire partie du crime organisé comporte des risques.*

En tant que meneur, on attendait cependant de moi que j'agisse. Je me rabattis d'abord sur des phrases creuses.

« Nous devons nous assurer que le danger émanant du Chinois diminue. Simultanément, la peur qu'il suscite ne doit pas paralyser nos affaires courantes.

– Ce qui veut dire, concrètement ? » persista Walter.

Je devais trouver quelque chose pour convaincre quelqu'un comme lui, dont je ne situais pas les points forts dans le domaine cognitif, de ma capacité de leadership. Des mots d'ordre ! Au lieu de longues explications, il me fallait une formule choc.

Comment, en quelques mots simples, dissimuler le fait que j'ignorais totalement comment pousser le Chinois à renoncer à sa vengeance ? À dire *arrivederci* à sa haine ? Bye-bye à sa rage ? Adieu à sa douleur ?

« Nous nous en tiendrons aux règles... CIAO, improvisai-je.

– C'est quoi ça ? » m'interrogea Walter.

Le début était fait. J'avais éveillé son intérêt. Il ne me restait plus qu'à inventer la suite.

« CIAO signifie... Chinois – Isolement – Attention – Observation. »

Regards interrogateurs de Walter et de Sascha. Maintenant, je devais inventer pour ces quatre mots-clés des mesures qui ne devaient rien révéler de mon ignorance au sujet de leur efficacité.

« C comme Chinois. À partir de maintenant, les employées de S-Exclusive ne devront plus accepter de clients chinois. »

Un acquiescement de la part de Walter. Un commentaire de la part de Sascha : « Dans d'autres circonstances, cela serait discriminatoire, mais puisque c'est pour combattre un danger, c'est OK.

– Tous ensemble contre les Chinois ! s'enhardit Walter.

– I comme isolement. Chaque dernier lundi du mois et durant toute la durée du séjour de M. K'uang dans la ville, Chayenne et Sandy seront isolées du reste de l'équipe et ne prendront aucun client pour l'agence. »

Assentiment général.

« A comme attention. Chaque fois que le Chinois sera dans le coin, les agents de Walter protégeront les officiers présents lors de la soirée mousse. »

D'autres hochements de tête entendus.

« Et enfin O comme observation. Dès que le Chinois sera de passage, il devra être surveillé par les hommes de Walter. C'est compris ?

– Bien sûr. Les règles CIAO. Rien de plus simple, confirma Walter.

– Et elles vont s'appliquer pendant combien de temps ?

– Jusqu'à ce que nous soyons certains qu'il n'y ait plus de danger du côté chinois. Nous verrons bien. »

J'étais fier de moi. S'il ne se passait rien de plus, cela serait mis au crédit de mes règles CIAO. Si la situation empirait, je trouverais bien un coupable ayant désobéi à mes instructions.

Un danger qui se présenterait une fois toutes les quatre semaines pendant trois jours ne nous empêcherait pas de vivre.

Avant mon pèlerinage, le Chinois ne reviendrait qu'une seule fois de toute façon. D'ici là, le problème se serait probablement réglé tout seul.

Je profitai du trajet de retour à la maternelle pour discuter avec Sascha de certains points concernant mon absence. Lui aussi avait accueilli favorablement ma décision de faire un pèlerinage. Après tout, il avait compris avant moi que cela me ferait du bien d'accorder un peu plus d'attention à mes besoins.

Entre-temps, j'avais contacté un collègue avocat de droit pénal qui me remplacerait auprès de mes clients et s'occuperait des dossiers pressants ainsi que des urgences. Sascha prendrait en charge les affaires courantes du clan. Ne voulant pas être joignable pour qui que ce fût d'autre que ma famille, je ne lui donnai pas le numéro de mon Nokia. Cela ne le dérangeait pas.

S'il devait, contre toute attente, y avoir des complications et qu'il était indispensable de me contacter – par exemple en cas de réapparition du Chinois –, Sascha avait pour consigne d'appeler Katharina et de la prier de m'envoyer un SMS avec les mots « *Buen Camino* ».

Je ne pensais pas alors qu'un tel SMS serait nécessaire un jour.

13

SAINT-JEAN-PIED-DE-PORT

« Il existe une grande différence entre celui qui est prêt à tout partager avec les autres et celui qui est prêt à leur faire part de tout. Le premier associe les autres à sa richesse. Le deuxième, à sa misère. »

Joschka BREITNER
En chemin vers le Moi – le pèlerinage, un voyage vers soi-même

Pour la plupart des pèlerins, le voyage vers Compostelle ne commençait vraiment qu'à leur arrivée sur le quai de la gare de Saint-Jean-Pied-de-Port. Une petite gare inélégante et sans chichis, qu'on aurait dit tout droit sortie d'un kit de maquette Revell. Pour une raison inconnue, une de ses trois entrées avait été murée à moitié.

Voilà à quoi se résumaient mes impressions architecturales de l'endroit. En passant devant en voiture, on ne l'apercevait en effet qu'un instant.

J'étais arrivé à Biarritz en avion, puis j'avais pris un taxi. Je voulais pouvoir me dire *Et c'est parti !* au moment de passer la porte de la ville de Saint-Jean-Pied-de-Port. Et non pas dans un tortillard bondé de monde. Avant de poser le pied pour la toute première fois sur le véritable chemin de Saint-Jacques, j'avais préféré voyager seul.

Mon avion s'était immobilisé sur le tarmac de l'aéroport de Biarritz et j'avais quitté l'appareil par une passerelle. Simultanément, un vieux sentiment de vacances était soudain monté en moi, dont je me délectai de tous mes sens : dans mes oreilles, le vrombissement des aubes de turbine tournant à vide ; devant mes yeux, l'air vacillant au-dessus de l'asphalte brûlant ; dans mon nez, un mélange de kérosène et d'odeur de pin ; sur ma peau, une brise chaude et sur mes lèvres, un léger goût de sel qui signalait la proximité de la côte.

Je fermai les yeux. J'aurais pu me trouver à l'aéroport de n'importe quelle destination de vacances paradisiaque.

Les désirs sont le bois dont on sculpte le futur, m'avait expliqué Joschka Breitner. En quittant l'aérodrome, je compris néanmoins qu'en disant cela, il n'avait pas dû penser uniquement à mes désirs à moi. Apparemment, d'autres personnes possédaient également des couteaux pour façonner mon avenir. Mon souhait de rester seul avec moi-même jusqu'à mon arrivée sur le chemin de Compostelle fut anéanti à la première occasion.

À la station de taxis, quelqu'un m'avait adressé la parole par-derrière.

« Le bon vieux modèle de l'armée. Vous avez réussi à faire rentrer tout ce qu'il vous fallait dans ce sac à dos ? »

Je me retournai. Devant moi se tenait un homme d'environ soixante-cinq ans, de petite taille et d'apparence soignée. Aimable, un peu fébrile. Un retraité dont se dégageait encore un reste d'assurance liée à coup sûr à sa profession et que la retraite ne lui avait pas encore fait perdre.

Je me rappelais l'avoir vu changer d'avion avec moi à Paris. Dans sa tenue visiblement neuve, il avait l'air, malgré son âge, quelque peu désemparé : un pantalon Gore-Tex bleu avec des guêtres amovibles, une veste Gore-Tex rouge avec des poches assez grandes pour y mettre des cartes, des chaussures de marche imperméables et respirantes. En matière vestimentaire, il me rappelait un peu un enfant de cinq ans que sa mère aurait habillé pour aller à sa première fête d'anniversaire. Même ses cheveux clairsemés, gris-brun et coiffés soigneusement avec une raie sur le côté, donnaient l'impression d'avoir été lissés avec de la salive.

« Si le sac est trop petit, les désirs sont trop grands, répondis-je.

– Cela fait quarante ans que je n'ai plus eu ce sac de la Bundeswehr sur le dos, songea le petit homme, le rabat supérieur jaune fluo de son sac à dos de trekking flambant neuf brillant au-dessus de sa tête.

– Pour moi, ça fait un peu moins longtemps. Je voulais emporter quelque chose dont j'étais sûr. »

Le bonhomme me tendit la main.

« Roland Bäumer. »

Je la lui serrai.

« Björn Diemel.

– Vous voulez aussi aller à Saint-Jean-Pied-de-Port, je présume ? »

Oui, et seul, fut la réponse qui me vint d'abord à l'esprit. Mais si le pèlerinage jacobée devait être une succession de rencontres fortuites, je pouvais difficilement rejeter la première d'entre elles. Peut-être était-ce là justement le moment *Et c'est parti !* que j'attendais.

« Oui. Vous voulez vous joindre à moi ?

– Avec plaisir, ça nous permettra de partager le coût du trajet. »

Même si cette rencontre ne m'apportait rien de plus, elle me ferait au moins économiser plus de cinquante euros.

En nous voyant, le chauffeur du premier taxi de la file sortit pour nous ouvrir son coffre. Je calai mon sac à dos militaire à côté du modèle tout juste sorti de l'usine de M. Bäumer.

Au même instant se produisit la rencontre suivante. Une femme s'approcha de nous et demanda d'une voix nerveuse, dans un anglais mâtiné d'allemand :

« *Are you driving* mit *the taxi to the begin of the* Jakobsweg[2] ? »

Nous fîmes volte-face. Devant nous se tenait une femme autour de la cinquantaine. Étant donné son impressionnante

2. Are you driving *avec* the taxi to the begin of the *chemin de Compostelle* ?

stature, on l'aurait remarquée même si elle avait porté une tenue discrète. Ce qui n'était pas le cas. Elle avait des vêtements multifonctions rouge pétant, assortis à ses cheveux rouge pétant eux aussi. Les deux allaient avec ses joues rougies par l'excitation. Mais avec rien d'autre à part ça. En matière de forme et de couleur, elle ressemblait à un Mon Chéri surdimensionné. À ceci près qu'au lieu d'un ruban bleu, elle avait un foulard batik aux couleurs de l'arc-en-ciel autour du cou.

Je me souvenais de l'avoir vue elle aussi dans l'avion pour Paris.

« *Yes, we do*. Mais nous pouvons parler allemand, répondit M. Bäumer.

– J'y crois pas ! À peine arrivée au bout du monde, je tombe sur deux Allemands ! » Elle en avait les larmes aux yeux de gratitude. Comme si c'était un miracle. Comme si M. Bäumer, non content de lui avoir parlé en allemand, l'avait de surcroît guérie de la peste.

« Ben, vu que nous avons tous les trois pris le vol Francfort-Paris, il aurait quand même été plus surprenant de constater que nous étions tous portugais », tentai-je de relativiser la magie de l'instant.

La dame en rouge désigna nos sacs à dos, puis le taxi.

« Vous m'emmenez à Saint-Jean-Pied-de-Port ? »

M. Bäumer et moi nous regardâmes avant de considérer le Mon Chéri en congés d'été. Comment dire non ?

« Bien sûr. Montez. » Tandis que je lui ouvrais la porte côté passager, elle se mit carrément à pleurer.

« Désolée, j'ai la larme facile, sanglota-t-elle en s'asseyant. Mais quel bonheur de rencontrer deux personnes aussi gentilles dès le premier jour de mon pèlerinage. Je suis Evi.

– Moi, c'est Roland.

– Björn. »

Durant la petite heure que dura notre trajet, nous échangeâmes des informations les uns sur les autres dont le niveau de détail n'aurait jamais suffi à Joschka Breitner, pas même pour décrire une pomme.

De son nom complet, Evi s'appelait Elvira Grün. Elle était fleuriste, avait cinquante-trois ans et tenait depuis un quart de siècle un petit commerce de fleurs dans une petite ville près de Francfort. Pour fêter les vingt-cinq ans de son magasin, ses deux employées lui avaient offert la possibilité de réaliser son rêve de toujours : un pèlerinage d'un mois sur le chemin de Compostelle. Durant ce temps, elles feraient tourner la boutique.

Deux ans plus tôt, Evi avait encore eu trois employées. C'est-à-dire avant que la troisième ne sorte de sa vie en emportant son mari avec elle. Heureusement pour Evi, il n'y avait donc plus rien qui puisse la retenir.

Evi avait tendance à parler à cœur ouvert. Ses valvules propulsaient vraiment tous les détails de son intimité vers ses cordes vocales. Elle parla sans s'arrêter et ne se rendit compte qu'au bout de quarante minutes qu'elle n'avait encore rien appris sur nous.

Roland, un ancien procureur, avait soixante-sept ans. Père de deux enfants adultes, il avait déjà fait le chemin de Compostelle une fois, quarante ans plus tôt. À la fin de ses études. Avec son sac de l'armée sur le dos.

Ah, ah, pensai-je, *un rétro-pèlerin.*

J'étais en train de me présenter brièvement lorsque nous passâmes devant la gare de Saint-Jean-Pied-de-Port. Comme motif de pèlerinage, j'avançai, laconique, mon besoin de « déconnecter ».

L'après-midi était bien entamé quand notre chauffeur nous déposa sous un soleil radieux devant l'Office de tourisme. On aurait dit un arrêt de bus entouré de vitrages, ce qui en faisait sans doute le seul bâtiment de la ville dépourvu de charme pittoresque.

Je payai. Roland me rendit spontanément la moitié du coût du trajet tandis qu'Evi se remettait à pleurer parce que notre route commune prenait fin. Pour commencer mon pèlerinage en toute décontraction le lendemain matin, je m'étais réservé une chambre d'hôtel pour la nuit. Evi prévoyait de dormir au refuge municipal des pèlerins. Roland avait également réservé une chambre d'hôtel.

Restés étrangers les uns aux autres, nous nous dîmes pourtant au revoir chaleureusement en nous souhaitant un *¡Buen Camino!*, une salutation qui résonnerait souvent à mes oreilles dans les semaines suivantes.

Bien que mon hôtel se situât juste en face de l'Office de tourisme, je voulais d'abord aller marcher un peu avec mon sac sur le dos, pour voir. Harnaché de pied en cap, j'arpentai donc pendant une demi-heure cette ville inconnue, le point de départ de ma randonnée préventive contre la crise de la quarantaine.

Retarder mon arrivée dans un hôtel sans raison, mon sac plein à craquer sur le dos, serait une chose que je ne referais plus jamais par la suite.

Tout en déambulant à travers les ruelles de Saint-Jean-Pied-de-Port, je repensai à ma dernière séance de coaching avec M. Breitner.

14

LES QUESTIONS

« Si vous pensez que la vie vous doit encore une réponse, vous devriez peut-être commencer à poser les bonnes questions. »

Joschka BREITNER
En chemin vers le Moi –
le pèlerinage, un voyage vers soi-même

Comme à notre habitude, Joschka Breitner et moi nous faisions face dans ses fauteuils confortables tendus de velours.

« En amont de votre pèlerinage, je vous propose de définir plus concrètement les principes de l'inspiration et de la méditation, offrit-il.

– Pour remplacer le vieux principe consistant à se prendre la tête avec ses problèmes ? Avec plaisir. » J'avais hâte d'en savoir plus.

« Votre objectif extérieur est Saint-Jacques-de-Compostelle. Votre objectif intérieur est la découverte de vous-même.

– Tout en marchant, je vais donc devoir méditer sur la question de savoir qui je suis, dis-je pour participer.

– A priori, oui. Mais sachant l'importance de la réponse, nous devrions peut-être aussi penser à nous poser la bonne question.

– Hein ?

– Vous êtes avocat de la défense. Comment ça se passe dans une affaire criminelle ? Quand vous cherchez l'identité d'un coupable, vous vous demandez seulement *qui* c'est ? »

Je réfléchis.

« D'abord, je m'interroge sur le motif : pourquoi qui que ce soit a-t-il commis tel ou tel acte ?

– Bien. Appliquez maintenant cette méthode à la quête de vous-même. La question n'est donc pas "qui suis-je" mais… ? »

J'hésitais avant de répondre, comme un élève peu sûr de lui, auquel un instituteur désespéré s'échinerait à enseigner les bases du calcul :

« *Pourquoi* suis-je ?

– Correct. Trouvez le motif de votre existence. Cela vous rapprochera sensiblement de la réponse à la question de savoir qui vous êtes.

– Pourquoi je suis ? Cela ne revient-il pas, au fond, à s'interroger sur le sens de la vie ?

– Si.

– Sur le sens de *ma* vie ou de la vie en général ?

– Parce que pour vous, il y a une différence entre les deux ?

– Aucune idée. Tous les gens ne s'épanouissent pas de la même façon.

– Formidable. Voilà donc déjà deux questions pour vous : quel est le sens de la vie en général ? Et de quoi avez-*vous* besoin pour vous épanouir dans la vie ? »

Intéressant, cette méthode consistant à s'approcher pas à pas d'une réponse inconnue en reformulant simplement la question. Une autre me vint d'ailleurs à l'esprit.

« Partons-nous du principe que l'existence se termine avec la mort ou peut-il y avoir épanouissement après ?

– Pour vous, il y a une vie après la mort ?

– Je ne sais pas…

– Vous croyez en Dieu ?

– Théoriquement oui… »

Sur cette base, j'essayai de formuler d'autres questions : « Ce qui suscite deux autres interrogations : sur la vie dans l'au-delà et sur Dieu.

– Ou juste une troisième, toute simple : quel est votre rapport à la mort ? »

Je ressentis le besoin de retracer le cheminement de nos pensées.

« Reprenons encore une fois lentement. Pour m'éviter une crise de la quarantaine, je dois me confronter à la question "C'était tout ?". Pour ce faire, je dois me demander ce que j'attends vraiment du reste de ma vie. Or pour le savoir, il va falloir que je découvre qui je suis. »

M. Breitner semblait presque un peu fier de mes modestes progrès. Il acquiesça.

Je poursuivis : « Pour découvrir qui je suis et me trouver moi-même, je dois comprendre quel est le motif de ma vie. Ce que je ferai en me posant trois questions : quel est le sens de l'existence ? Quel est mon rapport à la mort ? De quoi ai-je réellement besoin pour m'épanouir ?

– Exactement. Ces trois interrogations sont la quintessence de toutes les précédentes. Elles vous occuperont tout du long de vos huit cents kilomètres de randonnée. Si vous parvenez à répondre à l'une ou l'autre, ne serait-ce qu'en partie, votre crise de la quarantaine se résorbera d'elle-même.

– Comment est-ce possible ?

– Parce que alors, une question aussi profane que "C'était tout ?" vous fera rire.

– Bien, je connais les questions désormais. Comment trouver les réponses ?

– Grâce à une alternance de moments d'inspiration et de méditation, m'expliqua-t-il. Le chemin de Compostelle vous réserve une succession de rencontres fortuites avec des inconnus, de privations imprévues et d'enrichissements insoupçonnés. Voyez-les comme des inspirations à saisir, sur lesquelles vous pourrez méditer et dont découleront des changements dans votre vie ou votre vision de la vie.

» Partagez également votre histoire, si vous voulez. Mais laissez ensuite vos camarades d'un jour continuer leur chemin de leur côté. Si le destin le veut, vous vous retrouverez.

» Réfléchissez tranquillement aux leçons de vie que vous pourriez tirer des récits personnels de vos compagnons pèlerins.

» Alternez entre moments d'inspiration et de méditation comme bon vous semble. Et surtout : suivez votre propre rythme. Vous verrez qu'un pèlerinage n'est pas une promenade de santé. Certaines inspirations vous déstabiliseront. Un pèlerin doit trouver la méditation qui lui permettra de reprendre pied. C'est là le défi du chemin de Compostelle. »

Pour clore cette séance, M. Breitner me confia trois objets : une pierre et deux petits calepins, l'un avec des pages imprimées, l'autre avec des pages blanches. Tous deux étaient reliés en cuir fin.

« S'il vous reste de la place dans vos bagages, j'aimerais vous donner ces deux carnets pour votre voyage.

– Qu'est-ce qu'il y a dedans ?

– Le premier est un livre que j'ai écrit. Un guide abrégé du pèlerin. »

Je jetai un œil à l'inscription sur la couverture : « Joschka Breitner, *En chemin vers le Moi – le pèlerinage, un voyage vers soi-même* ».

« Merci beaucoup. Et l'autre ?

– C'est vous qui le remplirez. Quand vous voudrez. Ce sera votre journal de bord. »

Il ne restait plus que la pierre. Un galet blanc et gris. Environ deux fois plus grand qu'une châtaigne.

« Et la pierre ?

– Sur le point culminant du chemin se trouve une croix en fer. La *Cruz de Ferro*. Les pèlerins ont coutume d'y déposer une pierre représentant leurs tracas, dans le but de s'en débarrasser. Prenez celle-là. »

M. Breitner me remit le symbole de mes soucis pour que je puisse les balancer sur le chemin. L'image m'avait plu tout de suite.

15

LES RENCONTRES

« Seules deux lignes de vie qui restent parallèles l'une à l'autre sans jamais dévier ne se rencontreront pas. Les pèlerins sont des gens à la recherche de quelque chose. En général, leurs chemins de vie ne sont pas linéaires. Vous serez étonné de voir que, bien souvent, les pèlerins ne se trouvent pas eux-mêmes sur le Camino mais d'autres comme eux qui se cherchent également. »

Joschka BREITNER
En chemin vers le Moi – le pèlerinage, un voyage vers soi-même

Après m'être promené en ville pendant une demi-heure, je rejoignis mon hôtel. J'avais lu sur Internet que la cuisine y était très bonne. Une fois enregistré, j'allai déposer mes bagages dans ma chambre en attendant le dîner.

Au restaurant m'attendait une autre surprise. Roland était assis tout seul à une table pour deux. Il n'était plus en tenue de pèlerin comme ce midi, mais portait un jean à pinces et une chemise à carreaux. Nous nous aperçûmes quasi en même temps et Roland m'invita à sa table.

Avant même d'avoir commencé le véritable Camino, voici donc déjà ma deuxième rencontre avec mon premier co-pèlerin. J'étais enclin à une conversation inspirante. Tout en dégustant le délicieux menu proposé par notre chef cuisinier pyrénéen, nous approfondîmes nos échanges amorcés dans le taxi.

Nous savions déjà que nous étions tous les deux juristes. À ceci près que nous exercions chacun notre métier de part et d'autre de la salle d'audience. Toute sa vie, Roland avait représenté le ministère public. Pour ma part, j'étais toujours avocat de la défense.

Grâce à mon apprentissage de la pleine conscience, je m'étais rendu compte qu'en fait, je n'aimais pas les conflits. Une prise de conscience tardive qui ne m'avait pas facilité le travail. Mais qui expliquait pourquoi j'avais toujours rejeté intérieurement ma précédente carrière d'avocat de droit pénal dans un grand cabinet.

L'idée que je m'étais faite du droit et de la justice étant étudiant ne correspondait absolument pas à la réalité du métier que j'avais fini par exercer. Je ne rendais pas le monde plus juste. Contre d'importantes sommes d'argent, j'aidais des personnes mauvaises à s'en sortir, malgré les injustices qu'elles avaient commises.

Ce n'est qu'en me mettant à mon compte que je parvins grosso modo à faire la paix avec ma profession. Désormais, je n'étais plus au service du crime. J'en faisais partie.

Voilà qui était honnête, au moins.

Je confiai à Roland mon dilemme professionnel tout en taisant mon implication dans le milieu.

« La confrontation continuelle à des situations conflictuelles nuit à l'âme. J'aurais aimé m'en rendre compte quand j'avais ton âge ! soupira-t-il.

– Qu'est-ce que tu veux dire par là ? J'ai mis quarante-quatre ans à le comprendre !

– Mieux vaut tard que jamais. Je voulais être procureur pour rendre le monde plus juste moi aussi, comme toi. Mais je n'ai jamais obtenu de résultats tangibles. On peut lutter contre des criminels, mais pas contre le crime en soi. Toute ma carrière, j'ai fréquenté des gens qui faisaient du mal aux autres. À peine l'un d'entre eux avait-il été bouclé que trois autres dossiers faisaient leur apparition sur mon bureau. J'ai rongé mon frein pendant des années.

– Le crime, c'est comme le cancer. Ça prolifère, dis-je avec hypocrisie, avant de ramener la discussion sur un terrain plus positif. Mais c'est fini tout ça pour toi maintenant ! »

Roland se tut un moment, avant de répondre sans la moindre amertume : « Au contraire. À l'âge de cinquante-huit ans, on m'a diagnostiqué une tumeur. »

Je n'avais rien de positif à opposer à ça. Roland lut le désarroi sur mon visage.

« Je connais ce regard depuis neuf ans. Parler de maladies vénériennes passe mieux, en général. Malheureusement, je n'ai pas d'anecdotes rigolotes sur une contagion à la syphilis. Et j'ai arrêté de m'excuser de gâcher l'ambiance avec mon cancer. »

J'étais surpris par l'humour de ce petit homme soigné. Il ne semblait pas aigri, mais serein. J'osai m'avancer un peu plus avant dans sa vie.

« De quel cancer souffres-tu ? lui demandai-je.

– Du *all inclusive*.

– Ce qui veut dire ?

– Tant que tu veux. Où que tu veuilles. Sans restriction ! »

Sa répartie me fit sourire. Roland précisa : « À cinquante-huit ans, on m'a trouvé un cancer de la prostate, que je me suis faite enlever avant d'avoir des ennuis. Deux ans plus tard, les cellules cancéreuses avaient migré dans la vessie, que j'ai également fait opérer de manière préventive. Depuis, j'ai une néo-vessie. Encore deux ans plus tard, les premières métastases étaient arrivées dans mon rein gauche. Je me le suis fait retirer aussi. »

Roland me raconta cela si ouvertement et de manière si naturelle que j'y vis une invitation à poursuivre la conversation.

« Et alors ? Tu te sens vide maintenant ? demandai-je, curieux.

– Je ne dirais pas "vide". Mais d'une certaine façon, j'ai eu l'impression que Dieu voyait en moi un sac à dos de pèlerin. Comme s'il essayait de savoir ce qu'il faut vraiment laisser dedans pour avoir le strict nécessaire. » Roland prit une bouchée de son filet de bœuf, qu'il mâcha posément avant de reprendre : « Ensuite, j'ai eu quelques années de tranquillité. Un mois après mon départ à la retraite, on a décelé des métastases dans mes poumons.

– Tu les as fait opérer aussi ?

– C'est inopérable. Depuis, j'ai fait trois chimios. Pour le moment, je n'ai pas souffert d'un seul symptôme cancéreux. Seulement des effets secondaires des opérations et des chimiothérapies. Mais costaud. J'en ai assez. »

Il leva son verre de vin pour trinquer avec moi.

« Tu as l'air si à l'aise avec tout ça...

– Il faut dire que j'ai eu neuf ans pour m'y habituer. Au début, je racontais cette histoire autrement.

– C'est-à-dire ?

– Les trois premières fois qu'on m'a annoncé un cancer, mes mantras étaient : "Il faut serrer les dents", "Le cancer est mon ennemi" et "Qui ne se bat pas a déjà perdu !" N'importe quoi.

– Qu'est-ce qui a changé ?

– La maladie m'a transformé. Toute ma vie, j'ai attendu le moment de ne plus devoir travailler. En apprenant ma rechute un mois après mon départ à la retraite, j'étais incapable d'imaginer ce que je pourrais encore espérer de cette vie après avoir affronté cette énième épreuve en serrant les dents. Pendant ma troisième chimio, alors que j'étais en train de vomir au-dessus des toilettes en regardant mes cheveux tomber dans la cuvette, je me suis demandé pour la toute première fois : "Mais qu'est-ce que je suis en train de faire ?" Ce n'était pas le cancer qui me posait problème, mais le combat contre lui. Un dicton me vint à l'esprit, qui eut soudain un sens très pratique pour moi : "Ne remplis pas ta vie de journées, mais tes journées de vie". Je préférais choisir librement ma vie un mois, une semaine, un jour de plus, plutôt que de passer encore six mois ou même une année entière la tête dans les chiottes.

– Et alors ? Tu as fait quoi ?

– J'ai fait la paix avec mon cancer. Je ne l'ai plus considéré comme un ennemi mais comme une partie de moi-même. Je ne voulais plus perdre le reste de mon existence à le combattre, mais partager avec lui le temps qu'il me resterait à vivre. Il y a trois mois, j'ai interrompu ma dernière chimio.

– Et tu te sens comment maintenant ?

– Soulagé. À partir du moment où j'ai décidé d'abandonner le combat, j'ai pris conscience du poids de la culpabilité dont je m'étais chargé. J'ai toujours cru qu'il fallait que je me batte. Que je le devais à ma famille, à mes enfants, à moi-même. Tu parles ! Je ne dois rien à personne. Sauf à moi. Et je ne suis absolument pas responsable de mon cancer. J'ai encore quelques semaines, peut-être quelques mois sans douleurs devant moi. Et je suis bien décidé à en profiter, en toute innocence.

– Vis chaque jour comme si c'était le dernier, dis-je pour alimenter la réflexion avec une maxime de calendrier.

– Non, le contraire. Vis chaque jour comme si c'était le premier. »

Je le regardai, déconcerté. Roland m'expliqua ce qu'il entendait par là : « L'image du dernier jour évoque quelque chose du genre "après moi le déluge". Le premier jour, lui, regorge de curiosité. D'innocence. Tant que je ne souffrirai pas, chaque matin au réveil, je voudrai me sentir comme un nouveau-né. J'ai décidé de faire chaque jour ce que mon cancer fait depuis des années : j'avancerai pas à pas vers mon but. »

Je savais que ma question était inappropriée, mais je la lui posai quand même :

« Et ensuite ?

– J'ai très peur de l'après, avoua Roland en souriant. Mais à ce qu'il paraît, il existe des médicaments efficaces contre la douleur.

– Et du coup, tu fais le chemin de Compostelle... Pour vivre ? Pour affronter ta peur ?

– Pour prendre congé de moi-même. »

Roland nota mon regard interrogateur.

« Quand je ne serai plus là, ma famille pourra se rendre sur ma tombe quand elle voudra. Moi aussi je veux un endroit pour me faire mes adieux. Pour moi, ce sera le Camino. Le chemin que j'ai déjà parcouru une fois il y a quarante ans. Et je me fiche de savoir si j'arriverai jusqu'à Saint-Jacques-de-Compostelle. Chaque pas que je ferai sera un pas de plus dans ma vie. Si ça devait devenir trop fatigant, je retournerais auprès de ma famille pour faire mes derniers pas avec elle. »

Mon cœur se serra.

Je me rendais sur le Camino parce que j'avais encore beaucoup de temps devant moi dont je ne savais que faire.

Roland s'y rendait parce qu'il n'avait que très peu de temps devant lui et qu'il savait parfaitement ce qu'il voulait en faire.

« Et toi, pourquoi es-tu ici ? » me demanda finalement Roland à son tour.

Avec le sentiment de parler de choses extrêmement futiles, j'évoquai les questions que je voulais me poser pour éviter une crise de la quarantaine. Au regard des raisons pour lesquelles Roland faisait son pèlerinage, l'objectif que je m'étais fixé ressemblait à un de ces problèmes de luxe dont j'aimais me moquer jusqu'ici. Comme je venais de le comprendre, le matériau de fabrication du sac à dos était sans importance. Ce qui comptait, c'était ce qu'il transportait.

Je partageai cette prise de conscience avec Roland, qui ne put réprimer un rire. Je lui demandai pourquoi.

« Pourquoi sommes-nous ici tous les deux en train de manger ensemble ? répliqua-t-il.

– Parce que nous avons faim et que la nourriture est bonne ?

– Exact. Et tu pourras te régaler, peu importe l'ampleur de mon appétit et mon appréciation des plats. C'est la même chose pour ton pèlerinage. Tu marcheras avec ton sac et moi avec le mien. »

Roland ayant redonné de l'importance au poids que j'avais moi-même à porter, je sentis mes épaules se décrisper.

« Tu as déjà écrit ton courrier du pèlerin ? demanda-t-il en changeant de sujet.

– Mon quoi ? » Je n'avais aucune idée de ce dont il parlait.

« Ton courrier du pèlerin. Tu ne connais pas cette coutume ? »

L'expression sur mon visage ne laissa pas de doute sur ma réponse.

« À environ deux kilomètres de Saint-Jean se trouve un petit monastère dirigé par la Confrérie des messagers du Seigneur. Des siècles durant, les moines de cette confrérie se sont occupés en toute discrétion du transport de nouvelles et du courrier sur le chemin de Compostelle. Avec l'arrivée de la poste espagnole, cette activité a été reléguée au second plan, les téléphones portables et les e-mails l'ayant de fait rendue superflue. Néanmoins, les frères ont réussi à préserver une tradition, même si elle a tendance, elle aussi, à tomber dans l'oubli. Tu peux leur remettre une lettre à ton nom, dans laquelle tu auras écrit ce que tu attends de ton pèlerinage. Les moines se chargeront ensuite de l'envoyer poste restante à Compostelle.

– Pour quoi faire ?

– Le Camino te transformera. Tu verras. Pour peu que tu le veuilles, le pèlerin expérimenté que tu seras pourra ainsi récupérer sa petite capsule temporelle au monastère de la Confrérie et voir reflété dans sa lettre son moi passé. Si tu ne le veux pas, sache que ta lettre sera brûlée au bout de six mois.

– L'idée est belle. Ça coûte quelque chose ?

– Les envois normaux, oui. Tu peux par exemple aussi te faire envoyer des bagages poste restante à Saint-Jacques. Mais le courrier du pèlerin est gratuit. Il faut seulement respecter la procédure : ne pas écrire plus d'une page, plier celle-ci en quatre et l'adresser à quelqu'un. »

Intéressant. Même s'il avait fait le Camino il y avait quarante ans, Roland en savait long sur les aspects pratiques du pèlerinage.

Nous découvrîmes que nous avions aussi prévu de passer la première nuit sur le chemin dans la même auberge. Pour commencer en douceur et ne pas nous surmener lors de la première étape du pèlerinage, nous avions chacun opté pour un couchage dans le refuge Orisson, à moins de huit kilomètres de Saint-Jean-Pied-de-Port. Nous décidâmes d'aller tous les deux au monastère le lendemain et de parcourir ensemble le premier tronçon.

Nous discutâmes encore un moment, puis je me retirai dans ma chambre.

Ma première soirée sur le Camino avait été pleine d'enseignements. Tout d'abord, je voulais rédiger mon courrier du pèlerin.

Extraire d'un magma de huit meurtres, d'un divorce, d'un changement de carrière ayant propulsé l'avocat que j'étais à la tête d'un syndicat du crime et de la menace d'une crise de la quarantaine l'essentiel des souhaits pour mon pèlerinage n'était pas aisé. Surtout quand on n'avait droit qu'à une page.

Mais pressentant l'importance de la chose, l'honnêteté était de mise. Exceptionnellement. Au bout de trois quarts d'heure, mon courrier du pèlerin, à la fois très ouvert et sincère, fut enfin prêt :

Je t'écris depuis Saint-Jean-Pied-de-Port où commence mon pèlerinage. Dans mon sac à dos, je transporte des pierres dont je ne sais encore que faire. Parmi elles, il y a les décombres de mon mariage. Le marbre brillant qu'est ma fille. Les boulets que sont les huit vies humaines auxquelles j'ai mis un terme. Les personnes que j'ai tuées sont : Dragan, Toni, M. Möller, Malte, les deux jeunes du parc dont j'ai oublié les noms, Kurt et Boris. J'ai huit cents kilomètres de marche devant moi. J'espère qu'en lisant cette lettre, tu seras plein d'empathie et d'amour pour son rédacteur, et que tu sauras ce que tu attends du reste de ta vie.

Je ne signai pas.

Puis je pliai la lettre en quatre et choisis, par précaution, de ne pas l'adresser à moi-même, mais à Dragan Sergowicz. L'honnêteté, c'était bien, mais il ne fallait pas exagérer non plus.

Les moyens de communication avaient beau avoir évolué depuis le Moyen Âge, le recours à des pseudonymes n'avait pas faibli avec le passage des siècles. Personne d'autre que moi ne devait pouvoir faire le lien entre ce courrier plein de franchise et moi-même. Dragan avait été mon premier mort. Il ne pourrait donc pas venir le chercher lui-même.

Ensuite, je décidai de me consacrer à la méditation prescrite par M. Breitner. J'ouvris mon carnet du pèlerin et relus les trois questions que j'avais recopiées en première page :

Quel est le sens de l'existence ?

Quel est mon rapport à la mort ?

De quoi ai-je réellement besoin pour m'épanouir dans la vie ?

Je ne pouvais pas prétendre répondre à la question du sens de l'existence avant même d'avoir commencé mon pèlerinage. Mais mon échange avec Roland et la rédaction de mon courrier du pèlerin m'avaient inspiré quelques réflexions sur les deux autres questions. Je notai mes premières remarques :

Pour m'épanouir dans la vie, j'ai avant tout besoin d'en avoir une.

J'ai peur que la mort se mette en travers de ma vie avant qu'elle puisse s'épanouir.

J'admirais Roland pour son pragmatisme. Il ne lui restait que peu de temps. Mais il le remplissait de joie. Malgré le fait ou peut-être justement parce qu'il n'avait plus longtemps à vivre.

16

PAR MONTS ET PAR VAUX

« Pour qu'il soit enfin possible de remonter la pente, il faut d'abord qu'on soit tombé bien bas. »

Joschka BREITNER
En chemin vers le Moi –
le pèlerinage, un voyage vers soi-même

Peu avant que je m'endorme, une autre différence entre Roland et moi me vint à l'esprit.

Roland avait une famille intacte, dans les bras de laquelle il pourrait finir son existence.

La mienne n'était pas proche de la fin, mais la vie de famille telle que je me l'étais figurée appartenait déjà au passé.

J'avais une fille merveilleuse. Mais mon mariage s'était soldé par un échec. Point final.

J'avais beau avoir un lien amical avec mon ex-femme : les liens traditionnels de la famille classique sur l'élasticité et la solidité desquels s'appuyait encore la génération de mes parents étaient rompus depuis longtemps pour nous.

Dans ses derniers moments, la famille de Roland serait à ses côtés.

Qui s'occuperait de moi quand je serais vieux ?

Qui prendrait soin de moi si je tombais gravement malade ?

Ma fille ?

Je ne voulais pas imposer cela à Emily. Je ne pouvais même pas l'imaginer. Ce qui s'expliquait surtout du fait qu'elle avait cinq ans et que j'étais en pleine forme.

Mis à part Emily, je ne voyais pourtant pas qui pourrait se soucier de moi plus tard.

C'était le néant.

Pourquoi Katharina veillerait-elle sur moi ? Elle qui était confrontée au choix de fonder, oui ou non, une nouvelle famille ?

Katharina se tiendrait-elle un jour au chevet de Heiko ? Ou serait-ce l'inverse ? L'idée me faisait horreur.

Au premier rendez-vous, combien de personnes se demandaient-elles si elles arriveraient non seulement à mettre leur flirt dans leur lit ce soir-là, mais aussi à faire sa toilette dans ce même lit bien des années plus tard ?

Pour faire de nouvelles rencontres, Katharina avait activement prospecté en ligne. Je me contentais d'espérer qu'un jour, le destin placerait quelqu'un pour moi sur la trajectoire de mon caddie au supermarché.

Aussi différentes que fussent nos manières de procéder, pour le bien de notre fille, nous nous étions tous deux promis qu'après notre séparation, aucun de nous ne lui présenterait quelqu'un sans que nous en eussions parlé avant.

Vint le moment où cette possibilité théorique se réalisa : Katharina me confia qu'elle avait des sentiments pour Heiko. Elle semblait réellement amoureuse et me pria donc de le rencontrer avant qu'elle le présente à Emily. En toute décontraction, entre quatre yeux, d'homme à homme. Sans elle.

Il y avait de toute évidence quelque chose d'étrange à vouloir que son premier compagnon fasse la connaissance de son successeur. Mais j'acceptai, bien sûr. J'essayais d'envisager ce moment sereinement. Après tout, je n'avais aucune raison d'être nerveux.

Katharina m'ayant parlé de l'infertilité de Heiko, je savais qu'ils ne formeraient jamais une famille au sens traditionnel du terme, susceptible de concurrencer le modèle familial que j'avais construit avec elle et Emily.

Je pensais d'ailleurs que Heiko avait d'abord rechigné à me voir pour cette même raison. Au bout de plusieurs semaines, Katharina avait dû lui mettre le couteau sous la gorge en se refusant à lui pour qu'il se déclarât enfin prêt à me rencontrer. Lorsque le moment fut venu, je compris immédiatement pourquoi Heiko avait fait des manières : il n'avait pas voulu me rencontrer parce qu'il me connaissait déjà.

Tout comme moi.

Nous nous étions donné rendez-vous par e-mail, après le travail, dans un bar du quartier d'affaires. Il y avait beaucoup de passage, nombreux étaient ceux qui venaient boire une petite bière avec des collègues avant de rentrer chez eux rejoindre femme et enfants.

Je n'avais pas non plus l'intention de passer toute ma soirée là-bas.

Arrivé avec un peu d'avance, j'avais pris place sur le bord court du comptoir en angle. Là nous pourrions parler en toute tranquillité.

J'avais commandé un verre de vin blanc et un grand verre d'eau.

J'ignorais à quoi ressemblait Heiko. Sur la page d'accueil du site Web de son entreprise, je n'avais pas trouvé de photo de lui. Mais Katharina me l'avait décrit.

Un homme qui ressemblait à ce qu'elle m'en avait dit pénétra dans l'établissement : un corps maigrelet, des cheveux clairsemés, la cinquantaine. Il portait des lunettes rondes dont la monture en corne semblait provenir d'une espèce animale protégée.

Il était vêtu comme Robert Redford dans *Les Hommes du président* : un pantalon en velours beige clair, une cravate monochrome sur une chemise business à carreaux bleus et blancs, une veste en tweed avec des coudières en cuir. L'uniforme vintage des journalistes. La seule différence entre lui et le personnage du reporter Bob Woodward dans le film était que mis à part sa tenue, l'homme qui venait d'entrer dans le bar n'avait absolument rien à voir avec Robert Redford. Son visage ne donnait pas une impression de force, de sagesse et de calme. On aurait plutôt dit le visage de quelqu'un doté de bien plus d'argent que de gènes à la naissance, parce que son arbre généalogique était en forme de cercle.

Bien que cet homme ressemblât à s'y méprendre au portrait que m'en avait fait Katharina, il ne pouvait pas s'agir de Heiko. Le type qui venait d'arriver avait été mon mandant six ans plus tôt. Il s'appelait Olaf von Lukefeld. Le revoir me ramena instantanément dans le passé.

À l'époque, il était directeur adjoint de la rédaction dans une chaîne d'informations privée à la télévision. Il avait fait appel à moi au cabinet d'avocats Dresen, Erkel et Dannwitz, sur la recommandation de Toni, l'ancien officier de Dragan responsable du trafic de stupéfiants. En tant que personnalité des médias, Olaf n'était pas seulement un client bienvenu dans les clubs de Toni. C'était aussi un acheteur bienvenu de sa cocaïne. Qui avait fini par financer le coût croissant de sa consommation personnelle en vendant de la came dans son milieu professionnel.

Le chiffre d'affaires réalisé par Olaf étant remarquable, Toni lui attribua le surnom d'« Olaf, le Bonhomme de neige », une distinction en quelque sorte.

La collaboration fonctionna sans accrocs jusqu'à ce qu'Olaf ne se contentât plus de satisfaire la femme de son patron simplement en matière de cocaïne.

Ne pouvant malheureusement pas virer Olaf par pure jalousie, le chef cocu le dénonça pour trafic de drogue afin de pouvoir le mettre à la porte au plus vite.

Il déclara sous serment avoir attrapé Olaf le quinze août à dix-sept heures en flagrant délit, en train d'essayer de vendre deux grammes de coke par tête à trois employés dans les toilettes de la chaîne. À cette déclaration, il avait joint la totalité des six grammes de cocaïne qu'il avait confisqués.

Pour l'accusation de trafic de stupéfiants, Olaf risquait une peine d'emprisonnement de cinq ans minimum. Afin d'y échapper, il s'était présenté, flanqué de Toni, à mon bureau au cabinet de mes anciens employeurs.

Contrairement à Toni, Olaf le délinquant n'était pas une grande gueule fière des délits qu'on lui reprochait. C'était tout l'inverse. Pour peu, je l'aurais même trouvé sympathique, tant il était pitoyable. On aurait dit quelqu'un qui, de manière tout à fait déplacée, avait pris plaisir à jouer au caïd, pour finalement faire dans sa culotte étonnamment vite. Il affichait un air de repentance, de nervosité, de commisération et de provocation. Le fait qu'il reniflât sans arrêt malgré la saison estivale fort avancée semblait indiquer un souci de santé chronique qu'un demi-gramme de coke aurait certainement soulagé davantage qu'une première consultation chez un avocat pénaliste.

En ce qui me concernait, le mandat d'Olaf n'était qu'une prise accessoire dans le cadre de mon travail pour Dragan. Un petit poisson auquel je retirerais l'hameçon du ministère public pour le rejeter à l'eau. La question de savoir s'il pourrait encore nager après ne serait pas mon problème. Toujours en présence de Toni, j'expliquai à Olaf ma méthode habituelle : je convaincrais les clients-pause pipi de refuser de témoigner, comme ils en avaient le droit, et ce dans leur propre intérêt. Je diffamerais le chef cocu en le faisant passer pour un homme en quête de vengeance et contesterais la quantité de coke que ce dernier avait réquisitionnée en dilettante et qui n'avait donc pas valeur de preuve devant un tribunal. J'étais quasiment certain de pouvoir réduire les cinq années d'incarcération pour commerce de stupéfiants à une peine avec sursis, voire même à une simple amende pour actes de trafic à petite échelle.

Mais Olaf n'était pas d'accord.

« Mais je ne suis pas dealer, protesta-t-il.

– Ah bon ? demandai-je.

– En vérité, je suis journaliste. »

Je connaissais ce phénomène. Celui qu'on prenait en faute pour la première fois avait surtout du mal à accepter qu'on le vît désormais autrement. Cela commençait par les infractions au Code de la route. Même si le compteur indiquait le nombre remarquable de 230 kilomètres-heure à l'instant où le flash, qui s'était allumé peu après le panneau de limitation de vitesse à 120 kilomètres-heure, aveuglait le conducteur, celui-ci était loin d'être un chauffard. Il avait roulé un peu trop vite, voilà tout.

Avec les drogues, c'était pareil. La première fois qu'on se faisait pincer en tout cas.

« En vérité, toutes les personnes qui vendent des stupéfiants, à temps plein ou non, sont des dealers. On peut donc très bien être dealer *et* journaliste, rectifiai-je sur un ton las.

– Un dealer est quelqu'un de louche qui mène d'autres gens à leur perte en profitant de leur addiction. J'ai seulement vendu de la cocaïne à des collègues pour les aider à être plus performants. C'est tout à fait autre chose », s'indigna Olaf qui croyait apparemment vraiment ce qu'il disait.

Les mensonges que se racontaient mes mandants pour garder la tête hors de l'eau sur le plan émotionnel m'étaient indifférents. Je n'étais pas voué à les soutenir psychologiquement mais juridiquement.

Toni, qui aurait été flatté qu'on le qualifiât de « louche », était d'accord avec Olaf et opinait frénétiquement de la tête.

« Parfaitement ! Olaf est même directeur adjoint de la rédaction. Au fond, la cocaïne a permis de faire tourner la boîte. Là-bas, ils sont tous bien contents d'en prendre. Ce que son chef raconte sur lui confine à la diffamation ! ajouta-t-il.

– La cocaïne est un stupéfiant. La vente de stupéfiants, c'est du deal. Je peux limiter les conséquences pénales pour Olaf mais je ne peux rien changer aux faits. Pour imposer une autre vérité, il faudrait qu'on présente au juge une histoire bien meilleure que celle du supérieur d'Olaf.

– La vérité est une question d'histoire ? demanda Olaf, incrédule.

– Devant un tribunal, oui.

– Et quelle serait cette histoire ? »

En tant qu'avocat, inventer un faux alibi pour un mandant pouvait m'envoyer tout droit en prison. Je poursuivis donc en toute conscience au conditionnel.

« La vérité idéale serait que, le quinze août à dix-sept heures, tu aies été avec je ne sais qui quelque part ailleurs que dans les toilettes pour hommes de la chaîne de télévision qui t'emploie, avec de la drogue dans les poches. C'est ce qu'on appelle un alibi. Or nous n'en avons pas. Au contraire : nous avons un témoin à charge extrêmement crédible.

– Je n'ai qu'à dire qu'il était avec moi au moment des faits », offrit Toni dont la crédibilité en tant que témoin serait, pour le coup, plutôt médiocre.

Même si la déontologie m'interdisait d'inventer de faux alibis, j'étais relativement généreux quand il s'agissait de ne pas questionner ceux qu'on me donnait. Malheureusement, dans ce cas précis, cela m'était impossible à cause d'un conflit d'intérêts.

Le hasard voulait en effet que Dragan, mon client principal, eût également à subir l'accusation d'avoir commis un délit le même jour qu'Olaf. On reprochait à Dragan d'avoir tant battu un de ses débiteurs défaillants qu'il avait dû être hospitalisé. Jusqu'ici, notre stratégie de défense avait consisté à prétendre que Dragan se trouvait justement chez Toni à ce moment-là.

– Toni, tu ne peux pas avoir été le même jour, à la même heure, aussi bien avec Dragan qu'avec Olaf.

– Merde. C'est vrai », dut-il avouer.

Olaf n'était pas né de la dernière pluie. Il intervint : « Et si j'avais été là pendant leur rencontre ?

– Mais oui ! s'enthousiasma Toni. Olaf était là aussi.

– Le chef d'une bande mafieuse, le patron d'un night-club et un journaliste se retrouvent tous les trois à dix-sept heures... dis-je. Pour que le procureur ne prenne pas ça pour une mauvaise blague, il faut que vous ayez une bonne raison.

– Une interview ! proposa Olaf, participant au brainstorming que j'avais initié sans faire exprès. J'avais rendez-vous avec Dragan et Toni pour un reportage d'investigation sur le crime organisé.

– Avec lequel Dragan et Toni n'ont absolument rien à voir, comme je dois le souligner en ma qualité d'avocat, intervins-je.

– Personne ne dit le contraire, me rassura Olaf. Le contenu de l'entretien est de toute façon protégé par la confidentialité des sources. Ce qui compte, c'est que nous ayons fait cette interview. *Rien d'autre.* Pour le prouver, il suffirait que je montre au juge l'enregistrement correspondant avec le code temporel et la date adéquats.

– Pour cela, il faudrait d'abord que cette vidéo existe, fis-je remarquer.

– Je peux définir le code temporel et la date d'une vidéo comme je veux. » Olaf retrouvait lentement espoir.

« C'est précisément la raison pour laquelle ça ne suffira pas, l'informai-je. Il faudrait qu'on puisse voir autre chose au second plan. Quelque chose qui ne pouvait s'y trouver que ce jour-là. Tant que les voyages dans le temps seront impossibles, nous ferions donc mieux d'oublier très vite cette histoire d'interview.

– Ma chaîne dispose d'archives. Olaf ne lâchait pas le morceau. Je pourrais incruster le journal télévisé du quinze août à dix-sept heures dans l'image. Rien n'est plus simple. »

J'en avais assez. Je ne mettrais pas mon inscription au barreau en péril pour « Olaf, le Bonhomme de neige ».

« Les gars ! Cette discussion s'arrête ici. Olaf, je t'ai proposé une stratégie de défense. Soit elle t'intéresse, soit non. »

À ce moment-là, je ne soupçonnais pas encore que Dragan, mis au courant par Toni, adorerait l'alibi alternatif inventé par Olaf. Deux semaines plus tard, la prise accessoire frétillait soudain sur l'hameçon des gros poissons. En même temps qu'une vidéo entièrement truquée d'un entretien entre Olaf, Dragan et Toni enregistré le quinze août à dix-sept heures, selon le code temporel inséré dans l'image.

Trahir mes clients ou produire un faux alibi m'étant interdit, j'aurais dû renoncer à ces mandats lorsque Olaf m'apporta la cassette au cabinet Dresen, Erkel et Dannwitz.

Mais sans le mandat de Dragan, le cabinet m'aurait rapidement congédié. Et si je ne lui avais plus été utile, Dragan aurait probablement exprimé son mécontentement à mon égard en usant de ses poings.

Pour protéger à la fois ma carrière et ma santé, j'optai donc pour le moindre mal. J'envoyai une captation photo extraite de l'interview entre Olaf, Toni et Dragan aux deux procureurs affectés à l'affaire. Tous deux furent très impressionnés de constater que les horaires indiqués sous serment par les trois accusés étaient confirmés par un journal télévisé visible sur un écran à l'arrière-plan, dont la date et l'heure corroboraient les déclarations.

Les deux procédures furent immédiatement classées sans suite.

J'étais tout sauf fier de mon succès.

Rétrospectivement, la seule retombée positive de mes agissements fut l'accélération de ma chute dans l'abîme d'un burn-out qui me conduisit devant la porte de Joschka Breitner.

Dragan, pour sa part, était débarrassé des charges qui pesaient contre lui, et Olaf pouvait continuer à se mentir en se disant seulement journaliste.

Aucune des personnes impliquées n'avait intérêt à prononcer un mot de plus sur l'affaire. Sans plaignant, pas de juge.

Pour résilier le contrat de travail d'Olaf malgré l'abandon des poursuites, son patron dut se résigner à négocier avec moi une importante indemnité de licenciement.

Cependant, il ne manqua pas de mettre la femme d'Olaf au courant de son adultère et de son addiction. En privé, Olaf fut viré sans autre forme de procès.

J'avais vu Olaf von Lukefeld pour la dernière fois six ans plus tôt, quand je lui avais remis le chèque de son patron.

J'avais enfoui cet épisode dans le passé. Olaf aussi, apparemment. L'homme qui venait d'entrer dans le bar ne ressemblait certes pas à Robert Redford mais, dans les limites de ses possibilités physiques, il était resplendissant. En m'apercevant, il me rejoignit et me tendit la main.

« Salut, Olaf... commençai-je.

– Je m'appelle Heiko », dit-il.

17

LES RELATIONS PERSONNELLES

« Si le comportement d'une personne vous met les nerfs en pelote, essayez de l'extraire mentalement du cercle de vos relations. Mettez de la distance entre vous. Sans porter de jugement. Ce n'est pas votre chef qui est en colère : quelqu'un crie. Ce n'est pas votre serveur qui est impudent : quelqu'un dépasse les bornes. Ce n'est pas votre béguin qui vous pose un lapin : quelqu'un manque de ponctualité. Une fois que vous vous serez détaché de ces personnes sur le plan affectif, vous pourrez leur demander en toute bienveillance la raison de leur colère, de leur impudence et de leur manque de ponctualité. »

Joschka BREITNER
En chemin vers le Moi –
le pèlerinage, un voyage vers soi-même

Avant de rencontrer Heiko, j'avais réfléchi à la meilleure façon d'engager la conversation avec le nouveau compagnon de mon ex-femme. Pour éviter un échange inutilement guindé, j'avais finalement préféré laisser notre discussion démarrer spontanément, c'est-à-dire naturellement.

Savoir qu'Olaf von Lukefeld était le petit ami de Katharina et qu'il se faisait désormais appeler Heiko souleva immédiatement son lot de questions.

« Je… tu… quoi ? » fut la première.

Olaf s'assit sur le tabouret à côté de moi. Manifestement, il avait préparé sa première phrase en amont. Elle était bien tournée.

« Grâce à ton aide, j'ai pu, ces six dernières années, revoir ma vie de fond en comble. Je suis un nouvel homme à présent. Et je t'en remercie infiniment. »

Heiko, soit Olaf, n'était pas, je devais l'avouer, un mauvais orateur. Son histoire était convaincante.

Il avait en effet beaucoup changé depuis notre dernière rencontre. Tout d'abord, sa femme, née von Lukefeld, l'avait quitté en le privant de son nom de famille. Olaf dut reprendre son nom de naissance : Müller.

Ses gènes n'avaient donc jamais été nobles. Apparemment, son visage n'était assorti que par hasard au nom à particule dont son mariage l'avait gratifié.

Après son divorce et la perte de son emploi, Olaf Müller fit une cure de désintoxication. Par la suite, il décida de ne plus utiliser son prénom habituel, mais de se faire appeler par son second prénom.

Devenu Heiko Müller, il repartit de zéro sur le plan professionnel aussi. Visiblement, il avait cette capacité admirable de voir les moments de crise comme autant de chances.

À cause de la drogue, il avait failli atterrir en taule. Ce mot « failli » était de la musique à ses oreilles.

La façon dont il avait réussi à réchapper d'une condamnation en réfutant l'histoire vraie et très menaçante de son patron lui valut une certaine notoriété dans son secteur d'activité. À partir de ce moment-là, il fut connu en sous-main comme le journaliste capable de discréditer des vérités désagréables en les faisant passer pour de l'intox.

Le patron de Heiko était trop bien implanté dans sa branche pour que ce dernier puisse se refaire dans des médias classiques. Heiko disposant lui aussi d'un cercle de relations très étendu, cela n'était cependant pas un problème. Il existait suffisamment de nouveaux médias impatients qu'on analysât leurs contenus.

Grâce à l'indemnité que j'avais négociée pour lui, Heiko se mit à son compte. En tant que *fact-checkeur.* D'abord seul salarié de son entreprise, il avait désormais une vingtaine de collaborateurs.

L'homme assis à mes côtés faisait preuve d'une confiance en lui dont mon ancien mandant Olaf était dépourvu.

Je pouvais même entrevoir ce que Katharina lui trouvait. Le fait qu'il possédât par ailleurs un appartement avec terrasse et une Porsche électrique ne nuisait certainement pas à la sympathie qu'elle éprouvait pour lui.

« Je suis sobre depuis six ans. J'ai réussi professionnellement. Et j'aime Katharina », dit Heiko en guise de conclusion. La question qu'il me posa ensuite initia la phase décisive de notre entretien : « Notre passé va-t-il nous encombrer à l'avenir ? Qu'est-ce que tu en penses ? »

Nous étions arrivés à ce moment fatidique où le temps semble s'étirer. En une fraction de seconde, je décidai de donner ma bénédiction à Katharina et Heiko. L'histoire de ce dernier me plaisait. Je savais moi-même par expérience que les ruptures opérées dans une vie pouvaient s'avérer extrêmement salvatrices. Je ne pouvais pas reprocher à Heiko ses erreurs passées. Il les avait payées depuis longtemps. Ayant été son avocat, j'étais de toute façon tenu au secret professionnel. Par le passé, j'avais moi aussi mal agi. Pourtant, j'avais réussi à me pardonner. Pourquoi ne ferais-je pas de même pour lui ?

Olaf était donc devenu Heiko. Et Katharina aimait ce dernier. L'inverse était vrai aussi, apparemment. Tous deux finiraient bien par découvrir eux-mêmes quelle partie du passé de l'autre jouerait un rôle dans leur avenir. Je choisis d'utiliser ce que je savais sur lui de façon positive. Je serais aussi ouvert envers lui qu'envers quelqu'un dont je ne connaîtrais pas le parcours.

« À un nouveau départ ! » trinquai-je.

Je voulais traiter Heiko avec respect et bienveillance. Ne pas le juger et lui ouvrir les bras. Comme n'importe quel autre amant de Katharina, je l'observerais d'un regard neuf pour lui donner l'occasion de me montrer lui-même le triple idiot qu'il était.

J'ignorais combien de temps il mettrait à saisir cette opportunité.

J'essayai d'amener la conversation sur un terrain neutre, moins glissant pour nous deux sur le plan émotionnel. Nos boulots, par exemple. Celui de Heiko m'intéressait d'ailleurs réellement.

Tout ce que je savais sur les *fact-checkeurs* était qu'ils vérifiaient, pour des plateformes numériques, des contributions postées par des utilisateurs sur Internet. Si les vérificateurs jugeaient un contenu incorrect, le post pouvait être marqué, l'auteur bloqué ou, pire, son compte et ses messages supprimés.

Marquer. Bloquer. Supprimer.

La devise du monde digital libre.

Dans ma conception des relations humaines, il n'y avait aucune nécessité à corriger, donner des leçons ou sanctionner d'autres personnes, adultes qui plus est, en dehors du cadre scolaire.

Les limites de la liberté d'expression avaient été définies une fois pour toutes dans la Constitution. Des lois fixées par l'État et non pas des milices de la moralité étaient chargées de les faire respecter.

Le plus beau avec les opinions, c'était que leur exactitude n'avait pas à être prouvée. Elles n'étaient donc, de fait, ni justes ni fausses.

L'opinion disant que l'homme pouvait contrôler la température moyenne de la Terre au dixième de degré près était aussi légitime que celle qui trouvait cela complètement absurde.

Dans ces circonstances, les *fact-checkeurs*, dont la tâche était d'analyser les déclarations d'opinion, n'avaient, à mon sens, pas lieu d'être. Pour moi, les professionnels de ce métier étaient un mélange d'enquiquineurs et de délateurs de contrevenants aux règles de stationnement. Mais soit, un journaliste raté avait bien le droit de tenter sa chance en tant que modèle d'exemplarité sur Internet.

Cela n'était que ma vision des choses, biaisée par mon regard d'avocat. La possibilité d'interroger Heiko directement sur son étrange profession était d'autant plus alléchante qu'elle me permettrait peut-être de dépasser mes préjugés.

« Que fais-tu en tant que *fact-ckeckeur* ? Tu passes tes journées à décortiquer des posts et des blogs pour débusquer des mensonges ? demandai-je.

– Oui, entre autres. Mais c'est plus varié que ça. Aujourd'hui par exemple, nous avons examiné le comportement sur les réseaux sociaux d'une personne qui a candidaté à un poste de directeur dans une institution culturelle. Nous avons découvert qu'il y a sept ans, il avait liké plusieurs commentaires d'un blogueur d'extrême droite sur Facebook. Dieu merci, nous l'avons vu à temps. Sinon, il aurait signé son contrat la semaine prochaine ! »

Cinq minutes plus tôt, Heiko avait espéré que je passerais l'éponge sur son passé de trafiquant de drogue datant d'il y avait seulement six ans. Dans ce contexte, je trouvais sa manière d'aborder des déclarations d'opinion encore plus anciennes très acrobatique, moralement parlant. Mais après tout, je ne m'y connaissais pas en réseaux sociaux.

« Bien, nous agissons donc tous les deux dans l'intérêt de nos clients, dis-je, désireux de trouver une affinité entre nos deux professions.

– C'est-à-dire que... répondit Heiko, l'impact que j'ai sur la société me paraît plus global que celui d'un avocat de la défense. »

Je fis mon possible pour ne pas interpréter cette phrase comme une dévalorisation de ma fonction et me concentrai donc sur son contenu informatif, à savoir que Heiko tirait fierté de son travail.

« Contrairement à vous autres les avocats, nous les journalistes devons avoir des valeurs. »

Je me méfiais depuis toujours des gens qui agissaient sous la contrainte.

« Les valeurs ne sont-elles pas quelque chose de très individuel ? Comme... disons... un pénis ! Soit on en a un soit non. Mais si c'est le cas, on n'est pas pour autant obligé de le montrer à tout bout de champ à tout le monde. »

Au lieu de réfléchir à mes arguments, Heiko se permit de les juger.

« Définir des identités de genre de façon machiste, ce n'est pas avoir des valeurs, c'est même tout le contraire. »

Réplique qui était tout le contraire d'un argument. Par indulgence, je m'abstins néanmoins de le relever.

« C'était un exemple, rien de plus. Je voulais simplement dire que les valeurs qu'on a peuvent tout à fait être perçues par les autres sans qu'il faille à tout moment attirer l'attention dessus…

– On a des valeurs quand on défend une société ouverte dans laquelle le genre, l'âge et l'origine ethnique sont sans importance. On n'a pas d'autre choix que de montrer cela clairement. »

Je commis l'erreur de contrer l'argument du manque d'alternative avec une alternative.

« Que fais-tu de ceux qui pourraient penser qu'une société se référant aux données inscrites sur les cartes d'identité aurait également ses avantages ? Eux aussi ont des valeurs. Pas les mêmes, certes, mais quand même.

– Toute personne qui est contre une société ouverte est de droite. »

Un argument massue, une fois de plus. Il fallait que je change de sujet rapidement. De quoi pouvais-je encore parler avec un homme qui se fermait volontairement à une moitié du spectre de pensée possible ? De voitures ! Rien de tel que les bagnoles.

« Au fait, ta Porsche, elle a des portes ? » lui demandai-je de but en blanc. Heiko me regarda d'un air ahuri. Comme quelqu'un qui aurait dégringolé d'un manège pour enfants tournoyant sur lui-même.

« Évidemment. Pourquoi ?

– Eh bien, dans ce cas, ta vision d'une société ouverte a manifestement aussi ses limites.

– Je ne comprends pas…

– Pour les uns, les frontières d'une société ouverte font le pourtour de leur pays. Pour les autres, elles font le pourtour de leur Porsche. Les opinions ne diffèrent donc pas tant que ça. Les frontières que tu traces sont simplement plus étroites. »

J'étais très fier du caractère fédérateur de mon intervention.

« La haine n'est pas une opinion », objecta Heiko.

Le courant ne passait pas entre lui et moi. Quel que fût notre sujet de conversation, au bout du compte, je ne voyais en lui qu'un idiot fini qui débitait des platitudes, couchait avec mon ex-femme et s'apprêtait à faire la connaissance de ma fille.

Un exercice de pleine conscience de M. Breitner me revint en mémoire. Il l'avait appelé « la mise à distance sans jugement de valeur » :

Si le comportement d'une personne vous met les nerfs en pelote, essayez de l'extraire mentalement du cercle de vos relations. Mettez de la distance entre vous. Sans porter de jugement. Ce n'est pas votre chef qui est en colère : quelqu'un crie. Ce n'est pas votre serveur qui est impudent : quelqu'un dépasse les bornes. Ce n'est pas votre béguin qui vous pose un lapin : quelqu'un manque de ponctualité. Une fois que vous vous serez détaché de ces personnes sur le plan affectif, vous pourrez leur demander en toute bienveillance la raison de leur colère, de leur impudence et de leur manque de ponctualité.

J'essayai d'appliquer cette méthode à Heiko.

Je retranchai mentalement mon ex-femme et ma fille du cercle de relations qui me liaient à lui.

En toute objectivité, tout ce qui restait alors était un idiot qui racontait des banalités.

Il ne me restait plus qu'à lui demander pourquoi.

« Pourquoi t'es-tu lancé dans le *fact-checking* ?

– Parce que la société a droit à la vérité.

– À quelle vérité ? »

Une fois de plus, Heiko fut décontenancé. Ma question fit l'effet d'un bâton planté dans les rouages désormais grinçants de son appareil moral.

Je préférais passer outre avant que l'écart entre nos deux vérités ne distordît douloureusement sa vision du monde.

« Laisse tomber. Comment vous faites concrètement ? »

Fasciné, j'écoutais Heiko me parler d'un monde qui m'était étranger. Il m'expliqua avec enthousiasme comment lui et ses collaborateurs faisaient pour confondre des types qui proféraient des discours haineux et des fausses informations sur Internet : en comparant journalistiquement le contenu de textes douteux avec des publications reconnues en accès libre.

Considérée de façon neutre et bienveillante, une méthode impeccable.

L'Église catholique avait procédé de la même façon pour juger Galilée, Copernic ou encore Kepler.

Quel soulagement de savoir que Heiko aurait lui aussi empêché ces crétins des astres de diffuser leurs théories du complot sur le soleil situé au centre de l'univers. Un ramassis d'adeptes de l'héliocentrisme et de traîtres à la Terre.

Tout en écoutant Heiko parler sans discontinuer, je compris que le métier de *fact-checkeur* reposait sur une tradition séculaire qui avait, ces dernières décennies, connu un développement technique fulgurant.

Autrefois, les publications qui contestaient l'ordre établi devaient faire l'objet d'une pénible mise à l'index ou d'un autodafé sur la place de l'Opéra à Berlin.

Aujourd'hui, il suffisait de cliquer sur une touche pour les effacer.

Dans les années quatre-vingt, les *fact-checkeurs* qui travaillaient dans des sous-sols mal aérés à Leipzig, Dresde ou Berlin-Est devaient encore s'aider de vapeur d'eau pour ouvrir des enveloppes dont le contenu était ensuite passé au crible de la vérité en vigueur.

À présent, on pouvait faire la même chose dans n'importe quel café du monde avec un simple ordinateur portable. L'Internet fonctionnait sans enveloppes. Avec le temps, le métier de *fact-checkeur* s'était libéré de ses entraves.

Même les capacités cognitives nécessaires pour allumer un feu ou faire chauffer de l'eau à cent degrés Celsius n'étaient plus des prérequis obligatoires pour rendre ce monde meilleur, plus pacifique, plus égalitaire et plus aimant. Un clic faisait le job.

L'infatuation de Heiko menaçait de me faire sortir de mes gonds.

Grâce à la pleine conscience, je me remettais néanmoins systématiquement dans un état de gratitude.

Heiko tirait son sentiment de grandeur morale du fait qu'il trônait sur les épaules d'un géant nommé liberté d'opinion.

Sans se rendre compte qu'il lui pissait toute la sainte journée dans le col.

J'étais content de connaître Heiko.

Il me montrait ce qu'était la tolérance.

Celle du géant, en tout cas.

Notre rendez-vous me permit de constater que Heiko et moi vivions dans des mondes complètement différents, chacun dans notre bulle. Ce qui ne me posait pas problème.

En parlant de bulles, je voyais la vie comme une coupe de champagne : une grande diversité de bulles aspirant chacune à s'élever. Pour moi, un gage de qualité.

Si Heiko voyait la vie plutôt comme une lampe à lave dans laquelle une bulle tournant sur elle-même attendait qu'une autre éclate pour lui laisser le champ libre, je devais l'accepter.

Heiko et moi n'étions pas sur la même longueur d'onde. Or cela n'était pas nécessaire. Ce n'était pas à moi qu'il devait plaire mais à Katharina. Tant que cela serait le cas et que je ne verrais pas en lui un danger pour Emily, je n'avais aucune raison de lui être hostile.

Emily se ferait sa propre idée du personnage.

Dans un cadre protégé, fixé par Katharina et moi.

Là aussi, j'étais content que cela fût possible.

Lorsque nous nous quittâmes au bout de trois quarts d'heure, Heiko n'avait pas posé une seule question sur moi. Je partais du principe qu'il avait déjà fait vérifier toutes les données me concernant.

Au moment de nous serrer la main, il me surprit cependant quand même :

« Alors, tu comptes parler à Katharina de notre passé commun ? »

J'étais perplexe.

« Pourquoi je ferais une chose pareille ? répondis-je. C'est à *toi* de lui dire la vérité. »

Heiko hésita un instant.

« Je ne lui mentirai pas, déclara-t-il enfin. Promis. »

Je n'appris que plus tard qu'il y avait une différence de taille entre « ne pas mentir » et « dire la vérité », qui correspondait exactement à la part de vérité que Heiko choisirait de taire.

Délaissant mes souvenirs, je revins dans le présent.

J'étais dans un lit, dans les Pyrénées françaises. Je m'étais demandé qui prendrait soin de moi quand je serais âgé.

Probablement pas Heiko.

J'avais également réfléchi à l'importance que revêtait pour moi la cellule familiale traditionnelle. J'attrapai une nouvelle fois mon carnet du pèlerin pour y inscrire ces quelques phrases :

J'ignore si j'ai besoin d'une vie de famille au sens classique du terme pour m'épanouir. Mais je sais que le sentiment de sécurité que cela procure me manque. La raison d'être d'une famille, c'est aussi de prendre soin les uns des autres avant d'être vieux.

18

MINIMISER

« La beauté des choses de la vie courante n'apparaît que lorsqu'on en est privé. »

Joschka BREITNER
En chemin vers le Moi – le pèlerinage, un voyage vers soi-même

Le lendemain matin, en m'habillant, le pèlerinage m'inspira une première réflexion. Sous la forme d'une question : sachant que j'avais emporté trois caleçons et trois tee-shirts, devais-je mettre des sous-vêtements propres pour mon premier jour de marche ou plutôt garder ceux de la veille, dans lesquels je venais de dormir ?

Porter les mêmes sous-vêtements deux jours de suite me faisait toujours l'effet d'un saut dans le temps. Tout en ayant déjà posé un pied dans l'avenir, je me trouvais encore, vestimentairement parlant, dans le passé. Je connaissais ce sentiment depuis des décennies. Il m'envahissait quand j'étais malade, enfant. À l'armée, quand je ne me changeais pas une seule fois en l'espace des trente-six heures que pouvait durer un exercice militaire. Ou encore lorsque j'étais étudiant et que je croisais, ivre et heureux dans mes habits fatigués, les gens vêtus de propre qui se rendaient au travail tandis que je rentrais chez moi à vélo au petit matin, après une nuit d'amour.

J'étais donc dans ma chambre d'hôtel, habillé comme la veille, face à mon sac à dos. Je n'étais pas malade. Il ne s'agissait pas d'un exercice. Et cela faisait des années qu'il n'y avait plus chez moi de lien de cause à effet entre sexe et gueule de bois.

Je réfléchis : si je commençais mon pèlerinage dans mes habits de voyage, le premier jour de mon périple ne serait pas un nouveau départ puisque l'odeur de mon ancien Moi me collerait encore à la peau. Si je me changeais, ma tenue serait certes nouvelle, mais je me coltinerais quand même mon linge sale. Dans mon sac. Et l'obligation de laver deux de mes trois ensembles dès le premier soir.

Ma première décision philosophique de pèlerin fut prise. Je garderais les mêmes vêtements. La raison en était d'ailleurs toute pragmatique. L'ancien Moi qui imprégnait mes habits ne faisait pas le poids face à la part de moi-même qu'il me restait encore à découvrir.

Au petit déjeuner, mon corps me fit comprendre qu'il n'était pas du même avis. Bien qu'il fût fraîchement douché, il se sentait râpeux.

J'avais rendez-vous avec Roland à huit heures, devant l'hôtel.

Tandis que je l'attendais, une armada de pèlerins défila devant mes yeux. En grands groupes. En petits groupes. Ou isolés.

« Sur le Camino, ça s'espace, me rassura Roland à son arrivée en voyant mon air sceptique. C'est comme au supermarché, à l'heure d'ouverture. Les clients matinaux s'agglutinent devant l'entrée. De l'autre côté des portes les attend un vaste paradis de la consommation rempli de rayonnages bien achalandés. »

Ses mots dissipèrent quelque peu ma crainte de devoir randonner en peloton pendant un mois.

« Et maintenant ? lui demandai-je.

– Maintenant, on va faire quelques courses. Je vois que tu n'as pas encore de bâton de pèlerin ni de coquille Saint-Jacques. »

Il avait raison. Je n'avais pas eu l'intention de me trouver moi-même en copiant les signes distinctifs de tous les autres Moi sur le Camino.

« Je n'en ai pas besoin », répondis-je en conséquence.

Roland sourit.

« Même si c'était le cas – ce dont je doute –, les autres pèlerins, eux, en ont besoin. Le pèlerinage de Compostelle a beau être une aventure individuelle, c'est aussi une expérience collective. Sinon, tu pourrais tout aussi bien te farcir l'équivalent de huit cents kilomètres de marche chez toi, dans ta cave, sur un vélo elliptique. Le bâton et le coquillage permettent aux pèlerins de se reconnaître entre eux.

– Plus que le sac à dos et le choix du même itinéraire ?

– Si Dieu avait voulu que notre emblème fût un sac de randonnée, il aurait garni la barque qui transportait la dépouille de saint Jacques de sacs à dos. Mais ce n'est pas ce qu'il a fait. »

J'achetai donc un bâton de marche ainsi qu'une coquille Saint-Jacques dans la boutique de souvenirs la plus proche, sans savoir que tous deux finiraient effectivement par me rendre service.

Leurs étiquettes *Made in China* montraient par ailleurs que ces deux objets avaient déjà parcouru sans moi un chemin bien plus long que celui qui nous attendait.

Nous quittâmes Saint-Jean en direction de l'est, à contre-courant du flot de pèlerins, pour déposer nos lettres au monastère de la Confrérie des messagers. La bâtisse médiévale se trouvait à quinze minutes de marche de la ville et passait relativement inaperçue. Sans Roland, je l'aurais méprise pour un vieux corps de ferme. On y accédait depuis la route de campagne par un sentier non fléché. Le bâtiment était entouré d'un mur en pierre naturelle haut de deux mètres. Celui-ci était bordé par une haie laissée à l'abandon. Un portail en bois empêchait l'entrée dans l'enceinte. À droite du portail, caché entre le mur et la haie, se trouvait un cube en pierre recouvert d'une plaque percée d'une fente : la boîte aux lettres.

Celles-ci n'étaient rien de plus que des feuilles de papier A4 pliées en quatre, sur lesquelles les pèlerins avaient indiqué leur nom pour qu'elles puissent leur être rendues à leur arrivée à Saint-Jacques-de-Compostelle. Seule ma lettre était faussement libellée car je préférais éviter que son contenu très explicite ne passât un jour pour un aveu de ma part. J'étais néanmoins impatient de savoir si, dans quatre semaines, un Moi différent se reconnaîtrait dans ces lignes.

Sur le chemin du monastère, nous avions croisé une poignée de marcheurs. Apparemment, la coutume du courrier du pèlerin n'avait donc pas entièrement sombré dans l'oubli.

Nous glissâmes nos lettres dans le cube.

Mon pèlerinage pouvait commencer.

Nous nous étions mis d'accord sur une courte étape de huit kilomètres à peine. Mais pour le coup, ils étaient corsés. Ça ne faisait quasiment que grimper. Le soleil de juillet, qui était monté très rapidement très haut dans le ciel, dardait ses rayons brûlants. Si j'avais mis des vêtements propres le matin, ils auraient été trempés de sueur en l'espace d'une demi-heure.

En contrepartie, peu après Saint-Jean, la nature se mua en un panorama éblouissant. Des collines douces, présage de montagnes escarpées. Des prairies piquetées de rochers. Des bois isolés. Du vert à perte de vue. Le tout surplombé d'un ciel indigo, sans nuages.

J'avais lu dans mon guide que le premier tronçon du chemin de Compostelle, qui reliait Saint-Jean à Roncevaux, était, selon la météo, une des étapes les plus dangereuses du circuit. La montée à pic faisait chaque année son lot de victimes. En cas d'intempéries, les pèlerins ne se tordaient pas seulement la cheville sur les pierres glissantes. Ces dernières années en particulier, il y avait eu plusieurs disparitions.

Ce que j'appréciais chez Roland, c'était qu'il ne forçait pas la conversation. Nous avions par hasard la même foulée, si bien qu'au bout de vingt minutes, nous avancions au même rythme, côte à côte et en silence, comme un vieux couple.

Un millier de pas plus tard, mon esprit, bercé par la monotonie de la marche, se mit également à vagabonder.

Il rejoignit ma fille.

19

LE TEMPS

« Quasiment tout mode de calcul du temps est arbitraire, subjectif et relatif. Seule une mesure du temps sera donc significative, objective et absolue pour vous : votre vie. »

Joschka BREITNER
En chemin vers le Moi –
le pèlerinage, un voyage vers soi-même

« Un mois, c'est long comment ? avait voulu savoir Emily quand je lui avais parlé de mon voyage.

– Un mois, c'est quatre semaines.

– C'est long comment, quatre semaines ?

– En jours, ça fait… »

Emily leva les yeux au ciel, agacée.

« Tu sais très bien ce que je veux dire ! Ça fait combien d'épisodes de *Bibi & Tina* ? »

Pour lui donner une certaine idée du temps, j'avais pris l'habitude d'utiliser la durée d'un épisode de cette série comme unité de mesure compréhensible. Un épisode faisait un peu moins de trente minutes.

Ramené à ma propre enfance, cela équivalait à une fois *1, rue Sésame*.

Le trajet en voiture de chez Katharina à chez moi faisait la moitié d'un épisode de *Bibi & Tina*.

Pour aller chez la mère de Katharina, il fallait un épisode entier.

Quand nous partions en vacances, nous faisions une pause après quatre épisodes au plus tard.

Ce mode de calcul ayant fait ses preuves pour de courtes périodes, il s'était finalement imposé au sein de la famille.

Seule mon urologue qui m'avait demandé la fréquence de mes mictions et à qui j'avais répondu avoir besoin d'aller aux toilettes au bout de cinq épisodes de *Bibi & Tina* maximum m'avait réclamé des explications en me regardant d'un air irrité.

J'étais donc confronté au problème de devoir convertir quatre semaines de pèlerinage en autant d'épisodes de la série préférée de ma fille.

J'allumai mon portable, ouvris l'application Calculatrice et fis l'opération.

« Vingt-huit (jours) fois vingt-quatre (heures) fois deux épisodes par heure égale... mille trois cent quarante-quatre épisodes. »

À son air, je voyais qu'Emily était tout aussi dépassée par cette information que par celle de mon absence d'un mois.

Néanmoins, elle avait parfaitement compris que ça durerait longtemps.

Elle me serra dans ses bras.

« C'est trop long. »

Pour moi aussi, aurais-je aimé lui répondre. Mais je ne voulais plus remettre en question mon départ.

« Oui, ma chérie, c'est très long. Mais regarde... » Je cherchai désespérément une unité de temps qui lui permettrait de se représenter la durée d'un mois. « Un mois, c'est... quatre fois danse. »

J'accompagnais Emily à ses cours de danse depuis six mois.

D'une certaine manière, son école de danse était une des raisons pour lesquelles j'étais en train de quitter Saint-Jean-Pied-de-Port à pied, avec un sac à dos de l'armée sur les épaules.

Là-bas, je me rendais régulièrement compte que j'ignorais ce que je voulais.

Ces derniers mois, j'y avais passé de nombreuses heures de ma vie, dans la salle d'attente, tandis que ma fille et dix-neuf autres gamins de cinq ans répétaient la chorégraphie *hupa lupa.* Chacun des vingt bambins ayant sa propre conception de la synchronicité.

Je pouvais regarder Emily à travers un miroir sans tain tout en écoutant les mères des enfants asynchrones s'entretenir des piscines hors sol que leurs maris absents avaient installées spécialement sur leur peu de temps libre.

En pensée, je me demandais alors souvent si je ne ferais pas mieux d'employer mon temps plus utilement : en résolvant des problèmes réels de drogue, de sexe ou de violence. Pour pouvoir ensuite passer en toute décontraction du temps avec ma fille.

Quand je suis dans une école de danse, je suis dans une école de danse.

Quand je dirige une entreprise mafieuse, je dirige une entreprise mafieuse.

Cela aurait été de la pleine conscience.

Le souci, c'était que j'ignorais si je préférais être dans une école de danse ou dans une entreprise mafieuse.

Autrefois, mon agenda m'obligeait à courir sans cesse entre examens de mise en détention provisoire, audiences judiciaires et séances d'intimidation de partenaires d'affaires.

Alors que j'aurais préféré être auprès de ma fille.

Depuis que j'étais à mon compte et que j'avais du temps, je ne passais pas seulement ma vie à courir pour emmener ma fille à ses cours de *hupa lupa*, à des visites au zoo ou à des après-midi piscine.

Je devais aussi courir après Emily elle-même.

Qui voulait ces chaussures de sport-là. Non. Les autres. Aller voir les singes d'abord. Non. Plutôt les lions. Monter sur le grand toboggan aquatique. Non. Plutôt redescendre. Et puis non, plutôt remonter.

La prise en charge d'un mafieux pur et dur était en partie bien plus simple que celle d'une enfant de cinq ans parfaitement inconséquente.

Avec mon départ du cabinet Dresen, Erkel et Dannwitz, les lieux et les personnes que je fréquentais avaient donc changé.

Mais l'agitation était restée la même.

J'avais toujours l'impression d'être aliéné.

Par le boulot de mon ex-femme.

Par les caprices de ma fille de cinq ans.

Il y avait des moments où je reprochais intérieurement à Emily de me détourner de ma voie.

Niant ainsi qu'en réalité, cette voie, je ne l'avais jamais trouvée.

M. Breitner avait dit vrai au sujet de ma fête d'anniversaire.

Il était temps que je réfléchisse à ce que je voulais vraiment.

La pleine conscience m'aidait à me recentrer.

Mais je devais enfin me trouver moi-même.

Notamment pour que ma fille eût un père capable de profiter de la vie et de partager ce plaisir avec elle.

Quoi qu'il en fût, le changement d'unité de mesure, passée d'un épisode de *Bibi & Tina* à un cours de danse, fonctionna :

« Quatre fois danse ? demanda Emily, surprise. D'accord. J'aurai un cadeau ? »

En rentrant de voyage, aussi court qu'il fût, je lui rapportais toujours un petit quelque chose.

« Bien sûr.

– Je pourrais aussi en avoir un maintenant ? »

Ma fille était bonne négociatrice.

« Pourquoi maintenant ? lui demandai-je.

– Parce que sinon je serai trop seule quand tu ne seras pas là.

– Qu'est-ce que tu aimerais avoir ?

– Un lapin. »

Voilà. Et à présent, j'étais ici. Sur le chemin de Compostelle. Contre quatre fois danse et un lapin.

Mentalement, je pris note pour mon carnet du pèlerin :

Le sens de l'existence pourrait être de savoir profiter de l'instant présent pour pouvoir partager ce plaisir avec d'autres.

20

ORISSON

« Toute chose dans ce monde n'a d'importance que celle qu'on lui accorde. »

Joschka BREITNER
En chemin vers le Moi –
le pèlerinage, un voyage vers soi-même

Orisson comptait une maison et demie et n'était pas un hameau mais un refuge pouvant accueillir une trentaine de personnes. Ma première auberge de pèlerin sur le Camino.

Roland et moi y arrivâmes en début d'après-midi. On nous assigna le dortoir du bas. Ce dernier comprenait une demi-douzaine de lits superposés avec des toilettes et une douche attenantes. Roland et moi décidâmes de nous partager un lit.

J'eus le temps de prendre une douche, de laver mon linge et de revêtir le deuxième tiers de ma garde-robe.

Pour nous occuper jusqu'au dîner à dix-huit heures, Roland et moi, propres et heureux, nous installâmes avec un verre de rouge sur la terrasse en face de la maison principale. À cause de la chaleur, on nous avait servi notre petit vin du pays bien charnu avec un glaçon.

Nous trinquâmes. Après avoir posé son verre sur la balustrade en bois, Roland sortit de sa poche un carnet de notes noir qui ressemblait beaucoup au mien.

« Tu tiens un journal du pèlerin ? lui demandai-je, intrigué.

– Non, je compile un recueil de questions. »

Mon expression fut suffisamment perplexe pour le pousser à poursuivre.

« Je ne suis pas quelqu'un de particulièrement croyant. Mais je crois en Dieu. Et je pense, non, j'espère de toutes mes forces qu'après ma mort, je pourrai lui poser toutes les questions restées sans réponse dans ma vie. Ces questions, je les collecte. Qui sait, peut-être que grâce à ça, je m'en souviendrai dans l'au-delà. »

Une démarche intéressante.

« De quel genre de questions s'agit-il ? » voulus-je savoir.

Roland feuilleta son carnet à moitié rempli. Il s'arrêta à une page et désigna son verre de vin.

« Là. Sur l'alcool et l'ivresse par exemple. Mon cerceau a-t-il besoin d'alcool pour prendre du plaisir à cause de son imperfection ? Ou l'alcool ne lui procure-t-il du plaisir que parce que Dieu en a décidé ainsi ?

– C'est ce genre de questions qui t'ont préoccupé dans le court intervalle de ton existence ?

– C'est une de celles que je poserai dans l'infini de ma mort. J'aurai le temps, après tout. »

Je laissai Roland parcourir son carnet et sortis le mien pour y noter une remarque.

Si la vie est un mystère, la mort pourrait être la réponse.

Je regardai le splendide paysage devant nous. Un petit moineau sautillait sur la balustrade. En voyant le verre de vin de Roland, il tapa contre avec son bec pour tenter d'atteindre le glaçon. Après deux ou trois chiquenaudes, il sauta sur le verre et, s'agrippant au rebord avec ses pattes, se pencha tête en avant pour attaquer le glaçon directement. J'étais fasciné par le spectacle.

Soudain, quelque chose siffla dans l'air, frôlant mon visage. Quasiment au même moment, le verre de vin explosa. Effrayé, le moineau s'envola.

Je ne m'étais encore jamais fait tirer dessus. Mais c'était exactement ce que je ressentais. Comme si une balle avait manqué ma tête de peu pour finir sa course dans le verre.

Je m'étais baissé instinctivement. « C'était quoi, ça ? demandai-je, effaré, à Roland toujours plongé dans son carnet.

– Le moineau a renversé mon verre.

– Non. Je crois que le verre a éclaté avant qu'il s'envole.

– Comment aurait-il pu le faire éclater ? » Roland me sourit.

Je lui rendis son sourire, perplexe, et haussai les épaules tout en jetant un regard aux alentours. Nous étions seuls sur la terrasse. L'auberge était dans notre dos et derrière s'étendait la forêt. Je ne vis aucun tireur, nulle part.

Ma frayeur passée, la théorie du coup de feu me parut finalement un peu saugrenue.

Si quelqu'un avait tiré, j'aurais dû entendre une détonation.

Mais je me demandais surtout une chose : pourquoi quelqu'un voudrait-il m'abattre ?

Au fond, une seule personne avait une bonne raison de me haïr. Tout en étant encore en vie. Le Chinois de la mousse expansive. Mais cela n'avait aucun sens. M. K'uang ne connaissait ni la nature de mes activités ni mon nom et le lieu où je me trouvais encore moins. Ou bien cela avait-il changé ?

Je repensai à la dernière conversation que j'avais eue avec Sascha avant mon départ. Elle datait d'un jour à peine.

Nous étions dans mon Land Rover récemment réparé. Sascha m'amenait à la gare où je devais prendre un train Intercity-Express pour l'aéroport de Francfort.

J'avais pris congé de Katharina et d'Emily avant, autour d'un petit déjeuner chez moi.

« À la conduite, on ne se douterait pas que l'essieu avant était cassé, dit Sascha en faisant allusion à ma soirée d'anniversaire deux mois plus tôt, l'élément déclencheur de mon pèlerinage.

– En ce qui concerne la voiture, cette soirée n'a pas laissé de traces », répondis-je. L'affaire de la mousse isolante semblait elle aussi s'être tassée.

En début de semaine, le Chinois et sa délégation étaient descendus à l'hôtel pour la deuxième fois depuis l'incident. Nous nous en étions tenus strictement aux règles CIAO. S-Exclusive ne prenait plus de clients chinois. Chayenne et Sandy avaient momentanément été retirées de l'offre de l'agence. Le réceptionniste avait pris la précaution de se faire rayer du tableau de service. L'équipe de Walter assurait notre protection tout en surveillant M. K'uang.

La mission d'observation avait montré qu'il n'avait plus rien entrepris pour se venger de son agression.

« Grâce aux règles CIAO, le problème chinois semble s'être réglé aussi, ajoutai-je.

– En effet. Tu peux donc partir tranquille.

– Comment Chayenne et Sandy supportent-elles leur isolement ?

– Très bien. Un client de leur autre agence leur a offert des vacances de luxe pendant deux semaines. »

Je fus immédiatement alarmé.

« Quelle autre agence ?

– Quand elles ne bossent pas pour S-Exclusive, elles travaillent pour une autre boîte.

– Bon sang, qu'est-ce qui est si difficile à comprendre dans "I" comme "isolement" ?

– Pourquoi tu dis ça ? Toutes les deux ont été isolées par S-Exclusive et n'ont pas pu être réservées. Quatorze jours loin d'ici me paraît un isolement assez long. De plus, elles font "A", comme "attention".

– Mais alors, n'importe qui a pu consulter leurs profils sur le site Internet de l'autre agence, c'est bien ça ?

– Oui c'est vrai, mais...

– Les règles CIAO ne fonctionnent que si tout le monde s'y tient ! Et si elles étaient injoignables parce qu'elles se sont chopé le Chinois ?

– Les hommes de Walter ont “O” comme “observé” M. K’uang non-stop. Il n’est pas entré en contact avec elles.

– Tu es sûr ?

– Tu doutes de moi ?

– Non, mais je sais qu’aucune surveillance n’est sans lacunes. Viens, on appelle Walter. »

Ce dernier nous confirma que l’observation du Chinois n’avait pas eu de failles, hormis une petite fenêtre de trois heures où il avait disparu dans l’hôtel Hilton.

« Trois heures, c’est suffisant pour torturer deux escortes et leur soutirer nos noms, résumai-je les événements ayant pu se produire dans cet intervalle de temps.

– C’est juste. Mais il semble plutôt improbable qu’elles soient en vacances dans notre bon vieux Hilton, nota Sascha.

– Vous les avez appelées pour leur demander comment elles vont ? »

Sascha blêmit légèrement.

« Eh bien, elles nous ont informés de leur absence en disant qu’elles ne voulaient pas être joignables pendant leurs congés. Détox digitale. Elles ne répondent pas. »

Je savais combien il était important de déconnecter et combien cela me faisait du bien à moi aussi.

Mais à ce moment-là, la déconnexion de Chayenne et de Sandy me dérangeait beaucoup. Leur silence n’était pas forcément mauvais signe. Mais il pouvait l’être.

Je ne voulais pas me laisser déstabiliser par la possibilité qu’elles ne fussent pas sur la plage mais six pieds sous terre. Pour des raisons purement pratiques, je ne voulais pas non plus que mon pèlerinage fût compromis par l’éventualité qu’elles eussent révélé nos noms.

Je m'en voulais de ne pas avoir également ordonné la surveillance des deux escortes. Je ne ferais pas cette erreur une seconde fois.

« Bon. Peut-être que les choses sont vraiment comme tu le penses. Mais je ne veux pas courir de risque. À partir d'aujourd'hui, je suis en pèlerinage. Je te charge de renforcer toutes les mesures de sécurité et je veux que Katharina et Emily soient mises sous protection rapprochée sans tarder et en toute discrétion.

– Ne t'inquiète pas. S'il y a quelque chose, je... Comment je fais pour t'appeler ? »

Même des call-girls avaient le droit d'être injoignables, mais pas moi apparemment. Pourtant, c'était exactement ce que je voulais éviter : d'être sollicité en cas de problème.

« On ne change rien. En cas d'urgence, tu demandes à Katharina de m'envoyer un "*Buen Camino*" de ta part. »

Je me reconcentrai sur le présent. Assis sur la terrasse du refuge Orisson, je consultai mon vieux portable. Pas de message. Pas de « *Buen Camino* ».

Peut-être que le verre de vin avait vraiment explosé à cause du moineau et que la balle qui avait effleuré mon visage n'était en réalité qu'un insecte.

Pas de quoi s'inquiéter.

« Tu as vu le type qui vient de passer ?

– Qui ça ?

– Je viens de voir passer un Chinois avec un étui à guitare devant l'auberge. Bizarre... »

Je ne l'avais pas vu.

« Qu'est-ce qu'il avait de bizarre ?

– Ce n'est peut-être que mon vieil instinct de procureur-enquêteur. Mais quel genre de pèlerin passe sans s'arrêter à côté d'une auberge peu avant six heures du soir quand le prochain hébergement se trouve à dix-huit kilomètres ? Et qui part en pèlerinage avec sa guitare ? Dans un étui rigide ? »

Peut-être un Chinois qui tire sur des verres de vin avec un pistolet silencieux, me dis-je tout en sentant mes pensées se remettre automatiquement à tourbillonner d'inquiétude.

Mais peut-être n'était-ce qu'un mélomane qui aimait marcher seul dans le noir, tentai-je de me rassurer en lançant un deuxième tourbillon de pensées. Cela ne résolvait pas pour autant la question du verre brisé.

Peut-être que le moineau avait uriné sur le glaçon. La hausse brutale de température avait pu faire exploser ce dernier, projetant des éclats de glace contre le verre qui finit par se briser.

J'aurais pu inventer une quantité astronomique de scénarios banals ou horrifiques. Mais je pouvais aussi laisser tomber.

Parfois, un Chinois avec un étui à guitare n'était qu'un Chinois avec un étui à guitare.

Et parfois, des moineaux faisaient éclater des verres.

21

DÎNER

« Partager un repas est un rituel très fédérateur puisqu'il repose sur le besoin fondamental en nourriture de n'importe quel être humain, quelle que soit son origine. C'est d'ailleurs aussi le cas de l'empoisonnement. »

Joschka BREITNER
En chemin vers le Moi –
le pèlerinage, un voyage vers soi-même

« Roland, Björn, quelle coïncidence ! » nous salua une voix de femme qui nous sembla familière à notre entrée dans le réfectoire.

Pour son premier jour de marche, Evi-Mon-Chéri s'était manifestement donné le même objectif que nous. L'image du supermarché évoquée par Roland n'était que trop vraie. Dans un premier temps, les clients avec lesquels on avait pénétré dans le magasin se perdaient dans les nombreuses allées. Pour une courte durée. On les recroisait régulièrement à certains endroits stratégiques. Au rayon fruits et légumes, au rayon boucherie ou bien à la caisse, où les gens convergeaient de nouveau. Il en était de même dans la première auberge de pèlerins.

Evi était encore plus excitée et loquace que la veille. Avant que nous puissions comprendre ce qui nous arrivait, elle nous avait poussés sur sa banquette.

Le réfectoire de l'auberge comprenait une demi-douzaine de grandes tables tout en longueur, dressées simplement et avec soin pour environ cinquante personnes. Sur des napperons en papier blanc étaient disposés un jeu de couverts par pèlerin, des verres, des carafes d'eau et des pichets de vin, ainsi que des fleurs. La pièce était basse de plafond, avec des poutres apparentes. D'un côté se trouvait un comptoir et, de l'autre, une petite estrade équipée d'un microphone dont la raison d'être m'échappait.

Evi, Roland et moi étions donc assis côte à côte : Roland sur le bord extérieur, Evi au milieu et moi à sa droite.

La pièce se remplit de gens heureux et survoltés, dont la majorité avait commencé son pèlerinage hier, comme nous. On aurait dit des élèves de grande section avant leur première soirée pyjama à la maternelle.

À dix-huit heures tapantes, on nous servit un dîner rustique. Devant un ragoût de sanglier agrémenté de boudin grillé, j'appris d'Evi tout ce qu'il fallait savoir sur la liaison de son ex-mari (ce porc) avec sa très jeune ex-employée (cette truie).

Son ex l'avait quittée alors qu'il savait parfaitement qu'Evi faisait de l'hypertension. La séparation n'avait fait qu'augmenter sa pression artérielle. Ce pourquoi elle ne pouvait pas marcher très vite. La faute entière à son mari. Si elle portait autant de rouge, c'était d'ailleurs pour détourner l'attention de son visage. Qui était souvent rouge. À cause de son ex-mari. Qui l'avait abandonnée. Malgré son hypertension.

Incroyable, la place que pouvait occuper une personne dans la vie d'une autre après l'avoir quittée volontairement. Bien que je ne l'eusse jamais vu, l'ex-mari d'Evi nous avait accompagnés lors de notre trajet en taxi et se retrouvait désormais aussi parmi nous à table. Où il m'ôta complètement l'appétit.

En pensée, je pris note pour mon journal :

Dans la vie, il ne faut pas laisser celle des autres prendre le pas sur la sienne.

Il y a aussi une vie après la mort d'une relation, et cette vie devrait être indépendante de celle d'avant.

Mon épanouissement ne devrait pas dépendre des autres.

Alors qu'on débarrassait les tables, l'aubergiste, un homme du nom de Micha, replet et chaleureux, avec une grosse barbe et un franc sourire, monta sur l'estrade, tira le micro à lui et nous annonça dans un anglais à consonance très française que les pèlerins qui le souhaitaient pouvaient désormais tout à tour se présenter brièvement.

Hors de question.

La dernière fois que j'avais dû parler de moi chez M. Breitner, cela m'avait conduit ici. N'ayant pas encore appris à me connaître mieux depuis, je renonçai à répéter l'expérience en grand comité.

Le micro passa de convive en convive. Quiconque en ressentait l'envie pouvait le prendre, se lever, dire son nom et quelques mots sur soi.

À ma surprise, le tour de table fut très divertissant.

Les histoires qui donnaient un aperçu des préoccupations existentielles de mes co-pèlerins étaient aussi chamarrées que la vie elle-même.

Il y avait là une jeune Canadienne qui déclara vouloir se passer des réseaux sociaux pendant quelques semaines. Tout en se filmant avec sa perche à selfie.

Un petit Italien rondelet de quarante ans qui voulait soit perdre quinze kilos soit gagner quinze centimètres sur le Camino.

Une Anglaise de soixante ans qui voyageait seule pour la première fois depuis le décès de son mari.

Un Australien d'une petite trentaine d'années, que son thérapeute de couple avait incité à partir en vacances sans sa femme. Le Camino était la destination la plus lointaine et l'itinéraire le plus long qu'il eût pu trouver.

À un moment donné, le micro arriva chez nous. Mon voisin de droite s'en saisit et se leva.

« Bonjour, moi, c'est Kladdy. »

Qu'est-ce que c'était que ce nom ? Je l'observai plus attentivement. J'avais noté du coin de l'œil qu'il pianotait nerveusement sur son téléphone chaque fois qu'une nouvelle personne prenait la parole.

Il semblait être à peu près du même âge que moi, les cheveux poivre et sel coupés court.

« En fait, mon vrai nom est Klaus-Dieter mais mes amis m'appellent Kladdy. Ce qui fait pas mal de monde. »

Le réfectoire empestait l'après-shampoing. Kladdy portait une chemise à carreaux Jack Wolfskin et exhibait un sourire éclatant, sûrement pour souligner son excellente condition physique.

« Je suis, disons, rentier. Je fais le Camino parce que j'aime la nature. Chez moi, je passe aussi beaucoup de temps dehors. Je suis chasseur. »

Il n'était pas laid. Mais il manquait de charisme. Son visage semblait vouloir copier l'air des mannequins sur les flacons d'après-shampoing et affichait en quelque sorte la dérivée de la dérivée d'émotions réelles.

« Ce que j'attends avec le plus d'impatience, c'est la course de taureaux à Pampelune. Hemingway et compagnie. C'est mon quatrième Camino. Peut-être que cette fois, j'arriverai jusqu'à Saint-Jacques-de-Compostelle. Voilà, je vous souhaite un *Buen Camino* ! »

Il leva son verre de vin rouge face à la salle. La majorité des convives trinquèrent avec lui. Kladdy me faisait penser aux types imbus d'eux-mêmes à cause desquels j'évitais les soirées pour plus de quarante ans.

Il me tendit le micro. Passant mon tour, je le donnai directement à Evi.

Pour que les autres pussent s'exprimer aussi, l'aubergiste l'interrompit au bout de dix minutes.

Puis ce fut au tour de Roland qui, sans répéter ce qu'il m'avait confié si ouvertement la veille, dit simplement qu'après quarante années, il voulait refaire le Camino une deuxième fois.

Je l'écoutai avec plaisir. Une trentaine d'heures avaient suffi pour que je m'attache à lui.

Quand il eut terminé et qu'il passa le micro à la table voisine, Kladdy se pencha vers moi et me chuchota à l'oreille :

« Hum, le gentil monsieur a malheureusement oublié de préciser qu'il est procureur et qu'il a un cancer. »

Je le regardai avec stupeur. Comment le savait-il ?

22

FAIRE PREUVE DE DISCERNEMENT

« Certaines rencontres sont enrichissantes. D'autres sont épuisantes. Savoir discerner les mauvaises rencontres à temps pour les écourter le plus possible se révèle profitable. »

Joschka BREITNER
En chemin vers le Moi –
le pèlerinage, un voyage vers soi-même

En me parlant sur le ton de la confidence, mon voisin de table avait tenté d'établir une connivence entre nous que je rejetais.

« Vous connaissez ce monsieur ? lui demandai-je de façon aussi neutre que possible.

– Je connais beaucoup de gens ici. C'est toujours bon de savoir à qui on a affaire, pas vrai ? Mais rares sont ceux qui savent qui je suis. Comme je vous le disais tout à l'heure, je m'appelle Kladdy. »

La main qu'il me tendit était trop petite pour son attitude bravache.

Pris de court, je lui donnai la mienne et reçus en échange une poignée de main molle et moite.

« Björn Diemel. »

Tandis qu'une Japonaise était en train de se présenter, faisant rire l'assistance avec une remarque quelconque, Klaus-Dieter se rapprocha encore un peu plus.

« J'aime collecter des informations. Prenez par exemple l'Australien qui fait une thérapie de couple avec sa femme. En réalité, il a engrossé une de ses collègues. Il fait le Camino pour savoir s'il veut en choisir une des deux, les quitter toutes les deux ou continuer à mener une double vie. »

Si Kladdy m'avait seulement parlé de l'Australien, je l'aurais pris pour un mythomane. Mais ce qu'il avait dit sur Roland était exact.

« Mais comment pouvez-vous savoir tout ça ?

– J'en sais bien plus encore. Alors, intéressé ? »

Pas vraiment, à vrai dire. Ce type m'était antipathique. Mais j'étais curieux de savoir quelle était sa relation avec Roland. Malgré mon envie sincère d'abréger cette conversation, j'acquiesçai.

« Mais ça reste entre nous, d'accord ? » dit Kladdy d'un air retors. J'acquiesçai de nouveau. « Parmi nous, il y a un détraqué qui a non seulement son mariage mais aussi la mort de huit personnes sur la conscience. J'ignore encore si ce malade s'est arrêté ici pour la nuit ou s'il a directement rejoint Roncevaux. »

Kladdy interpréta ma bouche grande ouverte non pas comme un signe de panique mais comme l'expression de mon admiration.

« Ne vous inquiétez pas. D'ici mon arrivée à Pampelune au plus tard, j'aurai découvert de qui il s'agit. De toute façon, on se croise régulièrement sur le Camino. »

Mon champ de vision s'étrécit. Mes doigts s'engourdirent. Ma poitrine se serra. Mon cœur se mit à battre fort. J'oubliai de respirer. À bout de souffle, je parvins à articuler : « Vous me racontez des histoires...

– Non, et je peux même le prouver.

– Comment ça ? Je repris mon souffle.

– Non loin de Saint-Jean se trouve un monastère où les pèlerins déposent des lettres adressées à eux-mêmes. Un genre de confession sur la raison de leur pèlerinage. »

Il me fit un clin d'œil plein de sous-entendus. « Le couvercle de la boîte aux lettres est lourd, certes, mais pas verrouillé. J'aime bien aller voir ce qu'il y a dedans. »

Une colère noire m'envahit soudain. Ce type avait lu nos lettres. Au mieux, c'était un misérable voyeur qui jouissait du malheur des autres et qui, pour ce faire, violait le secret de la correspondance d'un monastère. Au pire, comme on pouvait le soupçonner, ses tendances criminelles ne s'arrêtaient pas au voyeurisme.

Pour le moment, il n'avait pas encore fait le lien entre moi et la lettre rédigée sous un faux nom. Je n'y avais pas révélé ma profession. Mais son contenu pouvait néanmoins me mettre en danger. Après tout, je l'avais écrite à la main et à la première personne.

« Vous avez ouvert le courrier des pèlerins ? » m'écriai-je, indigné.

Il agita son index devant mes yeux comme s'il m'avait attrapé en flagrant délit de quelque chose.

« Tiens, tiens, vous savez de quelles lettres il s'agit ! »

Merde. Il croirait d'autant plus que j'en avais aussi rédigé une. Or cette idée ne semblait pas encore lui avoir traversé l'esprit.

« Mais c'est du… » J'étais sans voix.

Il leva les mains en signe de protestation.

« Du vol ? N'importe quoi. Ça n'a rien à voir. J'ai remis toutes les lettres à leur place. Après les avoir photographiées. Puisque ce ne sont que des feuilles volantes pliées en quatre. »

Il tapota la poche de poitrine de sa chemise qui contenait son portable.

« Je… alors ça… » Je ne savais pas quoi dire. La photo d'une lettre d'aveux (écrite de ma main !) se trouvait donc dans le smartphone de mon voisin de table.

« Hé, dit Kladdy d'un ton se voulant apaisant, pourquoi tu t'énerves ? Il n'y avait pas de lettre au nom de Björn Diemel. Et je sais garder un secret. Je fais ça depuis quatre ans et je n'ai jamais sciemment compromis qui que ce soit. Jusqu'à présent, j'ai toujours été payé avant. »

Ma colère se mua en peur. Celle-ci flottait dans un baquet rempli de panique.

« Qu'est-ce que tu veux dire ? Payé pourquoi ?

– Voyons voir, combien crois-tu que l'Australien serait prêt à me donner pour que je n'envoie pas sa lettre à celle qui est encore sa femme ?

– Tu fais chanter des pèlerins ? »

Kladdy se défendit de cette accusation.

« Je t'en prie. Je leur offre un peu de tranquillité d'esprit. Un service de qualité doit être rémunéré à sa juste valeur. Grâce à ces à-côtés, la vie se laisse arpenter plus facilement. Sans parler de ce que vont me rapporter huit morts ! »

À cause de cet homme, le lourd passé encapsulé dans ma lettre menaçait de devenir une bombe à retardement susceptible de libérer sa force explosive dans le présent et de détruire mon avenir.

Avant de pouvoir lui répondre, il fallait que je reprenne le contrôle de mes fonctions vitales.

J'avais accumulé assez d'expérience en matière de pleine conscience pour pouvoir mettre à distance une situation oppressante, y compris au milieu d'autres personnes et sans qu'elles s'en aperçoivent.

Je tentai ma chance avec un exercice de Joschka Breitner contre les crises de panique.

Concentrez-vous sur ce qui vous entoure en utilisant trois sens différents. Commencez par vos pieds et la sensation d'être ancré dans le sol. Poursuivez avec deux autres sens. Décrivez ce que vous percevez. Ainsi, la façon dont vous percevez votre panique changera.

Après la douche, j'avais échangé mes bottes militaires contre mon autre paire de chaussures : des claquettes de bain. Je me déchaussai et posai les pieds, en chaussettes, sur les dalles froides en pierre.

Le sol était rafraîchissant, solide, rugueux.

Je portai mon verre à mes lèvres et fis semblant de prendre une gorgée.

En réalité, j'essayais discrètement de stimuler deux sens supplémentaires.

D'abord l'odorat. Je humai les forts arômes du vin.

Des effluves de raisin, de terre, de bois.

Puis je fis glisser une goutte sur ma langue pour réveiller mes papilles.

Le vin était amer, puissant et âpre.

Je m'étais quelque peu ressaisi sans que Kladdy se fût aperçu de mon désarroi.

Pour le moment, il en savait moins sur moi que moi sur lui. Heureusement. Je devais en profiter pour creuser mon avantage.

Pour dissimuler mon malaise, j'essayai d'alimenter la conversation avec des futilités.

Si je voulais éliminer le danger qu'il incarnait, je devais en apprendre plus sur lui et prétendre ne pas me soucier des lettres photographiées.

« Tu fais le Camino tous les ans ?

– Seulement de Saint-Jean à Pampelune. Toujours début juillet. J'adore les courses de taureaux. Le premier soir des fêtes de San Fermín, je bois toujours un daïquiri au Café Iruña, à côté de la statue de Hemingway. »

Les Sanfermines, célébrées à Pampelune depuis des siècles, avaient lieu début juillet et duraient une semaine. À cette occasion, des courses de taureaux étaient organisées quotidiennement dans la vieille ville. En les décrivant, Hemingway les avait rendues célèbres dans le monde entier.

Curieux de découvrir cette attraction touristique, j'avais moi aussi prévu d'assister à une course et réservé d'avance une chambre dans un hôtel idéalement situé au centre-ville.

« Les lettres, tu les lis pour pouvoir financer tes voyages ?

– Et parce que les histoires qu'elles contiennent sont extras ! Elles m'inspirent. J'essaie de me représenter les gens qui les ont écrites. Je les observe. Ça ressemble un peu à la chasse. Un jour, j'en ferai un livre. Comme Hemingway. Lui aussi était chasseur et écrivain. Ce Roland par exemple, financièrement, il n'a aucun intérêt. Mais en tant qu'inspiration, je l'ai dans ma ligne de mire. Un procureur condamné à une peine de vie écourtée. Quels crimes peut-il bien avoir commis pour mériter ça, hein ? Il a peut-être envoyé des innocents en prison ? Ou laissé filer des coupables ? Un cancer peut aussi être une punition ! »

Voilà un type qui ne se servait pas seulement des problèmes des autres pour leur extorquer de l'argent. Il considérait leurs crises existentielles et leurs difficultés comme autant d'inspirations. Bon, c'était mon cas aussi. Mais nos approches n'avaient rien en commun ! Kladdy était un criminel prétentieux qui plaçait sa soif de reconnaissance au-dessus de la détresse d'autres personnes.

Le fait est que la vérité sur mon passé, écrite de ma main, était enregistrée dans son portable. Il fallait donc absolument que celui-ci fût détruit avant son arrivée à Pampelune.

Le tour de présentation n'était pas terminé mais mon attention était concentrée sur mon voisin. Croyant avoir trouvé en moi un auditeur captivé, ce dernier continuait à deviser gaiement.

En quelques phrases, le rentier qui – comme Hemingway ! – était chasseur et écrivain se révéla n'être qu'un petit agent d'assurances inapte au travail, titulaire d'un permis de port d'armes et d'un diplôme en écriture créative de l'université populaire.

Kladdy avait été employé dans une petite succursale d'une grande compagnie d'assurance. Depuis qu'un de leurs souscripteurs avait, par désespoir, voulu discuter avec lui du refus d'indemnisation pratiqué par l'assurance en s'aidant d'un faux pistolet plus vrai que nature, Kladdy n'était plus en capacité de travailler. Grâce à sa rente d'invalidité professionnelle, il vivait cependant assez confortablement.

Pour pouvoir se défendre, il avait passé le permis de port d'armes.

Par ennui, il avait assisté à un cours d'écriture créative de l'UP.

Le client armé d'un pistolet factice qui, selon Kladdy, avait détruit sa vie, fut condamné à une peine avec sursis, pas plus. Le tribunal avait retenu comme circonstance atténuante le fait que l'assurance avait en effet retenu des fonds indûment.

« Une peine avec sursis ! Alors que ce type a foutu ma vie en l'air ! Non mais on est où là ? poursuivit-il son monologue. Je vais te le dire. Dans un État bisounours. Parce que des procureurs comme ce gars-là, il désigna Roland de la tête, font plus attention aux malfaiteurs qu'aux victimes. Ce n'est que justice qu'il ait un cancer.

– Pardon, intervins-je, mais considérer le cancer comme une punition divine, c'est un peu exagéré, non ?

– Tu as raison. » Kladdy fit marche arrière. Pensais-je. Mais en réalité, il prit de l'élan. « Ce genre de comportement devrait pouvoir être sanctionné sans l'aide de Dieu. Parfois, j'aimerais savoir ce que ça fait d'anéantir la vie de quelqu'un. Comme ce type l'a fait avec la mienne. Il suffirait de prendre une arme et pan ! Merci et au revoir. »

En pensée, je vis le verre sur la table devant moi voler en éclats. Sans qu'un moineau intervienne. Je me demandais jusqu'où pourrait aller quelqu'un comme Kladdy. C'était certes une grande gueule, stupide avec ça, prête à dépasser les bornes verbalement et même à franchir quelques limites pénales, mais il n'avait rien d'un assassin. D'un autre côté, j'ignorais de quoi un homme plein de ressentiment était capable avant de comprendre que cette rancune ne le mènerait nulle part.

Entre-temps, le tour de table avait pris fin et les premiers pèlerins quittaient le réfectoire. Evi, encore tout émue par ce qu'elle venait d'entendre, m'interpella. Kladdy se détourna de moi instantanément pour s'adresser à son voisin de droite. Ainsi étaient les rencontres sur le Camino : fugaces. Kladdy dut néanmoins remarquer que Roland se mêla à notre conversation, à Evi et à moi. Ma complicité avec Roland ne dut pas lui échapper non plus.

À un moment donné, Kladdy se leva, me souhaita un *¡Buen Camino !* en me donnant une tape sur l'épaule et s'en alla.

Notre échange avait été menaçant. L'énergie qui se dégageait de lui n'était que pure négativité.

Au-delà du danger qu'il représentait pour moi à cause du vol de ma lettre d'aveux, Kladdy, de façon troublante, m'inspirait. Sa rencontre donna lieu à une nouvelle entrée dans mon journal de bord :

Le sens de l'existence ne peut pas être le ressentiment.

Les malheurs des autres ne peuvent pas compenser un manque de joie de vivre.

Masquer son vide intérieur, ce n'est pas s'épanouir.

Je me chargerais du portable de Kladdy dans la nuit.

23

CHERCHER

« Qui cherche trouve. Sur les chemins de pèlerinage, ce que l'on trouve correspond cependant rarement à ce que l'on cherche. »

Joschka BREITNER
En chemin vers le Moi – le pèlerinage, un voyage vers soi-même

Voler un portable à un pèlerin dormant dans un hébergement collectif est un jeu d'enfant.

Je patientai sur la couchette supérieure de mon lit jusqu'à ce que le dernier des pèlerins de mon dortoir fût revenu des toilettes, eût fumé son ultime cigarette devant la porte, étendu dans un bruissement sonore son sac de couchage sur son matelas, ouvert sa bouteille d'eau dans un pschitt et bu une grosse goulée.

Si telle devait être la bande-son de mes trente prochaines nuits, j'aurais aimé changer de disque dès ce soir.

Quand tous se furent endormis, les soupirs s'étant mués en ronflements, je me levai doucement pour aller fureter dans les dortoirs. Aucune trace de Kladdy, nulle part. En revanche, je tombai sur Evi qui continuait à marmonner dans son sommeil. Je vérifiai tous les couchages mais Kladdy n'était apparemment pas resté dormir à Orisson.

Tout bien considéré, cela signifiait simplement que je ne pourrais pas casser son portable cette nuit. Mais une autre fois.

Heureusement que j'avais été assis à côté de lui, sinon, je n'aurais jamais su qu'il avait pris la lettre de Roland et la mienne en photo.

Ou bien Kladdy n'avait-il pas choisi sa place par hasard ? Sa détestation de la justice était-elle si grande qu'il avait cherché à se rapprocher de Roland ? Kladdy savait-il qui il était avant même que celui-ci se fût présenté ?

La métaphore du supermarché dont Evi avait déjà prouvé la validité s'appliquait aussi à Kladdy. S'il était facile de s'éviter sur le chemin de Compostelle, tôt ou tard on finissait toujours par se recroiser.

Kladdy m'avait parlé de sa fascination pour Hemingway et les courses de taureaux. Pampelune était sur ma route. Les courses commenceraient dans quelques jours. La veille du coup d'envoi des festivités, Kladdy serait au bar du Café Iruña. À côté de la statue de Hemingway. En train de boire un daïquiri. Si je ne le revoyais pas avant, je le retrouverais là.

Je retournai dans mon dortoir et fis ce que je n'avais plus fait depuis ma dernière nuit à l'armée. Dans une pièce remplie d'adultes en train de ronfler, je grimpai sur la couchette supérieure de mon lit, m'enfonçai des boules Quies dans les oreilles et sombrai dans le sommeil, épuisé.

Lorsque je me réveillai le lendemain matin peu avant sept heures, un tiers de mes compagnons avaient quitté le dortoir.

« Ils sont partis où, tous ? demandai-je à Roland qui revenait de la salle de bain, en désignant les lits vides et refaits autour de nous.

– C'est des pèlerins qui marchent la nuit. Ils se mettent en route à trois heures du matin. »

Aucune raison valable de troquer son lit contre un sac à dos en pleine nuit ne me vint à l'esprit. À moins que quelqu'un ne sonnât l'alarme.

« C'est un truc de fétichiste ? Ou un moyen d'obtenir le salut ?

– Ni l'un ni l'autre. Ils veulent juste atteindre leur destination avant midi pour être sûrs d'avoir un lit pour la nuit.

– Qu'ils quitteront de nouveau à trois heures du matin.

– Exactement.

– Sur le plan de l'évolution, ces gens-là sont donc encore un degré en dessous de ceux qui étalent leur serviette sur les chaises longues de la piscine avant même le petit déjeuner. Au moins, les chaises, elles, sont utilisées le restant de la journée. »

Roland haussa les épaules.

« S'ils existent, c'est que Dieu avait ses raisons. J'ajouterai cette question à ma liste. On va petit-déjeuner ? »

Nos sacs sur le dos, nous allâmes sur la terrasse en face du refuge. Le temps avait tourné. Le ciel s'était voilé de nuages et il tombait une bruine pénétrante.

Au bout de la rue qui bordait l'auberge, nous aperçûmes en direction de l'est un point rouge qui avançait en dodelinant. Une housse de pluie couvrant un pèlerin et son sac. Apparemment, Evi était partie depuis peu pour rejoindre la deuxième étape du pèlerinage : Roncevaux.

Abrités sous les parasols de la terrasse qui nous maintenaient au sec, Roland et moi bûmes chacun un café noir en mangeant les sandwichs que nous avions commandés la veille.

Le petit déjeuner terminé, nous mîmes nos housses de pluie sur nos sacs à dos. Celle de Roland était jaune vif. La mienne, rouge vif.

Alors que j'étais sur le point d'enfiler mon sac, Roland me demanda une faveur.

« Est-ce que tu serais d'accord de me le prêter ? »

Je ne comprenais pas.

« Pour que je le porte à la place du mien. J'aimerais qu'on échange, m'expliqua-t-il. Il y a quarante ans, j'ai emprunté ce même chemin avec le même sac que toi. Accorde ce petit plaisir au vieux nostalgique que je suis. »

Je n'avais rien contre. Nous procédâmes donc à l'échange. C'est ainsi qu'un procureur malade au crépuscule de sa vie quitta le refuge Orisson avec le sac rouge pétant d'un avocat d'âge moyen en pleine santé sur le dos pour aller, sans le savoir, droit vers la mort.

24

LES NOMS

« Les noms sont trompeurs. Or dans les luttes de façade, il faut savoir tromper l'ennemi. »

Joschka BREITNER
Ralentir sur la voie de dépassement – manuel de pleine conscience pour cadres dirigeants

Comme la veille, j'eus plaisir à marcher aux côtés de Roland, chacun de nous avançant à son rythme, dans le calme. Mes pensées aussi profitèrent de la quiétude du matin et de la monotonie de la marche pour se mettre en mouvement. Je pensais à ma fille. À sa mère. Et au nouveau copain de celle-ci.

Je repensais au lendemain de ma première rencontre avec Heiko.

L'après-midi, j'avais accompagné Emily à la danse. Katharina l'avait récupérée chez moi en fin de journée. Tandis qu'Emily terminait un dessin à la peinture à l'eau dans sa chambre, sa mère et moi eûmes quelques minutes pour nous.

Je nous fis couler un expresso chacun. Katharina dirigea la conversation sur la soirée de la veille.

« Heiko a été ton client autrefois ?

– Oui, il y a six ans. Il t'a dit pourquoi ?

– Un problème de droit du travail. Son patron voulait le pousser à la démission. »

Pas faux. Mais même pas dix pour cent de la vérité.

« Il ne t'a rien dit d'autre ? demandai-je exprès l'air de rien, ce qui fit sourciller Katharina.

– Si. Il m'a dit qu'il avait eu une phase un peu folle. Est-ce qu'on n'a pas tous été dans l'excès à un moment donné ? On a toujours un truc à se reprocher. Tant mieux si Heiko a pu dépasser ça. »

C'était bien joué de la part de Heiko. « Phase folle » et « excès » décrivaient joliment des périodes de la vie que tout un chacun, de l'empereur Néron au pape Benoît XVI, pouvait traverser. Ce qui les distinguait dans le détail pouvait ensuite être généreusement passé sous silence.

« Est-ce qu'il a été question de cocaïne dans ce qu'il t'a raconté ? » Je n'avais pas envie qu'il s'en sorte aussi facilement.

Ce fut une erreur.

« Écoute, Björn, Heiko m'a parlé ouvertement de ses frasques passées. Si tu te mets à l'enfoncer alors même que tu devrais, ayant été son avocat, être de son côté, j'en conclurais que tu es non seulement mesquin mais aussi jaloux. »

Ce n'est pas ce que l'on faisait qui comptait mais ce pour quoi on le faisait.

À la fin, il faudrait bien que je m'accommode du désagrément nommé Heiko. Apparemment, je ne réussirais pas à m'en débarrasser de sitôt. Le plus important était de protéger Emily. Je devais donc m'abstenir de monter Katharina contre moi en dévoilant trop de choses. Lui révéler qu'autrefois j'avais transmis au parquet un faux alibi pour son amant ne me serait d'aucun avantage. Il n'y avait pas de doute là-dessus. Après tout, mon sens aigu des droits de mes clients malfaisants avait été une des raisons de notre séparation. Mon ego souffrait de voir que Katharina était plus tolérante avec Heiko. Compte tenu de la situation, il était néanmoins préférable de ne pas approfondir ce point.

« Et sinon ? Il a pensé quoi de la soirée, Heiko ?

– En rentrant, il m'a demandé s'il se pouvait que tu sois de droite, m'apprit Katharina d'un air quelque peu amusé tout de même.

– Et alors ? Tu lui as donné la réponse courte ou la longue ? dis-je en lui tendant un expresso et en l'invitant à s'installer à table.

– Qui seraient ? » Katharina s'assit. Je pris place en face d'elle.

« La courte : "Ça te regarde pas." La longue : "Ça te regarde absolument pas."

– Il a l'impression que tu ne prends pas son travail au sérieux. Mais ça, ça ne me regarde pas. »

Quelle preuve de professionnalisme ! Le *fact-checkeur* m'avait donc déjà évalué. Je renonçai cependant à apporter de l'eau à son moulin en essayant de me défendre. Chaque tentative de semer la discorde entre Katharina et Heiko se solderait par un échec et éloignerait Katharina de moi.

« En tout cas, ça m'a fait plaisir de revoir Heiko après tout ce temps, offris-je.

– Vraiment ? Dans ce cas, pourquoi tu as fait des réflexions sur sa Porsche ? »

Katharina et moi, on se ressemblait sur beaucoup de choses. Quand une conversation l'agaçait, elle changeait de sujet pour parler bagnoles.

« J'ai évoqué sa voiture dans un contexte bien précis. La marque de son véhicule est un fait auquel je ne peux rien et qui ne m'importe guère. S'il voit les choses autrement, j'en suis désolé.

– Tu n'aurais quand même pas fait de blague sur sa Porsche comme pénis ? »

Je la regardai aussi innocemment que possible.

« Je n'ai même pas fait de blague sur sa Porsche électrique comme "ersatz" de vibromasseur.

– Tu ne l'aimes pas, tout simplement. C'est ça ? »

Pourquoi discuter quand les sentiments l'emportaient sur les arguments ? J'en vins donc aux émotions.

« Je ne peux pas exclure la possibilité qu'il soit un idiot.

– Tu es jaloux, avoue-le ! » Katharina m'observait avec une pointe de curiosité. Ce jeu semblait lui plaire.

« Non, et même si c'était le cas, ma jalousie ne devrait pas l'autoriser à être con. Mais cela n'a du reste aucune importance… »

Je me penchai vers Katharina, lui pris les mains et plongeai mes yeux dans les siens pour souligner par le geste ma très grande ouverture d'esprit :

« Tu as bien le droit de fréquenter tous les idiots que tu veux. Heiko y compris. »

Katharina retira ses mains.

« Arrête ça. Pour le bien d'Emily, j'aimerais que la présence de Heiko dans ma vie ne change rien entre nous. »

Je savais qu'en usant d'ironie, je n'aidais pas Emily, qui devait supporter de voir sa mère avec un nouvel homme. Je repris donc mon sérieux.

« Ça ne changera rien, promis. Pour qu'Emily comprenne qu'il est tout à fait normal pour moi aussi que tu aies un nouveau compagnon, nous devrions peut-être nous voir une fois tous ensemble. »

Soulagée, Katharina me prit les mains à son tour.

« C'est très généreux de ta part. Rendez-vous samedi prochain au zoo, vers quatorze heures ? »

Samedi midi, après que Katharina aurait cherché Emily, j'avais prévu de faire une longue marche avec mes vieilles bottes.

« Est-ce que dimanche irait aussi ? »

Katharina lâcha mes mains.

« Samedi serait mieux. Dimanche, Heiko et moi sommes invités à une partie de chasse.

– Heiko est chasseur ?

– Non, mais un de ses clients nous a proposé de découvrir son domaine. »

Je n'ignorais pas que Katharina était sensible aux symboles de statut social. Aussi me raconta-t-elle avec enthousiasme qu'au-delà de son propre terrain de chasse, ce fameux client possédait de nombreux sites Web dont il fallait vérifier les contenus.

Mes bottes devraient donc attendre.

« Dimanche, je vais vous laisser guetter vos proies alors. Emily et moi, nous vous guetterons samedi au zoo. »

Satisfaite, Katharina me tapota la main. Je n'étais pas encore tombé assez bas pour m'en réjouir.

Nous avions rendez-vous devant le café du zoo. À quinze heures. Emily et moi étions venus un peu plus tôt pour faire un premier tour.

Pour Emily, le zoo, c'était le paradis. Elle adorait les animaux. Dans sa vision des choses, ils étaient en cage pour leur protection. Si des barreaux ne l'en avaient pas empêchée, elle aurait en effet été capable d'étouffer le couple de tigres de ses câlins.

Nos visites suivaient toutes le même schéma. Nous faisions une photo à l'entrée et ensuite, nous allions directement au kiosque situé au centre du parc, à côté du café.

Quand je venais ici petit, je puisais toujours dans mon argent de poche péniblement mis de côté pour m'acheter un jus Capri-Sun et un *Matschbrötchen*, une boule choco écrasée dans du pain.

À présent, nous faisions la même chose avec ma fille. Quarante ans plus tard. Cela me replongeait en enfance.

Nous nous partageâmes un premier sandwich devant le kiosque.

Tout en sirotant nos Capri-Sun, nous allâmes ensuite à l'enclos des hippopotames situé derrière le kiosque à gauche avant de rejoindre celui des flamants roses.

Tandis que nous avalions notre deuxième sandwich, Emily tenta de m'embobiner pour avoir un animal domestique.

« Je peux avoir un hippopotame ?

– Non. Un hippopotame, c'est trop gros.

– Un suricate alors ? Ils sont pas trop gros, eux.

– Les suricates ont besoin d'un grand enclos pour creuser des trous.

– Et un lapin ?

– Il faut que j'en discute avec maman.

– Je sais pas si maman sera d'accord. »

Dès qu'Emily découvrirait que sa mère s'était trouvé un nouveau compagnon, il serait difficile de lui refuser un lapin. Ma fille ne tarderait probablement pas à le piger.

« Maman sera bientôt là elle aussi.

– Avec un lapin ?

– Avec un copain.

– Quel copain ?

– Quelqu'un avec qui elle aime passer du temps. Toi aussi tu as des copains.

– J'ai des copines. Je joue pas avec les garçons. Je veux un lapin. »

Ce ne serait pas simple pour Heiko. J'étais curieux.

« Tu sais, le copain de maman est plutôt sympa, je l'ai déjà...

– Regarde les flamants comme ils sont beaux ! Tout roses ! »

Peut-être que Heiko devrait investir dans un pull fuchsia. Cela lui faciliterait l'entrée en matière avec Emily.

Katharina et Heiko étaient déjà installés et buvaient un café. Emily, qui s'était fièrement planté une plume de flamant dans les cheveux, se précipita vers Katharina.

« Maman ! On a vu les flamants roses ! Il faut que tu viennes ! »

Emily tira sa mère par la main. Mais Katharina resta assise.

« Ma puce, attends une seconde. Regarde, voilà Heiko. »

Après lui avoir jeté un coup d'œil rapide, Emily lui tourna résolument le dos sans décrocher un seul mot.

« Les flamants sont presque tous sur une seule jambe ! »

Heiko se mit debout en repliant une jambe.

« Regarde, Emily, moi aussi je sais le faire ! »

Il essayait tant de lui plaire que j'en eus presque pitié pour lui. Emily fut assez miséricordieuse pour ne pas faire de commentaires. Mais voyant Heiko perdre l'équilibre au bout de trois secondes et se remettre sur ses deux pieds, elle ne put réprimer une remarque.

« T'es pas un flamant. Eux, ils tombent pas. » Voilà au moins un début de dialogue, quoique épineux.

Heiko désigna la plume dans les cheveux d'Emily.

« Mais toi, tu sembles bien être une petite madame flamant !

– Je suis une Indienne.

– Ah, ah, une représentante des Premières Nations », rectifia Heiko en entrant dans son jeu.

Comme le monde était devenu petit. Une enfant européenne de cinq ans ne pouvait plus se mettre une plume sur la tête sans que quelqu'un ne veillât à ce qu'aucun peuple autochtone d'Amérique du Nord ne s'en trouvât offensé. J'étais heureux que Heiko s'en chargeât. Seule Emily ne comprenait pas encore tout à fait le problème.

« Non, je suis une Indienne d'Amérique.

– Une Amérindienne, donc. Super !

– Non, je suis une… »

Katharina les interrompit.

« Et si nous allions nous chercher des glaces Esquimaux au kiosque avant de nous promener ensemble dans le zoo ? »

Avant que Heiko n'objectât que nous pouvions tout au plus acheter des glaces Inuits, Emily répondit :

« Non, merci. On a déjà mangé des boules choco dans du pain tout à l'heure. »

Heureusement que nous n'avions jamais dit à Emily comment s'appelaient ces friandises autrefois. Je m'accroupis devant elle et lui essuyai la bouche pleine de miettes collantes de ce qui, depuis mon enfance, avait changé x fois de nom mais jamais de recette. « Tu sais quoi ? Même si on est tous les deux rassasiés, on pourrait quand même retourner au kiosque avec Heiko pour prendre un Raider à partager. »

Heiko se crut de nouveau obligé d'intervenir.

« Maintenant, on dit...

– Je sais. Et ça m'est tout aussi égal. »

Emily, Katharina, Heiko et moi allâmes donc au kiosque où nous achetâmes quatre Twix et quatre bouteilles d'eau. Dans la vitrine trônait encore, bien visible, le paquet de boules choco de la marque Dickmann's dans lequel la vendeuse avait pioché pour préparer nos *Matschbrötchen* une demi-heure plus tôt. Je fis un effort pour essayer de dissiper la tension entre Heiko et moi.

« Le nom insultant de cette marque finira bien par être modifié un jour aussi, non ?

– De quoi tu parles ?

– Eh bien, ça ne va pas du tout, de se moquer ainsi des obèses dotés d'un pénis. Tant que *Dickmann's*[3] ne sera pas renommé en “adipeux H/F/divers”, je n'en mangerai plus. »

Ça ne le fit pas rire autant que moi.

« Une société qui évolue a besoin d'une langue qui fasse de même », rétorqua-t-il en mordant dans son Twix qui, bien que rebaptisé, contenait toujours aussi peu de vitamines qu'un Raider autrefois.

---

3. Ndlt : En allemand, *dick* signifie « gros » et *Mann* « homme ».

Nous longeâmes l'enclos des hippopotames pour nous rendre dans la première partie du zoo. Je me demandais si l'écriteau « Hippopotames » ne heurtait pas la sensibilité des hippopo*dames*. Ou bien celle des hippopotames qui auraient aimé être des femelles pingouins. J'envisageais d'en toucher un mot à un soigneur mais me ravisai, trouvant l'entreprise trop hasardeuse. Dans notre société intolérante, cela entraînerait soit une interdiction à vie d'aller au zoo, soit un abonnement annuel avec cinquante pour cent de réduction pour un accompagnant.

« Tu veux aller voir quoi ? demanda Heiko à ma fille.

– Les flamants roses, répondit-elle.

– Mais tu les as déjà vus, protesta Katharina.

– Moi oui. Mais comme ça, ton copain pourra apprendre d'eux comment ne pas tomber. »

Le début était fait. Emily savait désormais qui était Heiko et que je n'avais rien contre lui.

Restait à savoir si cela serait aussi le cas de ma fille.

Heiko pour sa part devait s'être rendu compte qu'Emily aussi vivait dans une bulle complètement différente de la sienne.

25

LE COL D'IBAÑETA

« La vie ressemble à une randonnée. À la fin, ce qui compte n'est pas la distance parcourue mais la beauté du chemin entrepris. »

Joschka BREITNER
En chemin vers le Moi –
le pèlerinage, un voyage vers soi-même

Je trébuchai, ce qui me ramena dans le présent. Je n'étais plus avec Heiko au zoo mais avec Roland sur le Camino trempé par la pluie. Mes vieilles bottes de l'armée pouvaient éprouver leur valeur dans une montée raide, rocailleuse et glissante. Il restait encore quelques mètres de dénivelé jusqu'au col d'Ibañeta. De l'autre côté, le portable de Kladdy se trouverait, du moins l'espérais-je, quelque part à portée de main. Sur le plan affectif, la distance séparant Heiko de Kladdy avait été relativement courte en tout cas. Tous deux étaient persuadés que le bonheur reposait sur une prestation de service qu'eux seuls étaient en capacité de fournir.

D'après ce que m'avait raconté Kladdy, sa vie tout entière semblait avoir été façonnée par les manquements d'autrui. Il y avait d'abord eu l'assuré qui avait braqué la succursale. Puis le procureur qui n'avait pas réclamé de peine lourde à son encontre. Et enfin le juge qui avait adhéré à la vision du procureur.

Émergeant de mes pensées, je me tournai vers Roland.

« Je peux te poser une question ?

– Vas-y !

– Quelle a été ta plus grande erreur professionnelle ? »

Roland réfléchit.

« Hormis le choix de mon métier ?

– J'ignore si ce choix était mauvais. »

Roland prit un instant avant de répondre : « Je ne vois aucune erreur se démarquer des autres.

– Tu veux dire qu'elles ont été nombreuses ?

– Tout à fait. Le contraire serait inquiétant. Après tout, on apprend de ses faux pas.

– Mais d'autres en pâtissent. Si tu malmènes un innocent accusé à tort, il souffre. Si tu exiges une peine trop faible pour un coupable, c'est la victime qui souffre.

– Néanmoins, l'indulgence pour la faute est ce qui fait notre État de droit. Un système qui ne tolère pas l'erreur n'a pas besoin d'accorder de deuxièmes chances. Ce serait la porte ouverte à un pouvoir totalitaire. Les erreurs que j'ai certainement commises ont toujours pu être rectifiées par la suite. Si je m'étais trompé dans un procès, j'en tirais une leçon pour le prochain. Sur le plan juridique et humain.

– Tu ne regrettes aucune de tes erreurs ?

– Elles ont contribué à faire de moi la personne que je suis. On ne peut pas ne jamais se tromper. Mais on peut s'efforcer de reconnaître ses torts. J'ai de la gratitude pour la plupart de mes erreurs, même si l'une ou l'autre a pu faire mal. »

Mentalement, je pris note pour mon journal.

Si le sens de nos erreurs est d'être reconnues, se pourrait-il qu'il en soit de même pour la vie ?

J'étais plein de gratitude moi aussi. Pour ces échanges avec Roland. Même si je ne le connaissais que depuis quarante-huit heures.

Gratitude. Un des derniers mots qu'il prononça.

Nous marchâmes encore trois kilomètres, côte à côte et en silence. Roland était à ma droite et me devançait légèrement.

Puis, subitement, sa tête explosa en un nuage rose.

De fines gouttelettes de cerveau furent vaporisées sur mon visage. Des éclats de crâne volèrent dans tous les sens. M'étant tourné instinctivement vers la gauche, le sang éclaboussa la housse de pluie jaune vif que j'avais sur le dos, formant un contraste saisissant avec celle-ci.

J'entendis la détonation du coup de feu quelques millièmes de secondes après l'impact.

Je mis une à deux secondes de plus pour saisir la gravité de la situation et être submergé par un sentiment de peur irrépressible.

Je me trouvais au milieu d'un bosquet en apparence paisible des Pyrénées espagnoles, à mille cent mètres au-dessus du niveau de la mer, chancelant sur le sol humide. Roland et moi venions manifestement de nous faire tirer dessus pour la seconde fois en l'espace de vingt-quatre heures. Aujourd'hui, pour changer, le tireur avait renoncé à l'utilisation d'un silencieux.

La théorie rassurante du moineau faisant éclater le verre de vin avec sa pisse venait de s'écrouler en même temps que mon compagnon.

Impossible de savoir d'où la balle était partie et qui avait tiré. Les contours du paysage étaient brouillés par la bruine. Le silence était total. Le tir avait fait taire tous les murmures de la nature. Nul cri d'animal, nul bruissement, nul souffle de vent dans l'air. Le corps sans vie de Roland gisait par terre, désarticulé, son visage – ou ce qu'il en restait – enfoncé dans la boue.

Soudain, un bruit.

Derrière moi.

Les pas précipités d'un homme prenant la fuite ?

Roland et moi avions été les derniers à quitter Orisson. Nous n'avions vu aucun autre pèlerin depuis.

Mais là, j'entendais quelqu'un courir au loin. Sur ma droite.

Je percevais encore un autre bruit. Un grondement sourd. Qui s'amplifiait. Comme si quelqu'un jouait du tambour. À un rythme effréné.

C'était… mon cœur. Qui battait à toute allure.

Compte tenu des circonstances, quelles étaient mes options ? Devais-je poursuivre le tireur ?

À quoi bon ? Cela ne ferait que me mettre en danger.

Devais-je chercher de l'aide ? Je regardai Roland. Ou plutôt son cadavre. Il n'y avait plus rien à faire. Sa tête avait été à moitié arrachée.

Un impact de balle gros comme une pièce d'un cent était visible sur le côté droit de son front. Le côté gauche avait disparu. En ressortant, la balle avait emporté tout ce que Roland avait eu dans la tête.

Tout cela coulait désormais le long de son sac à dos, gouttait sur la terre détrempée et se mélangeait à la flaque couleur rouille autour de son crâne.

Roland n'était pas le premier cadavre que je voyais dans ma vie. Mais c'était le premier dont je n'étais pas responsable.

Mes genoux lâchèrent. Je perdis l'équilibre et tombai à la renverse. Le sac à dos informe de Roland me maintint à moitié en position assise.

Avant de pouvoir m'occuper de sa tête déchiquetée, il fallait d'abord que je fasse le calme dans la mienne. Je repensai à un exercice de pleine conscience de Joschka Breitner : le peintre aveugle.

Si le vacarme dans votre tête devient trop fort, peignez un tableau à l'aide de mots. Imaginez que vous soyez non pas une mais deux personnes. L'une a de bons yeux mais pas de bras. L'autre est aveugle mais elle sait peindre. Demandez à la première de décrire le paysage à la seconde de sorte que celle-ci puisse en reporter les contours au fusain sur une feuille de papier. Ce faisant, laissez délibérément de côté tout ce qui pourrait vous inquiéter. Concentrez-vous sur l'image aussi longtemps que nécessaire pour que la tempête dans votre esprit s'apaise.

Je fermai les yeux un instant et m'imaginai être la personne douée de la vue. La pleine conscience pouvait être aussi paradoxale que ça. Les rouvrant, je me mis à murmurer : « Je suis dans une forêt. Très aérée. Une succession d'arbres et de rochers. Devant moi, je vois un… petit bosquet. Une douzaine d'arbres tout au plus.

– Quel genre d'arbres ? » voulut savoir mon alter ego aveugle.

Je regardai au loin, tentant d'identifier certaines feuilles. En vain.

« Aucune idée… Je ne distingue pas les feuilles assez clairement.

– Il y en a sur le sol devant toi ? »

Je jetai un coup d'œil par terre.

« Il y a des pierres, des racines, quelques branches, des fragments de crâne, du sang, de la matière cérébrale…

– Oublie s'il te plaît tout ce qui pourrait nous effrayer.

– Là ! Ça, ce n'est pas un bout d'os mais une faîne. Il y en a partout.

– Donc, c'est sûrement des hêtres. »

Mon double était bien plus calme que moi. Mais en même temps, il ne voyait pas de sang partout. Je poursuivis ma description en essayant d'ignorer la dépouille de Roland.

« Des pierres de tailles différentes jonchent le sol, très accidenté. À vingt mètres sur ma gauche s'ouvre un petit ravin.

– Les pierres, elles sont lourdes ? »

J'en soulevai une.

« Peut-être cinq kilos.

– Comment tu peux le savoir ? Tu n'as pas de bras ! »

Il prenait ce jeu de rôle vraiment très au sérieux.

« Décris-moi plutôt le premier plan, le motif principal et l'arrière-plan.

– Au premier plan se trouve un vieux sac à dos militaire recouvert d'une protection contre la pluie de couleur rouge. Des petites flaques d'eau se sont formées sur le plastique. Derrière, un petit bosquet est au centre du tableau. Les cimes des arbres dessinent un toit.

– Toujours nerveux ? »

Je plongeai en moi-même. Mon cœur s'était apaisé. Mon esprit était clair. L'exercice avait fonctionné.

Que faire maintenant ? Qui que fût le tireur et quelles que fussent ses motivations, il ne semblait pas être un danger pour le moment. Sinon, il aurait pu me liquider tranquillement pendant que je faisais mon petit exercice.

J'étais donc seul avec le corps de Roland.

Je savais d'expérience que les cadavres avaient tendance à susciter des questions.

Si je me rendais comme prévu au monastère de Roncevaux et que j'y alertais comme ce n'était pas prévu les autorités, mon pèlerinage, commencé deux jours plus tôt, serait fini. Surtout parce que la police espagnole se poserait alors les mêmes questions que moi : qui avait tiré sur Roland ? Pourquoi ? Pourquoi quelqu'un irait-il tuer un homme gravement malade ?

À chaque minute qui passait sans réponse, je doutais un peu plus que le tireur eût vraiment voulu toucher Roland.

Par ce temps pluvieux, lui et moi avions dû être des cibles difficiles, même pour un tireur expérimenté. Cachés par le bosquet, seules les couleurs de nos housses de pluie nous différenciaient. Celle de Roland était jaune. La mienne, rouge. Roland avait été tué en portant mon sac. Si le tireur avait visé la cible rouge, il n'était pas impossible qu'il ait eu l'intention de m'abattre moi.

Une balle ayant rasé mon visage la veille, l'hypothèse qu'elle aussi m'était destinée (et non pas au verre de vin ou au moineau) n'était pas absurde non plus.

Un seul homme me vint à l'esprit, qui, en broyant un petit doigt, avait très clairement montré son intérêt à me voir mourir : le Chinois. Mais jusqu'ici, il avait buté sur le fait qu'il ne savait pas qui j'étais. Sans parler de l'endroit où je me trouvais.

Y avait-il eu un changement ?

Après tout, un Chinois avec un étui à guitare était passé devant le refuge Orisson hier. Était-ce le tireur ?

Je ne l'avais pas vu personnellement. Ça n'aurait rien changé d'ailleurs. Je n'avais jamais vu M. K'uang non plus.

Si la police venait à penser que l'inconnu m'avait pris pour cible, je me retrouverais au cœur de l'enquête.

Les policiers se poseraient alors eux aussi la question qui me préoccupait moi-même : qui étais-je en réalité ?

Je faisais le Camino à cause de cette question, précisément.

Or je voulais y répondre par moi-même, plutôt que de laisser la police s'en charger. Je n'avais vraiment aucune envie d'avoir des ennuis à cause d'un meurtre que je n'avais pas commis.

Mais était-il envisageable de ne *pas* signaler la mort de Roland ?

On aurait pu s'être séparés en chemin. Rien d'inhabituel à ça. Cela dit, même retardée d'un jour, la découverte d'un procureur mort avec une moitié de crâne en moins, un cerveau en bouillie et un sac à dos qui ne lui appartenait pas, soulèverait forcément quelques interrogations.

Il serait préférable que son corps ne fût jamais retrouvé.

Nous étions au col d'Ibañeta. Il n'était pas rare que des pèlerins fassent des chutes mortelles ici. La région était très escarpée.

Sans cadavre, la disparition de Roland ne serait signalée par sa famille que dans quelques jours. D'ici là, le lien qui me rattachait à lui serait redevenu aussi ténu que celui qui le liait aux autres pèlerins ayant quitté Orisson le même jour que nous. Pas de cadavre, pas de problèmes, l'équation était simple.

N'avais-je pas décrit un ravin à mon alter ego tout à l'heure ?

Toujours assis, je détachai le sac à dos de Roland avant de me relever. J'allai inspecter le ravin de plus près. Bingo : à vingt mètres, ça descendait à pic sur une quinzaine de mètres. En contrebas s'étendait un autre petit bosquet, traversé par aucun sentier. Il semblait n'être accessible qu'aux escaladeurs.

Et si Roland était tombé dans ce trou ? S'il s'était ouvert le crâne ? Si on ne le retrouvait que dans quelques mois ou quelques années ?

Dans l'intervalle, même un cerveau intact se serait très largement décomposé ou aurait été dévoré par la faune sauvage. Son absence n'entraînerait donc pas de questions. Les médecins légistes se demanderaient toutefois pourquoi la partie restante de son crâne présentait un impact de balle.

Et si son crâne avait heurté la paroi rocheuse si fort dans sa chute qu'il s'était brisé en mille morceaux, rendant une reconstitution impossible ?

N'avais-je pas soupesé une pierre de cinq kilos dans mes mains inexistantes tout à l'heure ?

Le mieux serait que quelqu'un enlève mon sac à dos à Roland, lui repasse le sien, défonce complètement son crâne à coups de pierre et jette les fragments d'os dans le ravin.

Et son corps avec.

Je repensai à ses dernières paroles. S'il y avait un au-delà, il devait être heureux d'avoir pu partir de cette manière. C'était fini. Une mort rapide et sans douleur. Il ne dépérirait pas de maladie comme il craignait. Son cancer du poumon n'aurait pas raison de lui en l'étouffant. Dans le cercle de sa famille.

Roland venait d'être fauché en pleine vie. Sans même s'en être rendu compte. Le pèlerinage avec changé son destin. Seul le temps lui avait finalement manqué pour se dire adieu.

26

RECULER

« Au lieu de vous élancer sans élan, apprenez à reculer pour mieux sauter. »

Joschka BREITNER
En chemin vers le Moi –
le pèlerinage, un voyage vers soi-même

En dernier, je jetai la pierre ensanglantée dans le ravin. Durant le peu de temps que nous avions passé ensemble, je m'étais vraiment pris d'une grande affection pour Roland. D'un point de vue rationnel, il aurait été hypocrite de regretter les circonstances de sa mort.

En pensée, je pris note pour mon journal :

Être fauché en pleine vie revient à avoir vécu jusqu'à la mort.

Néanmoins, Roland me manquait. J'aurais aimé apprendre à le connaître mieux.

La pluie constante avait déjà en grande partie effacé les traces sur le chemin. J'avais aisément pu rincer les éclaboussures de sang sur mes vêtements et mon visage avec l'eau de ma gourde.

En l'absence de cadavre, la police espagnole ne se préoccuperait pas avant un bon moment de la question de savoir qui avait tiré sur Roland.

J'avais donc un peu de latitude pour réfléchir non seulement aux trois problèmes existentiels notés dans mon carnet mais aussi à l'identité du tireur.

Je remis mon sac à dos et repris la route du monastère de Roncevaux.

Je fis à peine cent cinquante mètres.

Avant de trébucher sur quelque chose.

Un fusil.

On aurait dit ce bon vieux HK G3, le fusil d'assaut qu'on utilisait à l'armée. Équipé d'une lunette de visée télescopique. Par terre, dans la boue. En travers du chemin.

Je ne m'étais donc pas trompé tout à l'heure. Quelqu'un s'était bien enfui après la détonation. Dans sa course, le tireur avait fait tomber son arme, laissant au moins supposer que ce n'était pas un tueur de sang-froid. Un pro n'aurait pas décampé ainsi. Par sécurité, il nous aurait tués tous les deux. Ne serait-ce que pour éliminer un témoin. De plus, il n'aurait jamais lâché sa carabine.

D'un côté, c'était tant mieux. L'amateur m'avait laissé la vie sauve. D'un autre côté, c'était la guigne puisque cela augmentait le nombre de tireurs possibles. N'importe quel con ayant accès à des armes pouvait être à l'origine du tir.

Cette description ne collait pas à l'image d'un tueur à gages chinois. Celui-ci ne se serait d'ailleurs probablement pas servi d'un fusil original de l'armée fédérale. Mais d'une copie. Ou était-ce là encore un préjugé raciste ?

Qui, dans mon entourage, pouvait avoir un HK G3, les nerfs fragiles et une raison de vouloir assassiner Roland ou moi-même ?

Avec un peu d'imagination, ce portrait correspondait à Kladdy.

Ne m'avait-il pas dit la veille qu'il possédait un permis de port d'armes ? Et qu'il rêvait de savoir ce que cela faisait d'anéantir une vie ? Il était habité par une énergie criminelle. Même s'il ne m'avait pas fait l'effet d'un assassin implacable. Plutôt de quelqu'un capable de lâcher son arme après avoir tiré… En outre, il semblait vouer une haine particulière à Roland. Ou du moins aux procureurs.

J'approfondirais la question au plus tard à Pampelune. Où je voulais voler le portable de Kladdy.

L'idée que ce dernier puisse être le tireur était tranquillisante. Davantage en tout cas que celle d'un meurtrier chinois lancé à mes trousses. Quelle ironie de faire le chemin de Compostelle pour contrer une crise du milieu de vie alors qu'il suffirait d'une balle pour que la moitié de ma vie fût déjà passée depuis plus de vingt ans.

Avant toute chose, je devais régler un problème pratique. Que faire de la carabine ? Hors de question de la laisser par terre. Sa découverte au moment de la disparition de Roland éveillerait trop de soupçons.

Je ne pouvais pas non plus la jeter dans le ravin puisque cela nuirait à la crédibilité de l'histoire soigneusement ficelée de la chute de ce dernier.

Il serait tout aussi insensé de l'emporter avec moi. Si un pèlerin pouvait s'armer d'un bâton de marche, un fusil à l'épaule aurait probablement du mal à passer. Même démontée, la carabine ne rentrerait pas dans mon sac. Mais tout au plus dans un étui à guitare.

Cette pensée me ramena au Chinois.

S'il était l'auteur du tir, sa panique serait désormais retombée. Il ne tarderait donc pas à se rendre compte de la perte de son arme. Arriverait le moment où il douterait avoir tué la bonne personne. Pour en avoir le cœur net, il attendrait probablement qu'un Roland tout fringant fît son apparition à Roncevaux, confirmant mon décès. Si Roland n'arrivait pas, le Chinois tenterait vraisemblablement une nouvelle fois de me tuer.

Je sortis mon vieux Nokia de la poche de mon pantalon – ma première couche de vêtements. Sascha ne m'avait pas fait envoyer de message d'alerte.

Bien que la tentation fût grande, je ne l'appellerais pas. Pas à cause de la tentative d'assassinat. Ce portable était le portail qui me reliait à ma famille. Il ne devait pas s'ouvrir sur le monde extérieur, sous aucun prétexte.

En matière de pleine conscience, je n'étais plus un débutant. Je ne considérerais pas l'attentat comme un problème à ruminer. Je le laisserais m'inspirer et essaierais, grâce à la méditation, de découvrir en quoi il m'offrait la chance d'un renouveau. J'en pris la ferme résolution.

Quoi qu'il en fût, l'événement me poussa à revoir mes objectifs. Si je ne parvenais pas à changer de vie, je me satisferais de celle que j'avais. Dès le deuxième jour de mon périple, j'avais compris combien je tenais à mon existence.

Il y avait des choses qui m'énervaient. D'autres que je pouvais améliorer. Mais une chose était sûre : hors de question que mes problèmes fussent dénoués de la même manière que ceux de Roland. Par le Chinois de l'hôtel ou Kladdy.

Waouh ! Quelle méditation fructueuse. J'étais presque effrayé de voir combien la mort de quelqu'un pouvait être source d'inspiration.

Je levai mon portable en l'air comme un crucifix. Le Ciel était clément avec moi et mes résolutions. Je n'avais pas de réseau. Mais au moins deux théories auxquelles réfléchir.

D'une part, il était possible que Kladdy eût voulu tuer Roland et qu'il l'eût fait, tout simplement.

D'autre part, il était également possible que le Chinois eût voulu me tuer et qu'il eût raté son coup.

Personnellement, je préférais l'option numéro un. Je n'irais pas au monastère de Roncevaux. Compte tenu de la théorie numéro deux, je trouvais cela trop risqué. Je ne retournerais pas non plus à Orisson. Le refuge était trop près, même si la théorie numéro un était la bonne. Micha, l'aubergiste, pourrait éventuellement me reconnaître et poser des questions.

En premier lieu, je devais me débarrasser du fusil et prendre quelques renseignements.

Je démonterais la carabine, l'envelopperais dans ma housse de pluie et l'attacherais sur le rabat de mon sac à dos.

Puis je rebrousserais chemin jusqu'à Saint-Jean-Pied-de-Port. Vingt-cinq kilomètres de marche, en descente la plupart du temps.

J'essaierais de contacter Sascha. Depuis une cabine téléphonique. Peut-être avait-il des informations sur le Chinois. Peut-être Katharina ne m'avait-elle tout simplement pas encore envoyé de message de sa part.

Quand je me serais délesté du fusil et que j'en saurais plus, je me remettrais en route. D'abord vers Pampelune où j'irais trouver Kladdy pour lui subtiliser son portable.

Peut-être que, par la même occasion, je découvrirais s'il était vraiment l'auteur du meurtre de Roland.

Ensuite, j'espérais pouvoir poursuivre sans heurts mon pèlerinage jusqu'à Saint-Jacques-de-Compostelle.

Buen Camino.

27

LES RÉSOLUTIONS

« Les résolutions devraient être un fil d'Ariane. Pas un nœud coulant. »

Joschka BREITNER
En chemin vers le Moi –
le pèlerinage, un voyage vers soi-même

J'arrivai à Saint-Jean-Pied-de-Port tard dans la soirée. Pour ne pas être reconnu, je ne retournai pas à l'hôtel où j'avais dormi deux jours plus tôt. Mais je ne voulais pas non plus passer la nuit dans une auberge de pèlerins avec un HK G3 dans mes bagages. J'avais fait exprès de ne pas semer les pièces détachées du fusil dans la nature.

Tout en marchant, je m'étais souvenu de ce que Roland m'avait dit. Les moines qui expédiaient gratuitement le courrier des pèlerins se chargeaient aussi, en échange d'argent, du transport de bagages ordinaires.

Pour la seconde fois en l'espace de deux jours, je me rendis donc au monastère de la Confrérie des messagers. Devant la boîte aux lettres, à l'abri des buissons, je bricolai un beau paquet avec les différents éléments du HK G3 enveloppés dans ma housse de pluie, que je fermai à l'aide de sparadraps anti-ampoule de ma trousse de secours.

Avec le dernier sparadrap, je fixai un billet de cinquante euros sur le paquet en guise de timbre.

En gros caractères, j'écrivis au stylo à bille « Dragan Sergowicz – Santiago de Compostela » sur le tissu imperméable.

Puis je posai le ballot sur la boîte aux lettres et retournai à Saint-Jean.

Je m'arrêtai dans la première chambre d'hôtes que je croisai et me couchai aussitôt, mort de fatigue.

Le lendemain, je me réveillai tard dans la matinée, après un sommeil sans rêves. Le petit déjeuner était déjà passé.

Mes bagages faits, je me mis en quête d'un café avec un téléphone public.

Je trouvai ce que je cherchais à proximité du bâtiment hideux de l'office de tourisme. Après avoir commandé un café noir et un croissant, j'allai au fond de l'établissement pour passer un coup de fil.

Sascha décrocha à la deuxième sonnerie.

« Maternelle associative “Comme un poisson dans l'eau”, Sascha à l'appareil, que puis-je faire pour vous ?

– C'est moi.

– Björn ? Tu t'es déjà trouvé toi-même ?

– Arrête ton char. Moi non, mais peut-être que quelqu'un d'autre l'a fait.

– Que s'est-il passé ? »

Si je lui disais la vérité sur la tentative d'assassinat et mes théories à ce sujet, d'ici vingt-quatre heures, il y aurait plus d'agents de protection de Walter sur le chemin de Compostelle que de pèlerins. Je voulais éviter ça. Si mon hypothèse à propos de Kladdy était juste, l'attentat avait de toute façon visé Roland. Dans ce cas, je pourrais poursuivre mon pèlerinage sans inquiétude.

Je restais donc vague.

« Il y a eu un incident sur le chemin. Il se pourrait qu'un Chinois ne se soit pas bien comporté vis-à-vis de moi. Est-ce que tu as du nouveau sur ce M. K'ui... K'uo... ? »

Sascha ne fut pas long à réfléchir.

« Mr Yellow ? Non. D'après ce que je sais, il est toujours en Chine.

– Tu as des nouvelles de Chayenne et Sandy ?

– Elles n'ont pas refait surface. Rien d'étonnant au fond, puisqu'elles sont en vacances et qu'elles ont éteint leurs portables pros.

– Rien d'étonnant non plus si elles étaient mortes.

– Pourquoi le seraient-elles ? Tu ne veux pas me dire ce qui s'est passé ?

– Je... non. C'est juste que... j'ai fait la connaissance d'un homme exceptionnel ici... » Ma voix tremblait. Je pris conscience de la peine que me causait la perte de mon premier, de mon seul et de mon meilleur compagnon de pèlerinage.

« Björn ? Tout va bien ?

– Oui, ça va.

– Ça semble être une sacrée expérience, ce pèlerinage. »

Sascha n'avait pas idée à quel point.

M'étant rapidement ressaisi, mes pensées s'éclaircirent de nouveau. Si M. K'uang ne s'était pas manifesté, l'attentat ne m'avait sans doute pas visé moi, mais bien Roland.

Pour la première fois de ma vie, j'avais été témoin d'un meurtre que je n'avais pas provoqué. Sur le plan émotionnel, cela pouvait légitimement être éprouvant. Mais je ne devais pas craquer.

Roland aurait certainement souhaité que je fasse le Camino jusqu'au bout. Ne serait-ce que pour emmener un modèle de son vieux sac à dos de l'armée à Compostelle quarante ans après lui.

D'une manière ou d'une autre il faudrait que j'aille à Pampelune pour retirer le portable de Kladdy de la circulation. Avec un peu de chance, je saurais alors si ce dernier était le meurtrier de Roland ou non.

« Sascha, si tu apprends quelque chose sur les filles ou le Chinois, on fait comme prévu : tu demandes à Katharina de m'écrire "*Buen Camino*" et je te recontacterai dans la foulée.

– Aucun problème. Bon pèlerinage. »

J'appelai l'hôtel à Pampelune pour savoir si je pouvais arriver avec deux jours d'avance sur ma réservation. Les hébergements de la ville n'affichaient complet que durant les festivités. Ma chambre était libre. Je retournai à ma table, mangeai mon croissant, bus mon café et priai le serveur de m'appeler un taxi.

En quatre jours de pèlerinage, j'avais dormi une seule fois dans un refuge et là, je m'apprêtais à couvrir la distance d'au moins quatre jours de marche supplémentaires en une fois, à bord d'une voiture.

Mais je n'avais de comptes à rendre à personne mis à part moi-même. Après tout, c'était mon pèlerinage. Je faisais tout sauf suivre un plan archipointilleux. Après ce qui s'était passé, je l'avais bien mérité.

Le taxi arriva. Je me levai. Direction Pampelune.

28

PAMPELUNE

« Un pèlerinage comporte évidemment des risques. Vous pourriez trouver le défi trop grand pour vous. Mais éviter un risque est parfois plus risqué que d'en prendre un. »

Joschka BREITNER
En chemin vers le Moi –
le pèlerinage, un voyage vers soi-même

La course de taureaux à Pampelune, l'*encierro*, repose sur une longue tradition. C'est la manifestation phare des fêtes de San Fermín. Célébrées depuis l'an 1324 en l'honneur de saint Firmin, elles s'étendent sur plusieurs jours. À l'origine, elles avaient lieu en octobre.

En 1591, l'Église catholique déplaça les festivités et l'*encierro* au début du mois de juillet. Deux cent soixante-sept années d'observations météorologiques avaient démontré qu'en règle générale, la météo était plus douce en été qu'en automne.

À l'époque, on prenait encore son temps pour faire des recherches sur le climat.

Saint Firmin, fils de Pampelune et missionnaire, avait acquis une certaine popularité en France, qui se reporta, comme chez saint Jacques, sur ses ossements.

Les reliques de ce dernier attirèrent et continuent d'attirer à Saint-Jacques-de-Compostelle des gens du monde entier qui espèrent guérir leur âme en renforçant leurs os par la marche.

Les reliques de saint Firmin attirèrent et continuent d'attirer à Pampelune des gens du monde entier qui noient leur âme pendant sept jours dans l'alcool et mettent leurs os à mal.

Et le plus beau, c'est que ça fonctionne. Qu'importe ce qu'on peut penser de ces coutumes osseuses, les participants, eux, adorent.

À partir du deuxième jour des Sanfermines, les heureux participants à l'*encierro* se retrouvent tous les matins à huit heures pile dans les rues de la vieille ville. Celle-ci est traversée par un parcours fermé, long de huit cent soixante-quinze mètres. Chaque matin, six taureaux de combat empruntent cette voie en courant depuis leur enclos jusqu'aux arènes de Pampelune. Les taureaux sont escortés de quelques bœufs censés avoir un effet apaisant. Et de milliers de personnes dont l'effet est complètement inverse.

Le trajet de la course est parfaitement balisé. Toutes les entrées des habitations, tous les magasins bordant le tracé sont fermés, toutes les rues adjacentes barrées. Coureurs et taureaux n'ont qu'une direction et qu'un objectif : les arènes.

Les participants sont en blanc avec une écharpe et un foulard rouges. Ils essaient de courir devant les taureaux aussi longtemps et d'aussi près que possible. En espérant s'en tirer avec un minimum de taches rouges sur leurs vêtements.

Durant les six cents premières années des Sanfermines, la tradition de l'*encierro* avait suivi son petit bonhomme de chemin sans trop attirer l'attention. Puis, dans les années vingt du siècle dernier, un monsieur du nom d'Ernest Hemingway écrivit un roman qui la rendit mondialement célèbre du jour au lendemain. Depuis, des centaines de milliers de visiteurs se rendent chaque année aux fêtes de la Saint-Firmin pour assister au lâcher de taureaux.

La course n'est pas sans risque.

Depuis 1900, des douzaines de personnes ont été tuées sur le circuit.

Des centaines gravement blessées. Des milliers superficiellement.

C'est aussi cela qui fait le sel de l'événement.

Le fait que seule une minorité de taureaux ait survécu aux festivités depuis qu'elles existent est une réalité déplorable dont l'importance augmente au fur et à mesure qu'on s'éloigne de Pampelune.

La ville était pleine de gens du monde entier. La seule personne que je connaissais, mis à part moi-même, était Kladdy. Tandis que j'étais à Pampelune pour la première fois de ma vie, il était, lui, en terrain connu. Mon taxi me déposa devant mon hôtel.

Les fêtes commenceraient officiellement le lendemain à midi.

Autour de moi, je repérai naturellement quelques Espagnols. Mais il y avait surtout des Américains, beaucoup d'Australiens et quelques Asiatiques. Aucun Chinois à l'horizon. Les Asiatiques que j'aperçus suivaient pour la plupart des drapeaux blanc et rouge qui, tout en s'accordant parfaitement aux couleurs des Sanfermines, représentaient surtout l'emblème du Japon.

Je m'enfermai dans ma chambre d'hôtel et passai le reste de la journée au lit. La marche forcée du jour précédent m'avait exténué. L'interminable descente avait été un calvaire pour mes genoux.

Le lendemain matin, je fis un tour en ville. Des gens faisaient la fête, buvaient et dansaient dans les rues. Le déroulement des festivités était similaire au carnaval en Allemagne. Pendant sept jours, des douzaines d'associations, les *peñas,* organisaient des amusements, des processions et des bals.

Le premier jour, il n'y avait pas encore de courses de taureaux. Au lieu de cela, la foule se rassemblait devant la mairie pour assister au tir d'une fusée rouge dans le ciel à midi pile. Le coup d'envoi officiel des fêtes. Traditionnellement, les participants chevronnés aux Sanfermines ne nouaient leur foulard rouge autour du cou qu'une fois la fusée partie. Ensuite ils ne l'enlevaient plus jusqu'à la fin des festivités une semaine plus tard.

Celui qui ne voulait pas se risquer à courir avec les taureaux le lendemain matin pouvait participer au *fuenting*. Sur la *Plaza de Navarrería* se trouvait une fontaine, la *Fuente de Navarrería*.

Des gens ayant atteint différents degrés d'ivresse escaladaient le pied central du monument, haut de quatre mètres environ, pour se jeter tête la première dans les bras de la foule amassée en bas.

Soit celle-ci rattrapait le sauteur.

Soit elle ne le faisait pas.

Le sauteur pouvait ensuite toujours raconter chez lui que sa démarche claudicante venait d'une blessure héritée d'une feria à Pampelune.

Mais je ne voulais ni courir, ni sauter, ni boiter. Tout ce que je voulais, c'était trouver Kladdy ou, encore mieux, son portable.

Et découvrir si Kladdy avait tué Roland.

Je savais seulement qu'il serait au bar du Café Iruña – une institution à Pampelune – le premier soir des fêtes. Ce café était le point névralgique de la ville, pas seulement mais surtout pendant les Sanfermines. Il avait ouvert en 1888, le jour où l'électricité était arrivée dans la ville. Depuis, il avait attiré les esprits éveillés et moins éveillés du monde entier. Hemingway avait passé tant de temps au comptoir qu'on finit par lui couler une statue de bronze, qui est toujours là-bas, bien que l'écrivain n'y soit plus allé depuis un bail.

Lorsque je retournai au Café en début de soirée, je vis que Hemingway n'était plus seul. Kladdy était assis à côté de lui. Pantalon blanc, chemise blanche, écharpe rouge et foulard rouge. On aurait dit quelqu'un jouant le rôle d'un acteur allemand en train de jouer un participant espagnol à la course taurine.

Il buvait, comme annoncé, un daïquiri.

Je me frayai un chemin à travers les clients amassés devant le comptoir jusqu'à une place dans son champ de vision. Tactiquement, il valait mieux qu'il crût m'avoir découvert lui et non l'inverse.

Quelques minutes suffirent pour qu'il me rejoigne.

« Salut, voisin de table. Björn, c'est bien ça ?

– Kladdy, quelle coïncidence ! »

Il jeta un regard à la ronde.

« Ton ami le procureur est-il déjà tiré d'affaire ? »

Kladdy avait dû lire le trouble sur mon visage.

« Eh bien, poursuivit-il, pour quelqu'un en phase terminale, franchir le col d'Ibañeta a dû être un sacré challenge. »

Son explication ne suffit pas à lever l'ambiguïté de sa question.

« Je ne l'ai plus revu depuis Orisson, répondis-je, sachant que seul le tireur était au courant du contraire.

– Ah bon, et moi qui croyais que vous étiez inséparables. »

Cette remarque ne leva pas non plus mes soupçons à son égard.

« Manifestement pas, répliquai-je d'un ton neutre.

– Après tout, que ferait-il à Pampelune ? Pour tenter d'échapper à la mort, il n'a pas forcément besoin de courir plus vite qu'un taureau. Il lui suffit de courir un temps plus vite que son cancer. »

En cet instant, je me fichais de savoir si Kladdy avait tué Roland ou non. Qu'il fût encore en vie alors que la dépouille de Roland gisait au fond d'un ravin était de toute façon une injustice du destin.

Mais je ne voulais pas me disputer avec Kladdy. Ce que je voulais, c'était son portable. Kladdy donnait l'impression de ne pas en être à son premier daïquiri. Peut-être serait-il facile de lui prendre son smartphone et de ne pas le lui rendre, tout simplement. Je ravalai ma colère et passai fraternellement mon bras autour de ses épaules.

« Content de te revoir. Viens, faisons une photo-souvenir.

– J'arrive. » À son tour, Kladdy m'enveloppa de son bras et sourit à un objectif imaginaire.

Il ne remarqua pas que je n'avais pas d'appareil photo.

Je dus d'abord attirer son attention sur ce point.

« Mon portable ne fait pas de selfies. »

Kladdy me regarda, stupéfait. Ce qui rendit la scène – tous les deux bras dessus bras dessous devant le bar en train d'attendre que l'autre fasse une photo – encore plus grotesque.

De ma main libre, je sortis mon Nokia de la poche de mon pantalon et le montrai à Kladdy.

« Regarde, pas d'appareil photo. Pas de selfie. Il faut qu'on prenne ton smartphone. »

Kladdy baissa le bras pour tâter ses poches. Après trois passages, un éclair de lucidité lui traversa l'esprit.

« Merde. Il est à l'hôtel. Plus de batterie. Il charge. Il faut que la batterie soit pleine pour la course demain. »

Malheureusement, son portable ne serait donc pas accessible ce soir. Mais heureusement, il pourrait en être autrement demain.

« Tu participes à la course ? demandai-je.

– Bien sûr ! C'est l'éclate, un truc de dingue !

– Mais ça doit être incroyablement dangereux, non ?

– Y a pas de “mais” qui vaille, dis plutôt “parce que”.

– Tu cours *à cause* du danger ?

– La tauromachie est le seul art dans lequel l'artiste se met lui-même en danger de mort. »

Cette phrase ne pouvait pas être de lui.

« C'est de qui ?

– Du type là-bas devant. » Kladdy désigna la statue de Hemingway.

« Est-ce que cette citation ne se référerait pas plutôt à la corrida classique ? Au combat d'un homme seul contre un taureau ? Et pas à la course de dix mille touristes bourrés devant six de ces bêtes ?

– Allons bon, me rabroua-t-il. Les taureaux courent vers les arènes. Le trajet de l'artiste vers son lieu de travail participe de son art, non ?

– L'artiste qui met sa vie en jeu serait donc le taureau ?

– Ne sois pas si mesquin. Le taureau. Le combat. La course. La vie. Tout ça, c'est de l'art. »

Si la vie était de l'art, alors il était, en ce qui concernait Kladdy, très abstrait.

Peu importe. Je ne voulais pas débattre d'art ni de littérature avec lui. Je voulais son portable.

« Tu me montreras comment ça se passe ? La course comme pratique artistique ? lui demandai-je.

– Tu t'imagines ça comment ?

– On pourrait… courir ensemble », offris-je sans avoir réfléchi une seule seconde aux conséquences de mes mots.

Kladdy ne réfléchit pas longtemps non plus. Il était l'artiste qui avait besoin d'un public.

« D'accord. Je serai au *Curva de Estafeta* demain matin à huit heures. Le parcours y fait un virage à quatre-vingt-dix degrés. Après un tronçon en ligne droite, les taureaux s'y engouffrent à pleine vitesse, freinent à cause du tournant, puis repartent à fond la caisse jusqu'aux arènes. Si on se lance à cet endroit-là, on pourra courir avec les autres pendant longtemps. »

Je n'avais pas l'intention de mettre ma virilité à l'épreuve de cet art de la témérité. Mais un semblant de plan commençait à se former dans mon esprit pour séparer Kladdy de son portable et m'emparer de celui-ci tout en me débarrassant de son propriétaire.

Kladdy prenait la course de taureaux au sérieux. Assez du moins pour ne pas se soûler davantage. Il voulait avoir dégrisé demain matin. Nous bûmes encore chacun un daïquiri et nous donnâmes rendez-vous le lendemain à sept heures et demie devant son hôtel.

29

LES SOUCIS

« On ne peut pas fuir ses soucis, il faut aller au-devant d'eux. »

Joschka BREITNER
En chemin vers le Moi –
le pèlerinage, un voyage vers soi-même

Pour beaucoup de participants, la course de taureaux de Pampelune ressemble à du sexe. Elle dure moins de trois minutes, la plupart des personnes impliquées y font piètre figure et l'événement lui-même est soit jugé catastrophique immédiatement, soit absurdement surestimé après coup.

Durant les Sanfermines, Pampelune s'animait et se parait de toutes les couleurs dès sept heures et demie du matin. Une mer de vêtements rouges et blancs était piquetée de tons grisés et d'un soupçon de jaune.

Dans les rues, nombreux étaient ceux qui avaient fait la fête toute la nuit et qui étaient encore gris de la veille.

Les autres se dépêchaient d'atteindre le niveau d'ébriété adéquat pour la course à venir en ingurgitant à tout-va de grandes quantités de vin rouge.

Seules les personnes vêtues de gilets jaunes étaient entièrement sobres et vérifiaient que toutes les portes fussent fermées, tous les obstacles écartés et qu'il n'y eût pas de touristes ivres sur le parcours des taureaux.

Comme convenu, j'allai chercher Kladdy devant son hôtel.

Je remarquai tout de suite qu'il avait son portable sur lui. Il l'avait passé autour du cou à l'aide d'un épais cordon. Impossible de le lui dérober incognito.

Nous nous étreignîmes comme de vieux amis en nous donnant des tapes sur l'épaule avant de nous rendre ensemble au *Curva de Estafeta*.

« Après le dîner à Orisson, je ne t'ai plus revu. Tu es parti très tôt ? dis-je pour amorcer la conversation.

– Je n'y ai pas dormi. J'avais loué un super VTT électrique avec lequel j'ai fait les huit kilomètres de descente jusqu'à Saint-Jean-Pied-de-Port la nuit même.

– Mais du coup… tu fais un pèlerinage sans marcher ? demandai-je, perplexe.

– J'étais à Orisson pour la bouffe et la bonne ambiance, comme tout le monde. Qu'y a-t-il de mal à ça ?

– Il y a des gens qui partent en pèlerinage pour se trouver eux-mêmes.

– Des gens se trouvent eux-mêmes. Moi, j'aime trouver des gens. Au fond, nous cherchons donc la même chose. Sauf qu'en prime, ma quête à moi met du beurre dans mes épinards. »

Je devais me contrôler pour réprimer l'indignation qui bouillait en moi.

« Et alors ? Tu as bien avancé ? demandai-je avec sang-froid.

– Et comment ! J'ai déniché l'adresse de la femme de l'Australien sur Internet. À Zubiri, il m'a donné cinq cents euros en échange de mon silence. Mes tarifs sont encore très charitables, je trouve. »

Zubiri était l'étape suivant Roncevaux. Avec son vélo électrique, Kladdy aurait donc pu partir de Saint-Jean le matin et se rendre au col d'Ibañeta pour tuer Roland. En faisant l'impasse sur Roncevaux, il aurait ensuite pu faire chanter l'Australien à Zubiri.

« Et pour les autres lettres ?

– J'y travaille. Mais aujourd'hui, ce qui compte, c'est la course. »

Avant mon pèlerinage, j'avais prévu de me laisser porter un peu par l'ambiance de la course. À présent, j'étais carrément sur le point de me laisser courser. Pas parce que je désirais être proche des taureaux. J'avais nulle envie de m'exposer au danger d'être renversé par l'un d'eux. Mais j'avais encore moins envie d'être arrêté pour meurtre ou de subir un chantage à cause de la photo d'une lettre écrite de ma main.

Mon seul problème était que je n'avais pas encore vraiment de plan. J'essayais d'y voir une inspiration.

Devais-je arracher le portable du cou de Kladdy d'entrée de jeu et m'enfuir avant même l'arrivée des taureaux ?

Devais-je attendre qu'il le dépose et l'oublie quelque part ?

J'hésitais entre volonté d'agir et attentisme.

Un exercice de pleine conscience me revint en mémoire. Il s'appelait « Le bâton dans le lac ». Joschka Breitner m'en avait expliqué le principe ainsi :

Imaginez que vous êtes face à un petit lac. Un bâton flotte à la surface de l'eau. Vous aimeriez avoir ce bâton. Des pierres de différentes tailles jonchent la rive. Deux types de comportement maintiendront le bâton hors de portée : l'attentisme et l'interventionnisme. Ce n'est ni en attendant au bord du lac ni en lançant nerveusement toutes les pierres dedans que le bâton se rapprochera de vous. Optez donc pour la solution intermédiaire : jetez quelques pierres isolées à proximité du bâton. Attendez de voir vers où il dérive. Au bout d'un moment, le bâton sera si proche de la berge que le jet précis d'une seule pierre produira l'onde décisive qui le ramènera vers vous.

Le portable était le bâton. Kladdy, le lac. Les pierres étaient d'abord les mots que j'emploierais. Tout en marchant, je lui lançai une première pierre. Grossière.

« Je peux avoir ton portable un instant ?

– Pourquoi ? » Kladdy ne ralentit pas le pas.

« Pour... que je puisse faire une photo de nous deux.

– On n'a pas le temps pour ça maintenant. Il faut d'abord qu'on chope un bon emplacement pour démarrer la course. On aura largement l'occasion de faire des photos souvenirs après. »

Raté.

Peu avant huit heures, nous arrivâmes devant les palissades bordant le *Curva de Estafeta*.

Deux fusées dont les détonations s'entendaient sur toute la longueur du parcours donnaient le coup d'envoi de chaque course. Aussitôt, l'enclos des bêtes était ouvert, laissant la horde de taureaux déferler dans les rues de Pampelune.

Les bestiaux atteindraient l'endroit où nous étions moins d'une minute après le départ.

Nous avions trouvé une place sur la gauche du virage. Kladdy commença immédiatement à s'étirer et à s'échauffer comme un pro avant le sprint. Il sauta sur place. Se mit debout sur une jambe en tirant sur la cheville de l'autre pour ramener le talon sur la fesse. En fait, il copiait les Espagnols autour de lui. La seule chose qu'il ne faisait pas, c'était prendre des photos. Je jetai ma deuxième pierre, plutôt petite celle-là.

« Tu veux pas faire une photo avant la course ? Allez ! »

Kladdy interrompit ses étirements et me sourit.

« Bonne idée ! Les photos avant-après, c'est important. Viens près de moi ! »

Il me tendit la main et prit son portable avec l'autre.

Au lieu de me le donner, il posa son bras sur mes épaules et fit un selfie de nous deux. Puis il se repassa le cordon autour du cou.

« Voilà, dit-il, à partir de maintenant, plus de photos. Maintenant, on filme. »

Le deuxième caillou avait lui aussi fait plop.

Kladdy mit son smartphone en mode vidéo. Ce type voulait filmer la course en direct.

Mais il prenait quand même le danger assez au sérieux pour ne pas se filmer d'une main. C'est pour cela qu'il portait sa caméra sur la poitrine.

Coup sur coup, deux détonations retentirent. La foule jubila. En moins de soixante secondes, les taureaux et les bœufs arriveraient à notre hauteur. Je devais agir. Vite.

Je pris la pierre suivante.

« Donne-moi ton portable ! hurlai-je à Kladdy à travers le vacarme grandissant de la foule.

– Pourquoi ? me cria-t-il en retour.

– Je vais longer les barrières en courant à côté de toi pour te filmer !

– Mais tu vas louper le frisson de la course !

– Pas grave. En contrepartie, tu auras la vidéo de ta course prise sur le vif. »

Alléluia. Kladdy me remit son téléphone.

« Tu me donnes ton code ? demandai-je.

– 4-3-2-1. »

Quelle créativité ! J'aurais aimé déguerpir sur le champ. Mais je me trouvais dans un couloir bloqué de toutes parts, dans lequel s'engouffreraient dans un instant une demi-douzaine de taureaux et des milliers de personnes courant dans la même direction. Je ne pouvais décamper qu'en suivant le mouvement. Si je voulais fuir Kladdy, il fallait que je sois plus rapide que lui et les taureaux réunis.

Ou que je lui lance une autre pierre pour le perdre en route.

« C'est vraiment chic de ta part. Jamais je ne l'oublierai. » Dans un grand sourire, Kladdy me donna une tape sur l'épaule.

À ce moment-là, nous ignorions encore combien il disait vrai.

Une clameur monta dans la partie du circuit qui menait au *Curva de Estafeta*. Lancés à pleine vitesse, les premiers coureurs surgirent dans notre champ de vision.

Suivis d'une multitude d'autres.

Enfin, les cornes des premiers bœufs apparurent.

Et derrière eux, les taureaux noirs.

Autour de nous, les gens commencèrent à courir. Kladdy aussi courut au milieu de la rue. J'étais à sa gauche et suivais son rythme. Je sentais l'adrénaline prendre le contrôle sur mon corps. Je ne prêtais plus aucune attention à la caméra. Au contraire. Je fourrai le portable dans la poche arrière de mon pantalon pour ne pas être gêné.

Kladdy regarda dans ma direction. Comme la veille au Café, il lança pour la deuxième fois en l'espace de douze heures un sourire bêta en direction d'un objectif imaginaire. Dans son dos, deux bœufs et un taureau devenaient de plus en plus grands à chaque pas.

« Où est mon portable ? » beugla-t-il d'un air irrité.

Je le dévisageai.

Voilà un type qui volait le courrier des pèlerins pour les faire chanter en exploitant leurs préoccupations les plus intimes.

À huit mètres derrière lui, je distinguai les cornes du premier bœuf.

« On n'en a pas besoin ! » braillai-je.

Un type qui pensait que le cancer de Roland était une juste punition de Dieu.

Les cornes du premier bœuf n'étaient plus qu'à six mètres.

« Mais tu voulais… » s'étonna Kladdy, toujours en courant.

Un type avec un permis de port d'armes qui savait certainement comment se procurer un HK G3 d'occasion.

Quatre mètres.

« Oui, mais plus maintenant », criai-je.

Un type qui voulait savoir ce que ça faisait de détruire la vie d'un homme. Et qui n'hésiterait pas à détruire la mienne s'il m'identifiait comme l'auteur de la lettre d'aveux.

Deux mètres.

Je vis le regard dubitatif de Kladdy.

Puis le premier bœuf, juste derrière lui.

En cet instant, je compris ce que Joschka Breitner avait voulu dire avec la dernière pierre. Désormais, une pichenette suffirait pour séparer définitivement Kladdy de son portable.

Une seule pierre, lancée avec application.

En cet instant, j'étais certain, au plus profond de mon âme, que Kladdy avait tué Roland.

Je n'excluais pas qu'il y eût une part d'opportunisme dans ma décision. Si Kladdy était le meurtrier de Roland, je n'aurais plus à craindre l'existence d'un autre assassin m'ayant peut-être moi dans le collimateur.

Étant certain de la culpabilité de Kladdy, je pouvais renoncer à me demander s'il était disproportionné de le tuer pour une photo.

Ma conscience aurait peut-être trouvé excessif d'éliminer un maître chanteur comme ça, sans chercher de moyen plus clément pour s'en débarrasser.

Mais là, c'était différent, puisqu'il s'agissait de balancer d'un seul coup de pierre mon rançonneur potentiel doublé du meurtrier de Roland hors de ma – et hors de sa – vie.

Je voulais avoir l'esprit en paix pour les nombreux kilomètres qu'il me restait encore à parcourir. Je souhaitais aussi pouvoir laisser la mort de Roland derrière moi. L'opportunité de réaliser ces deux souhaits d'un mouvement minime du corps, exécuté de façon neutre et bienveillante, se présenta.

« Passe le bonjour à Roland », lançai-je à Kladdy tout en envoyant une dernière pierre dans le lac. Or cette fois-ci, je ne la jetai pas. Je tapai dedans en donnant, en pleine course, un coup de pied dans le pied gauche de Kladdy.

Ensuite, je n'eus qu'à admirer l'artiste au travail.

Kladdy essaya en vain de garder l'équilibre. Si la corne du premier bœuf ne l'avait pas embroché, il serait certainement tombé en avant sur le pavé.

Le bœuf passa sa tête dans l'entrejambe de Kladdy et, d'un mouvement majestueux, le fit valser derrière son dos.

En l'air, Kladdy fit un tour sur lui-même.

Sans doute aurait-il pu contempler la longue déchirure dans son pantalon blanc devenir rouge en plein vol. Mais il ne semblait pas être sensible au décor de la scène. Son corps saturé d'adrénaline devait d'abord assimiler la présence des taureaux et des bœufs non plus derrière mais visiblement sous lui. Le temps d'une fraction de seconde en tout cas. Jusqu'à l'impact. Sur les fesses. Qui remit pour ainsi dire les choses en ordre. Sauf que Kladdy n'était plus en train de courir dos au taureau qui arrivait droit sur lui mais de lui tendre son ventre.

Le taureau s'en fichait. Il fonça sur Kladdy et le piétina, tout simplement. Le poids de l'animal enfonça la nuque délicate de l'artiste dont je n'aurais plus à m'inquiéter.

30

SE VENGER

« Se venger revient à dépenser beaucoup d'énergie pour recouvrir la culpabilité d'un autre par la sienne. Il est bien plus avantageux de pardonner au coupable et d'utiliser son énergie de manière constructive. »

Joschka BREITNER
Ralentir sur la voie de dépassement – manuel de pleine conscience pour cadres dirigeants

Lorsque la horde d'hommes et d'animaux m'eut dépassé et que la voie fut de nouveau libre, je retournai au *Curva de Estafeta*.

Seule une équipe de secouristes en vestes de sécurité rouge vif qui se précipitaient en sens inverse croisa mon chemin.

J'escaladai la barrière séparant le circuit de la course du reste de la vieille ville et m'éloignai d'un pas nonchalant. À tout juste cinquante mètres à vol d'oiseau du lieu de l'accident de Kladdy, Pampelune était déserte et calme. Là, je me rendis soudain compte de mon agitation. Mes oreilles bourdonnaient, mon cœur palpitait et mes mains tremblaient.

Pas étonnant. Je ne venais pas simplement de participer à la course taurine, je venais aussi de tuer un homme. Une façon de résoudre mes problèmes que je pensais avoir dépassée.

Je ne voulais plus commettre de meurtres. Pas même en pleine conscience.

Quoique, pour être exact, c'était le taureau qui avait tué Kladdy. Le péril romantique qui avait poussé ce dernier à participer à la course venait tout bonnement de se réaliser.

Mon petit coup de pied y avait simplement contribué.

Si je n'avais pas eu conscience des conséquences de mon geste, j'aurais pu faire un croche-patte à Kladdy en trébuchant sans faire exprès. Ne pouvait-on pas voir les choses ainsi ? Probablement pas. La vérité était que j'avais supprimé Kladdy en connaissance de cause. Avec l'aide d'un taureau.

Une petite cour d'immeuble offrait un recoin paisible. Je franchis la voûte d'entrée vieille de plusieurs siècles et me retrouvai dans un patio avec un olivier noueux planté dans un grand pot en terre cuite, un banc en bois et une poubelle. La cour était fermée sur trois côtés. Pour me calmer, je m'adossai contre le mur, entre l'olivier et le banc. Ignorant l'odeur des détritus, je commençai à méditer. Les pieds dans l'alignement des épaules, le torse en avant, les bras relâchés le long du corps.

Sentant le solide sol centenaire sous mes pieds, je puisai en lui une sensation de sécurité. Mon souffle, mes mains, mon organisme tout entier s'apaisèrent.

Un sentiment de satisfaction m'envahit.

Le risque d'être découvert, soumis à un chantage voire même inculpé à cause de ma lettre était écarté.

De plus, j'avais vengé Roland.

La mort d'un homme dans le processus n'était pas réversible.

Mais ce n'était pas tant la mort de Kladdy que le poison de la vengeance qui me tourmentait.

Joschka Breitner avait eu des paroles très justes sur l'envie de représailles :

Se venger revient à dépenser beaucoup d'énergie pour recouvrir la culpabilité d'un autre par la sienne. Il est bien plus avantageux de pardonner au coupable et d'utiliser son énergie de manière constructive.

Je me sondai pour voir si je pouvais absoudre Kladdy.

À chaque minute passée dans cette cour, ma colère contre lui diminuait. Surtout parce qu'il n'était plus. Désormais, je pouvais lui pardonner, devinant que lui aussi me pardonnait. Peut-être même me remerciait-il ?

Si Kladdy était encore vivant, il aurait sûrement été fier de sa mort, probablement la seule de ses prouesses à avoir été aussi spectaculaire dans la réalité que dans son imagination.

L'agent d'assurances inapte au travail, titulaire d'un permis de port d'armes et d'un diplôme d'écriture créative de l'université populaire qui se prenait pour un chasseur et un écrivain de la trempe d'un Ernest Hemingway était effectivement mort en artiste. Pour autant qu'on considérât comme de l'art le fait de se faire piétiner à mort par une vache mâle. S'il avait eu des amis à son image, il aurait sans doute été un héros pour eux.

Réconforté par ce petit exercice de relaxation, je reportai mon attention sur l'instant présent.

Pour les secouristes, Kladdy n'était qu'un touriste de plus ayant perdu la vie dans la course. Personne n'en douterait ni n'examinerait l'incident de plus près.

Je déverrouillai son portable et ouvris l'onglet « Galerie ». Kladdy avait en effet photographié d'innombrables lettres de pèlerins. Je n'en lus aucune et supprimai la totalité des fichiers. Après avoir retiré la carte mémoire de l'appareil, je la cassai en deux. Puis j'écrasai le smartphone par terre et jetai les débris dans la poubelle.

Il était à peine huit heures et demie du matin. Le soleil brillait dans un ciel sans nuages. J'avais déjà pris part à une course de taureaux, tué un homme et pardonné à un meurtrier présumé. La photo de ma lettre d'aveux avait été jetée aux oubliettes et mon sac à dos m'attendait à l'hôtel.

J'étais libre.

Plein d'énergie positive.

Et du désir de fêter cette journée.

Pas comme mon anniversaire, en ayant tout prévu. Pas avec des étrangers qui ignoraient la raison de la fête.

Mais intensément et spontanément. Avec moi-même.

Pour célébrer ce jour, je voulais faire ce dont j'avais eu envie dès la première séance de coaching de M. Breitner sur le pèlerinage : marcher.

De retour à l'hôtel, j'enfilai mon sac à dos, payai le séjour et me rendis pour la première fois seul sur une étape du chemin de Compostelle.

Je quittai Pampelune. Et me mis à avancer. Gauche, droite, gauche, droite, gauche, droite.

Je sentais mon corps. Le rythme soutenu et régulier de mes pas, les muscles de mes jambes, le volume de mes poumons.

J'appréciais le calme.

Le reste de la journée, je gardai le silence. Je me contentai d'écouter. Moi-même. Je m'écoutais ne rien vouloir dire.

Face à la montagne, je traversai des villages à moitié abandonnés, passai à côté de moulins à vent, de statues de pèlerins contemporaines, d'un puits à sec et franchis un pont magnifique. Je croisai des pèlerins et ne parlai à personne.

Au bout de cinq heures de marche rapide sans pause, j'arrivai dans la commune de Puente la Reina.

N'ayant rien réservé, j'entrai dans la première auberge que je trouvai.

C'était un établissement religieux avec plus de quatre-vingt-dix lits. On m'en attribua un dans un grand dortoir avec des néons au plafond et des carreaux blancs au sol.

Je pris une douche, changeai de vêtements et lavai ceux du jour. Je ne connaissais aucun des autres visiteurs. Tous respectèrent sans mot dire mon vœu de silence.

Je m'assis sur une chaise en plastique dans le jardin de l'auberge et notai dans mon journal quelques idées qui m'avaient occupé sur le chemin :

Mon corps est un objet d'usage courant. Je devrais l'utiliser plus souvent.

Un seul coup de pied de ma part peut clore une existence.

Faire des milliers de pas avec mes jambes me rappelle que je suis en vie.

Sentir que je suis en vie me satisfait davantage que d'ôter la vie.

Ces deux gestes m'ont conduit à l'endroit où je me trouve ce soir.

J'ignore où je serai demain.

Je sens que je suis vivant.

Au dîner, assis en retrait dans le réfectoire, je pris plaisir à regarder vivre mes compagnons de pèlerinage sans participer à leurs échanges, savourant l'idée que j'étais un compagnon anonyme pour chacun d'eux.

31

L'HYSTÉRIE

« Tendre la main à une personne hystérique n'est pas un geste de fraternité mais une décision contre votre main. »

Joschka BREITNER
En chemin vers le Moi –
le pèlerinage, un voyage vers soi-même

Cette nuit-là, je rêvai d'Emily. Et de deux lapins. Dans mon songe, Emily et moi étions à l'école des lapins et assistions fièrement à la première rentrée des classes des deux lapereaux. La scène était fort réaliste, les lapins au centre du rêve étant ceux, fort réels, que Katharina et moi avions achetés à Emily avant mon départ.

Ce cadeau devait la distraire. Pour qu'un unique lapin ne se sente pas seul en son absence, nous avions décidé d'en doubler le nombre. Katharina et moi avions trouvé les animaux domestiques de notre fille ainsi que l'attirail allant avec lors d'une sortie commune dans une animalerie. Pour que le nombre de lapins dans la chambre d'Emily restât dans des limites raisonnables, nous avions opté pour deux femelles.

Chacun de nous en avait choisi une.

Katharina avait jeté son dévolu sur un bélier de Meissen, très mignon avec ses oreilles tombantes.

Moi, sur un lapin angora. Très mignon lui aussi. Même si je ne pouvais le décrire autrement que comme un tampon qui aurait perdu son fil et qu'on aurait effrangé de tous les côtés.

Nous avions installé la cage dans la chambre d'Emily ensemble. Les cris de joie qu'elle avait lancés à la vue des deux lapines résonnaient encore dans mes oreilles.

Emily adorait ses nouvelles copines. La preuve était qu'elle les avait baptisées. D'ordinaire, elle donnait à ses jouets des noms purement descriptifs. Ils s'appelaient « Barbie sirène », « cheval à paillettes » ou « chat brun ».

Ses lapins, elle les nomma Coco et Doudou.

Le seul coco à ne pas trouver les lapins tout doux était Heiko.

Pour créer une forme de normalité familiale, Katharina l'avait invité à dîner le jour même de l'emménagement des lapins. Emily avait souhaité que les deux nouveaux membres de la famille puissent également assister au repas dans leur cage.

Les gens sans enfants ont souvent du mal à comprendre la différence fondamentale entre un dîner en famille et un dîner de célibataires au restaurant.

Le dîner en famille est un mélange d'absorption de nourriture et de renforcement des liens familiaux.

Le dîner au restaurant est un rituel à endurer avant le sexe.

Apparemment, Heiko n'était pas au fait de ces subtilités.

Il avait cru à tort que l'invitation de Katharina au repas d'une famille séparée mais néanmoins unie signifiait : « Je suis sans enfant aujourd'hui, tu veux baiser ? »

Pomponné en conséquence, il appuya sur la sonnette de mon ancienne maison, pour afficher un air d'autant plus dépité lorsque je lui ouvris la porte en lui disant que le dîner était presque prêt.

La contenance qu'il s'était donnée face au bloc familial père-mère-enfant se perdit complètement quand Katharina, gênée par Coco qui lui grimpait sur l'épaule, omit de l'embrasser, tandis qu'Emily essayait en toute amitié de lui fourrer Doudou dans les bras.

« Regarde ! Coco est un lapin bélier et Doudou un angora. »

Dégoûté, Heiko se détourna.

« Mais… »

Je craignais que cela n'arrive. Cette fois-ci, j'étais bien décidé à me moquer ouvertement de lui s'il osait nous sortir une autre de ses bêtises politiquement correctes.

Ce qu'il dit était cependant bien pire :

« Je suis allergique aux poils angora. »

Il jouait la carte de la santé.

« C'est quoi, une allergie ? demanda Emily.

– Si je suis en contact avec des poils angora, je peux avoir des difficultés respiratoires. »

Je toussai pour étouffer un rire.

« Qu'est-ce que ça veut dire ? voulut savoir Emily.

– Que Heiko aura besoin de se racler la gorge de temps en temps, dis-je pour relativiser la sévérité du diagnostic médical.

– Je risque la suffocation ! dramatisa-t-il.

– D'accord, conclut Emily d'un ton pragmatique. Alors tu ne le touches pas. » Doudou dans ses bras, elle alla s'installer à table.

Katharina tenta d'apaiser non seulement Coco mais aussi les tensions.

« J'ignorais que tu avais de graves problèmes d'allergie, fit-elle remarquer à Heiko.

– Ils ne sont pas si graves. Mais j'ai été testé positif aux poils angora.

– Donc, tu n'as encore jamais étouffé en caressant un lapin nain ? demandai-je pour être plus précis.

– Non, mais le danger est réel.

– Théoriquement, observai-je.

– On n'est pas obligé de tenter le diable non plus. On peut se passer des lapins à table, concéda Katharina, soucieuse de respecter les intérêts de chacun.

– Quel espacement te conviendrait ? demandai-je aimablement.

– Les poils, ça peut facilement voler sur deux mètres. Les squames vont encore plus loin, répondit Heiko.

– Dans ce cas, tu n'as qu'à t'asseoir dans le salon. Je te ferai un sandwich de charcuterie, offris-je.

– Pourquoi moi ? Le danger vient du lapin ! » protesta le malade potentiel.

Je m'efforçai de tirer l'affaire au clair en rappelant quelques données statistiques.

« Pour soixante-quinze pour cent des personnes ici présentes, les poils angora sont inoffensifs. Si nous te protégeons en tant que personne à risque en te proposant de manger dans le salon, le dîner pourra avoir lieu sans aucune restriction. Tu es bien sûr le bienvenu à table. À tes risques et périls. Après tout, tu es adulte.

– Quel manque de solida… voulut riposter Heiko, interrompu par Katharina.

– Emily, pourquoi est-ce qu'on n'emmènerait pas Coco et Doudou à l'étage pour qu'ils mangent en haut ?

– Mais c'est leur premier soir ! On ne peut pas les laisser tout seuls ! » Emily avait les larmes aux yeux.

« Pourquoi Emily n'irait-elle pas dans sa chambre avec les lapins ? fut la proposition de Heiko.

– Emily n'est ni menacée par son lapin angora, ni un lapin elle-même. Pourquoi serait-ce à elle de renoncer au dîner familial ? » Je sentais mes ressources diplomatiques s'amenuiser.

« Par solidarité. Elle pourrait très bien avoir des poils sur son pull et elle ne voudrait sûrement pas que je m'étouffe par sa faute. »

C'en était trop. Au lieu de protéger spatialement la minorité menacée, le membre le plus faible de la majorité non menacée devait être évincé complètement. L'idée que Heiko se faisait de la solidarité me semblait encore plus absurde que sa peur des poils angora.

« Que dirais-tu de simplement… » commençai-je lorsque je vis le regard inquiet de Katharina. Il ne lui avait pas échappé que le risque de collision entre Heiko et moi grandissait à vue d'œil.

Heureusement, je devais ma réussite en tant qu'avocat à ma capacité de compromis. Du moins quand je ne parvenais pas à arnaquer les partis adverses au profit de mon client. En pleine conscience, je décidai donc de faire appel à cette faculté.

« Et si Emily, Doudou, Coco et moi mangions dans la chambre pour vous laisser un peu de temps à deux, à Heiko et à toi ? Je mettrai Emily au lit, et ensuite je m'en irai. »

L'idée enthousiasma Emily.

« On mange tous ensemble au lit ? »

J'acquiesçai. « Absolument ! »

Katharina était reconnaissante pour cette solution. Seul Heiko aurait sans doute préféré me voir disparaître sur-le-champ. Mais peut-être ses yeux plissés n'étaient-ils qu'un symptôme de son intolérance aux poils angora.

Aidé d'Emily, je ramenai la cage des lapins dans sa chambre. Nous mangeâmes avec Coco et Doudou sur le lit. Plus tard, alors que je lisais une histoire à Emily, les deux lapins se blottirent dans leur abri en bois. Emily était heureuse. Heiko n'avait rien pu y faire.

En descendant pour prendre congé, je trouvai Katharina dans la cuisine. Heiko buvait une bière à table.

Pour la tranquillité de mon âme, Joschka Breitner m'avait exhorté à exprimer mes souhaits. Je m'assis donc à côté de Heiko et lui passai mon bras autour des épaules.

« Heiko, nous sommes adultes. Ce qui se passe entre toi et Katharina ne me regarde pas. Mais si tu t'avises encore une fois de mettre tes peurs hystériques au-dessus des besoins de mon enfant, ton allergie aux poils angora sera la moindre des causes de ta détresse respiratoire, compris ? »

Voilà qui, sans être vraiment formulé comme un souhait, mettait néanmoins les choses au clair.

« Tu me menaces ? »

Le nabot défenseur de l'égalité des sexes qui buvait sa petite bière assis à mon ancienne table à manger pendant que sa copine s'affairait dans la cuisine faisait la forte tête. J'en avais assez. Sans un mot, je lui tournai le dos et criai à mon ex-femme :

« Katharina ? Je vais y aller.

– La puce s'est endormie ?

– Sans difficulté.

– Et l'allergique ?

– Olaf attend à table. »

Silence dans la cuisine.

« Qui est Olaf ? » demanda Katharina.

L'Olaf d'autrefois, soit le Heiko d'aujourd'hui, dressa lui aussi l'oreille.

Je le regardai. D'une main, je me bouchai une narine pour aspirer sans un bruit une ligne d'air avec l'autre. De mon autre main, je lui fis comprendre par un signe muet qu'à partir de maintenant, je le surveillerais de près.

« Personne. Je te raconterai une autre fois. Notre ami Heiko va finir sa bière en méditant un peu à cette soirée. Je m'en vais.

– Merci. Je t'appelle demain.

– D'accord, à demain. »

Heiko devait avoir compris au plus tard à ce moment-là qu'il avait franchi une limite que je ne le laisserais pas dépasser une seconde fois. Jusqu'à mon départ en pèlerinage, tout avait été paisible et j'espérais bien qu'il en serait de même à mon retour.

32

LA COLÈRE

« La colère est destructrice. La plupart du temps, elle surgit quand vous-même ou vos proches subissez une injustice. Ne vous focalisez pas sur l'injustice. Concentrez-vous sur l'amour. Vous pourrez bien mieux combattre l'injustice par l'amour qu'en tremblant de colère. »

Joschka BREITNER
Ralentir sur la voie de dépassement – manuel de pleine conscience pour cadres dirigeants

C'était comme si Pampelune avait été un déclic. Dans les jours qui suivirent, je vécus pleinement dans le moment présent. J'étais pèlerin. Le matin au lever, j'attrapais mon paquetage et me remettais en route. Je trouvai mon rythme. Admirai la nature. Content de réduire mes besoins au strict nécessaire. J'aimais chacune de mes courbatures. Elles me permettaient de mieux sentir mon corps. Je sentais encore autre chose : le souhait d'absorber la beauté que je découvrais seul pour la partager plus tard avec Emily. Chaque jour, j'étais heureux d'être père. Pas une seule fois je ne pensai au boulot.

Le soir, avant de m'écrouler au lit de fatigue, j'inscrivais mes sagesses de pèlerin dans mon journal. Il arrivait aussi que je les barre le lendemain pour les réécrire consciencieusement.

Une fois, juste avant de m'endormir, les chaussettes mises à aérer d'un pèlerin ronflant dans le lit au-dessus du mien m'inspirèrent le commentaire suivant :

Après ma mort, il ne faudra pas que j'oublie de demander à Dieu quel sens il y a à pouvoir fermer les yeux la nuit, mais pas les oreilles et le nez.

Le lendemain, je reformulai avec plus de douceur et de bienveillance :

Mon propre renoncement ne me gêne pas. C'est celui des autres que je déplore.

Mon moment favori de ma première semaine de pèlerinage, celui que j'avais attendu avec impatience chaque jour, fut ma première conversation téléphonique avec Emily samedi.

C'était comme si j'avais enfin pu entendre ma chanson préférée pour de bon, en dehors de ma tête.

Au téléphone, je n'eus pas l'impression d'être transporté dans un autre monde. Il n'y avait pas deux Björn, l'ancien et le nouveau. Du moins pas encore. Mais seulement la conviction que, malgré toutes les questions que je me posais, une chose n'était pas soumise à interrogation : ma fille et notre modèle familial.

Je parlais à Emily du paysage, de la nourriture, de la difficulté de la marche et des animaux aperçus en chemin. Mais aussi du plaisir que j'aurais à la revoir bientôt.

Emily me donna des nouvelles de ses lapins. Qui vivaient désormais dans le jardin pour éviter à Heiko d'éternuer. Elle ajouta que je lui manquais et qu'elle devait maintenant donner à manger à Coco et Doudou. Puis elle me passa sa mère.

Je demandai à Katharina pourquoi Coco et Doudou n'étaient plus dans la chambre d'Emily. Possiblement sur un ton quelque peu agressif. Avec son aplomb habituel, Katharina ne releva pas. Heiko aurait acheté un super clapier à lapins. Grâce à ça, il y aurait bien moins d'allergènes dans la maison. Je ne lui demandai pas si elle avait perdu la tête de laisser cet abruti décider du devenir des lapins d'Emily. Même si ça me démangeait.

Je me retins pour deux raisons : d'une part, parce que j'étais parti en pèlerinage. À mille kilomètres de chez moi pour me trouver moi-même. Je ne laisserais pas cet idiot me priver des fruits de cette aventure.

D'autre part, parce que j'avais compris que ma colère était vaine si je ne pouvais pas me servir de l'énergie qu'elle charriait. J'étais furieux parce que Heiko s'était lâchement mêlé des affaires de ma famille. Malgré ma mise en garde. Au mépris de mon avertissement, il avait attendu que je fusse parti pour ignorer les désirs de ma fille.

Il avait certainement anticipé ma fureur. Peut-être l'avait-il provoquée exprès. L'ex-mari furibond et jaloux parti en quête de lui-même chercherait par téléphone des noises à sa malheureuse ex-femme qui se laisserait ensuite consoler par son gentil petit copain.

Alors là, il se mettait le doigt dans l'œil. Je ne le laisserais pas faire. Sur la colère, Joschka Breitner m'avait appris ceci :

La colère est destructrice. La plupart du temps, elle surgit quand vous-même ou vos proches subissez une injustice. Ne vous focalisez pas sur l'injustice. Concentrez-vous sur l'amour. Vous pourrez bien mieux combattre l'injustice par l'amour qu'en tremblant de colère.

Katharina ne pouvait pas non plus être complètement indifférente aux agissements de Heiko. J'essayai donc de transformer ma colère en amour.

« Je suis vraiment désolé que tu doives subir les jérémiades de Heiko. Tu tiens le coup ? »

Ma prévenance ouvrit la porte que Katharina aurait sûrement fermée illico si je m'étais montré coléreux.

« Qu'est-ce que j'aurais pu y faire ? Ce week-end, il était à un congrès. Il est revenu avec cette immense maisonnette en bois. Et le pire, c'est qu'elle est rose vif. »

Heiko avait beau rejeter la pensée genrée chez les autres, quand cela servait ses intérêts, son baratin lui était visiblement bien égal.

« Tu peux accueillir chez toi qui tu veux. Mais tu peux aussi chasser de chez toi qui tu veux. » Simple suggestion.

Par le passé, la stratégie consistant à travestir mes propres souhaits en options de l'interlocuteur s'était avérée efficace. La réaction de Katharina confirma la réussite de la tactique.

« En tout cas, ce coup-là n'a pas forcément joué en faveur d'un "oui" à sa proposition de mariage. »

On était encore loin d'un « non » clair et net. Mais la vie de pèlerin m'avait rendu humble. Pour l'instant, j'étais donc satisfait. Heiko n'était pas en train de creuser ma tombe mais la sienne.

Je fis le récit de ma première semaine de pèlerinage à Katharina en prenant soin de taire tous les incidents violents et lui parlai de la semaine à venir.

Dans deux jours, je voulais être à la fontaine à vin d'Irache. Une *bodega* avait fait installer deux robinets sur une de ses façades extérieures. De l'eau coulait de celui de droite. Du vin de celui de gauche. Gratuitement.

Nul pèlerin ne passait devant cette fontaine sans s'y arrêter. Pour boire ou – si le but du pèlerinage était de vaincre l'alcoolisme – éprouver sa capacité de résistance.

Katharina me souhaita bonne route, et moi bon courage.

33

IRACHE

« La liberté, c'est de pouvoir boire l'eau qui se trouve à l'endroit où vous avez soif. »

Joschka BREITNER
En chemin vers le Moi –
le pèlerinage, un voyage vers soi-même

Quelques jours après avoir eu Katharina au bout du fil, je tombai sur une vieille connaissance, Evi.

Elle peinait sur le Camino, peu avant Irache. Son teint et sa tenue étaient de nouveau parfaitement assortis : rouge vif l'un et l'autre.

Ce jour-là, j'avais quitté Pampelune assez tard, ayant voulu visiter le palais des rois de Navarre dans la matinée. Vieux de plus de huit siècles, ce palais de style roman avait une histoire mouvementée. Son éclat royal s'était estompé. Le siège des rois d'autrefois avait même été converti un temps en prison. Le monde des puissants est lui aussi éphémère.

Heureusement, randonner m'était de jour en jour moins pénible. J'avançais d'un bon pas en direction d'Irache. En revanche, Evi marchait à un rythme à peine supérieur à la vitesse de déplacement des plaques continentales. De toute évidence, elle avait préjugé de ses capacités.

« Evi ! Content de te voir. Je ne veux pas te vexer mais est-ce que tout va bien ? » la saluai-je.

Evi regarda autour d'elle, désorientée. Il lui fallut quelques instants pour comprendre que c'était moi, là devant elle. Lorsqu'elle me reconnut, les larmes lui montèrent aux yeux.

« Björn, tu... quelle chance de te... ici... Je n'en peux plus. »

Nous étions au milieu du chemin. Evi, haletante. Moi, essayant de la soutenir. Nous n'étions pas vraiment une entrave pour d'autres pèlerins. La voie était bien assez large. Quiconque le souhaitait pouvait facilement nous contourner. Pourtant, au moment où Evi s'appuya sur moi d'une grande partie de son poids, quelqu'un me bouscula. Mon sac à dos fit un bond. En levant les yeux, je vis s'éloigner un petit homme asiatique avec une queue-de-cheval. La main qu'il avait levée en signe d'excuse avait un foulard noué autour du poignet. Il avait marmonné « *Buen Camino* » avant de filer sans se retourner.

Bien que nous ne fussions plus qu'à quelques centaines de mètres d'Irache, Evi n'y arriverait pas sans aide. Je lui pris son sac à dos et lui donnai mon bâton de pèlerin. Malheureusement, le fardeau dont je me chargeai ne fut pas compensé par un soulagement équivalent chez elle. Elle se traînait à mes côtés en direction du village tandis que je calculais intérieurement le temps qu'il me restait avant de m'écrouler à mon tour sous le poids des deux paquetages.

Mes tentatives pour motiver Evi avec la fontaine à vin furent un échec, ne serait-ce que d'un point de vue acoustique. Son souffle sonore et saccadé empêchait toute parole d'atteindre ses tympans.

Dans ces circonstances, n'ayant pas besoin de ma bouche pour parler, j'essayai de l'utiliser pour boire. Tout en marchant, je cherchai ma gourde à tâtons. Elle était censée être accrochée sur le côté droit de mon sac, à moitié pleine. Mais non. Peu importe. Je la trouverais quand nous serions à la fontaine.

Nous mîmes plus d'une demi-heure pour couvrir les quelque deux cents mètres qui nous séparaient encore du village. Je poussai Evi aussi près que possible de la fontaine. Nous nous arrêtâmes devant une maison non loin des robinets. Evi était proche de la syncope. J'enlevai d'abord son sac à dos puis le mien et les adossai contre la façade. Ensuite, j'aidai Evi à s'asseoir par terre. En la voyant dans cet état, quelques pèlerins qui buvaient déjà du vin d'Irache l'assaillirent de leur sollicitude. Deux Hollandaises lui enlevèrent ses chaussures. Par précaution, un jeune Sudaméricain la mit dans une position censée stabiliser sa circulation sanguine : allongée sur le dos, la tête posée sur sa veste et les jambes sur son sac, légèrement surélevées. Voyant qu'elle était désormais trop faible pour pleurer d'émotion face à l'aide reçue, j'en déduisis qu'elle allait encore plus mal que tout à l'heure.

Une des deux Hollandaises porta une gourde d'eau à ses lèvres et lui administra quelques gouttes.

Les trois sauveteurs n'ayant ni remarqué ma présence ni réclamé mon aide, je me mis en quête de ma propre gourde.

J'avais supposé la trouver sur le côté droit de mon sac où je l'accrochais habituellement, or elle était à gauche. Peut-être m'étais-je trompé ce matin en faisant mes bagages. J'ouvris le mousqueton et la détachai. Contrairement à mon souvenir, elle n'était pas non plus à moitié pleine mais quasiment vide. Ma foi. Dans l'exaltation de la marche, j'avais dû boire sans m'en rendre compte et la remettre par mégarde du mauvais côté du sac. Cela n'avait aucune importance.

Evi étant bien entourée, je pris place dans la file d'attente devant la fontaine. Celle-ci n'était rien de plus qu'une petite niche creusée dans la façade d'une maison. On y accédait par un portail grillagé grand ouvert. L'installation comprenait un évier en aluminium comme il y en a dans les toilettes des aires d'autoroute accessibles sans ticket à soixante-dix cents. Cependant, la vasque avait été rehaussée en curiosité touristique grâce à l'ajout de plaques métalliques, de coquillages et d'inscriptions. À gauche et à droite de la fontaine, des ardoises clouées au mur prodiguaient conseils d'utilisation et avertissements. Au-dessus des robinets, la figure de saint Jacques était sculptée dans la pierre.

Un simple bac avec deux robinets élevé au rang d'autel ! Ô miracle !

Ou bien un coup de pub de la *bodega* qui possédait la fontaine. Quoi qu'il en fût, celle-ci était un don du ciel pour les pèlerins parvenus jusque-là.

Avant moi, trois randonneurs purent encore étancher leur soif de vin gratuit. Le premier ouvrit le robinet de gauche et le laissa couler pendant une éternité sans remplir de verre mais tout en filmant l'événement avec son portable.

La personne suivante remplit la paume de sa main de vin et y but directement. Muni d'un grand calice, le troisième pèlerin ouvrit le robinet un court instant, remplit un cinquième de sa coupe et s'éloigna en faisant tourner le vin pour l'oxygéner.

Ostensiblement, nous étions tous différents. Pourquoi le gaspillage, l'absence de style et la décadence seraient-ils moins répandus chez les pèlerins que dans le reste de la population ? Autant d'imperfections qui, d'âmes pures, faisaient d'authentiques caractères.

Quand mon tour arriva, je remplis ma gourde et retournai auprès d'Evi. Elle avait repris des forces et avait pu s'asseoir dos au mur. Tout en s'entretenant avec les deux Hollandaises, elle flirtait avec le Sudaméricain. Bien que pâlotte, elle semblait redevenue elle-même.

En m'apercevant, elle interrompit sa conversation et lança dans ma direction : « Voilà mon ami de la première heure ! Björn, je te présente Frederike et Heike de Rotterdam. Ce monsieur s'appelle Pedro, de Buenos Aires. Et maintenant, fais-moi boire ! »

La seule chose qui manquait au Mon Chéri géant était l'alcool. Je saluai nos nouvelles connaissances d'un signe de tête accompagné d'un sourire et tendis ma gourde à Evi. Elle la porta à ses lèvres et prit une gorgée si grande que je craignis un instant qu'elle la vide d'un trait.

« Un grand merci. J'en avais bien besoin. »

Je repris ma gourde et m'apprêtai à goûter le vin moi-même lorsque je la vis écarquiller les yeux.

« Evi ? Tout va bien ? »

Le rouge de son teint était encore plus prononcé que d'habitude. Ses pupilles se dilatèrent. Elle porta ses mains à son cou et se mit à haleter. Elle voulut se lever mais les deux Hollandaises et le Sudaméricain la retinrent. Evi semblait étouffer. Elle se dégagea de l'emprise des trois pèlerins et menaça de tomber tête en avant. Lâchant ma gourde, je fis un bond vers elle. Dans un râle, Evi tomba dans mes bras, molle comme une poupée de chiffon. Incapable de porter son poids, je la fis glisser au sol lentement.

Pedro, qui devait avoir une formation médicale, remit Evi, désormais immobile, sur le dos et vérifia ses fonctions vitales.

« *No aliento... no pulso.* »

Je n'eus pas besoin de traduction, Evi ne semblant ni respirer ni avoir de pouls.

Pedro tenta encore un moment de la réanimer en lui faisant du bouche à bouche et un massage cardiaque mais sans succès.

Evi était morte.

Pour les témoins présents, elle avait succombé à un infarctus après s'être surmenée. Evi ne s'était jamais cachée d'avoir de l'hypertension. La cause naturelle de sa mort ne serait pas mise en doute et aucun médecin ne réclamerait d'autopsie. Tous ses proches, tous ses amis croiraient que c'était son cœur exténué qui avait soudainement lâché.

Evi était allée au bout de ses forces et ne reviendrait pas. Dans un silence gêné, les pèlerins se rassemblèrent autour de la victime.

Je me taisais, moi aussi. Moins par recueillement qu'à cause du choc. En quelques jours, Evi était déjà la deuxième personne à périr juste à côté de moi.

Tout à coup, je fus certain que ma gourde avait été à moitié pleine et qu'elle était accrochée à droite de mon sac. Elle y était jusqu'à ce qu'un homme me bousculât peu avant Irache.

Un inconnu d'origine asiatique.

Il avait dû échanger la gourde avec une autre.

Evi n'avait pas eu d'infarctus. Elle avait été empoisonnée.

Par erreur. Avec du poison qui m'était destiné.

Je cherchai la gourde des yeux. Elle m'avait glissé des mains quand je m'étais élancé pour rattraper Evi. À présent, elle gisait sur le pavé. Vide. Je la ramassai et la reniflai. Mêlée à l'odeur du vin, je perçus un effluve légèrement amer.

La mort d'Evi écarta mes doutes. Quelqu'un voulait me tuer. La balle qui avait emporté Roland m'était destinée, elle aussi. Deux personnes avaient déjà perdu la vie parce qu'un inconnu voulait ma peau.

Non, trois personnes, pour être exact. Kladdy était mort parce que je l'avais pris à tort pour un meurtrier. Si je ne m'en sentais pas coupable, c'était parce que la peur en moi était si grande qu'elle ne laissait de place à rien d'autre.

34

LE DÉFI DU PÈLERINAGE

« Faire un pèlerinage n'est pas une sinécure. Certains moments d'inspiration vous désarçonneront. Trouvez à chaque fois la méditation adéquate. Voilà le défi du chemin de Compostelle. »

Joschka BREITNER
En chemin vers le Moi –
le pèlerinage, un voyage vers soi-même

Les pèlerinages sont ponctués de rencontres et d'adieux. Tandis que les autres attendaient l'ambulance que Pedro avait appelée, je me retirai discrètement. Personne ne fit attention à moi.

J'avais besoin de prendre mes distances. De toute façon, il était sans doute préférable pour la santé de mes semblables que j'évite leur compagnie.

La mort d'Evi avait fini par me convaincre que, pour moi, le chemin de Compostelle serait une mission de survie. Mais ma première frayeur passée, je me dis en y réfléchissant bien qu'aucun danger imminent ne me guettait pour le moment.

Le meurtrier avait laissé passer plusieurs jours entre ses deux tentatives d'assassinat ratées. Celles-ci avaient été soigneusement planifiées et exécutées en embuscade. Il était peu probable que le tueur, qui que ce fût, retentât sa chance aujourd'hui.

Je remis mon sac à dos et quittai Irache. Cet endroit était maudit.

Le mouvement machinal de mes jambes déclencha un mécanisme bien connu de mon corps désormais. Dès qu'il se mettait à marcher, mes pensées allaient vagabonder. Elles tournèrent d'abord autour d'une question : *Si la mort d'Evi était elle aussi une source d'inspiration placée sur ma route, que m'inspirait-elle ?*

De toute évidence, la possibilité même de faire une crise de la quarantaine et d'entrer ensuite dans la deuxième partie de ma vie serait déjà une victoire.

Mais à quel prix ? Devais-je interrompre mon pèlerinage ici ? Ou devais-je simplement trouver la bonne méditation pour cette forme quelque peu brutale d'inspiration ?

Pour le moment, je ne voyais pas qui, mis à part le Chinois de la mousse expansive, pouvait vouloir mettre fin à ma vie. Avant la mort de Roland, celui-ci avait vu un Chinois muni d'un étui à guitare. Un étui dans lequel on aurait facilement pu ranger un HK G3 démonté.

Le Chinois qui m'avait bousculé avant que je perde ma gourde n'avait pas d'étui à guitare. Mais d'un autre côté, le meurtrier de Roland avait laissé tomber son arme sur le chemin.

Personnellement, je n'avais vu ni le visage de M. K'uang ni celui du Chinois à l'étui. Du type qui m'avait poussé, je savais seulement qu'il avait des traits asiatiques et qu'il portait un foulard autour du poignet.

Ces trois Chinois étaient possiblement un seul et même homme.

Mais comment le Chinois de la mousse expansive m'avait-il trouvé ? Il pouvait se douter que les hommes l'ayant maltraité avaient un lien avec Chayenne et Sandy. Qui elles-mêmes travaillaient pour l'agence S-Exclusive. Ce qu'il savait du réceptionniste. Au-delà, son enquête aboutissait à une impasse. Officiellement, je n'étais pas à la tête de S-Exclusive. Dragan l'était. J'étais seulement l'avocat. Pourquoi quelqu'un irait-il tuer l'avocat d'une entreprise avec laquelle il avait un compte à régler ?

Cela n'aurait un sens que si M. K'uang avait su que j'avais été à l'origine de son agression. Ce qu'il ne pouvait avoir découvert que par Chayenne ou Sandy.

Tant qu'elles ne refaisaient pas surface, la possibilité que le nouveau chef des triades s'en prenne à moi sur le Camino n'était que pure spéculation.

Je me demandais aussi comment on m'avait retrouvé. Guetter mon arrivée au col d'Ibañeta n'avait rien eu de sorcier. Tous les pèlerins passaient par là le premier ou le deuxième jour de leur périple.

Mais pour être capable de me donner une bourrade et d'échanger ma gourde pile avant mon arrivée à Irache plus d'une semaine plus tard, il fallait parfaitement connaître mon emploi du temps. Comment cela était-il possible ?

J'étais évidemment ennuyé d'avoir tué Kladdy alors qu'il n'avait assassiné personne. Mais il n'était pas innocent pour autant. Sans ce maître chanteur, le monde se porterait mieux. Le mien, tout du moins.

Aussi lui avais-je pardonné. Même un meurtre qu'il n'avait pas commis. Cela me permit de mettre mes remords de côté et de me consacrer aux questions pratiques qui se posaient désormais.

Quelles étaient mes options ?

À Los Arcos, le point d'étape du jour, je pourrais prendre un taxi jusqu'à la gare la plus proche, me rendre à Madrid et monter dans un avion pour rentrer. Tant que je ne saurais pas avec certitude qui me poursuivait et pour quelle raison, mon retour ne réduirait pas le danger auquel j'étais exposé et risquerait même de le ramener chez moi. Où Emily pourrait en pâtir.

Je pourrais dire à Sascha que j'avais échappé par deux fois à un attentat. Il m'enverrait immédiatement une équipe de protection rapprochée. Avec laquelle je devrais poursuivre mon pèlerinage. Ce qui reviendrait à mettre un terme à celui-ci. Mais quand j'avais un objectif, je pouvais être têtu. J'avais déjà écarté cette option après le drame du col d'Ibañeta.

Je pouvais aussi continuer ma route en faisant attention.

Je pouvais imiter les pèlerins qui marchaient la nuit et ne randonner que sous le couvert de l'obscurité. La journée, je ferais halte dans des petits gîtes où personne ne me verrait, avant de repartir quand les autres dormiraient.

Peut-être était-ce là le genre de méditation qui m'aiderait à assimiler les sinistres leçons des meurtres de mes deux compagnons.

J'allai donc à Los Arcos où je pris une chambre d'hôtel. Pour pouvoir repartir au milieu de la nuit, je payai la note en liquide et à l'avance. Avant de m'endormir, je rompis mon vœu de déconnexion. Avec un vieux téléphone à cadran posé sur la table de nuit, j'appelai Sascha.

« Björn ! s'exclama-t-il d'une voix qui semblait lointaine mais non moins réjouie. Comment vas-tu ? Il s'est passé quelque chose ?

– Que veux-tu qu'il se soit passé ? » répondis-je du tac au tac. Ainsi, j'évitais de lui mentir. J'avais décidé de ne pas lui parler des meurtres. Ils étaient mes inspirations. Je devais les affronter. Quelques informations de la part de Sascha me permettraient de le faire plus tranquillement.

« J'aimerais juste lever quelques… doutes, dis-je. Sur le chemin, j'ai croisé plusieurs fois un mystérieux Chinois. Peut-être une coïncidence. Mais je préfère être sûr. Est-ce qu'on a des nouvelles ? M. K'uang est-il retourné à l'hôtel récemment ? Chayenne et Sandy ont-elles réapparu ?

– Non, rien de tout ça. Les filles sont encore en vacances pour deux jours.

– Emily et Katharina sont toujours surveillées par les hommes de Walter ?

– Tout est en ordre de ce côté-là. Mais avant-hier dans la nuit, on a vu le Bonhomme de neige, Olaf pour les intimes, quitter la maison le nez tout rouge.

– Ça ne veut pas forcément dire grand-chose. C'était peut-être son allergie aux poils angora.

– Aux poils angora ? Il n'aurait pas pu trouver quelque chose de plus viril ? Une intolérance aux laies par exemple ?

– Dans ce cas, je mettrais immédiatement une portée de marcassins pour Emily dans le jardin, tu peux me croire.

– D'après les équipes de Walter, le gaillard aurait plutôt repris ses vieilles habitudes et doperait sa confiance en lui à coups de pochons. »

Quelle bonne nouvelle. Heiko ne pouvait rien faire à Katharina et Emily, les hommes de Walter y veillaient. Mais s'il avait repris la coke, quelque chose avait dû l'ébranler. Peut-être le silence de Katharina face à sa demande, s'ajoutant aux bons rapports que j'entretenais avec elle. Dans ces circonstances, il me serait facile de mettre un terme à sa relation avec elle. Dès que je serais de retour. Un ex-cocaïnomane accro à la coke qui n'avait jamais vraiment levé le voile sur son passé n'avait aucune chance avec Katharina.

« S'il devient dangereux pour Emily, je veux que les gars de Walter interviennent immédiatement. Sinon, qu'on attende mon retour.

– Tu es très magnanime envers ton successeur, fit remarquer Sascha.

– Et pourquoi pas ?

– Ben, Katharina était à toi en premier !

– Tu crois que Christophe Colomb aurait été contrarié si, des années après la découverte de l'Amérique, quelqu'un lui avait dit : "Hé, Colomb, je viens de découvrir ton Amérique !" ?

– Et pourquoi tu lui mettrais des marcassins dans le jardin alors ?

– Ce n'est pas parce qu'on est le deuxième à découvrir l'Amérique qu'on a le droit, en tant que numéro deux, de la maltraiter. »

Sascha resta muet. J'ignorais s'il avait compris ce que je voulais dire. Il aurait probablement été plus à l'aise si je m'étais montré ouvertement jaloux.

« Tu es sûr de ne pas avoir besoin d'aide ? demanda-t-il enfin.

– Je suis ici pour le découvrir. »

35

L'OBSCURITÉ

« L'obscurité a ceci de bon qu'on y voit mieux poindre la clarté. »

Joschka BREITNER
En chemin vers le Moi –
le pèlerinage, un voyage vers soi-même

Les trois jours suivants, je ne marchais que de nuit. Je me levais peu avant trois heures du matin pour être sur le Camino moins d'un quart d'heure après. Les nuits étaient douces et claires. Au bout d'une demi-heure loin de toute source lumineuse artificielle, mes yeux s'habituaient à l'obscurité et la lueur de la lune suffisait à guider mes pas. De temps à autre, je voyais des points lumineux filer à travers le paysage. C'étaient les professionnels de la randonnée nocturne avec leurs frontales. Le fait que ces lampes limitaient leur champ de vision à leur environnement immédiat, plongeant le reste dans le noir, ne semblait pas les gêner.

Mon principal repas de la journée était un petit déjeuner copieux que je prenais en général vers dix heures du matin dans un Café avant de chercher un hôtel. L'après-midi, j'achetais des fruits, du pain et de l'eau dans un supermarché pour l'étape suivante.

Ces trois nuits de randonnée me permirent d'affiner ma réflexion sur le sens de la vie et mon épanouissement. Mon pèlerinage avait pris une nouvelle tournure. Il ne s'agissait plus de me trouver moi-même. Il s'agissait surtout de ne pas être trouvé. Échapper à un adversaire inconnu devint mon sport quotidien. Mais il ne me donnait aucune satisfaction. Il m'épuisait. Je n'étais pas parti sur le Camino pour ne pas mourir. J'avais entrepris un pèlerinage pour vivre. Je notai cette révélation dans mon journal de bord :

Le sens de ma vie n'est pas de fuir la mort.

Ce n'est pas en faisant l'autruche que j'arriverai à m'épanouir.

Le quatrième jour de randonnée nocturne était de nouveau un samedi, enfin. La journée Emily. Après mon petit déjeuner, je retournai dans ma chambre et appelai Katharina. Elle ne me passa pas Emily tout de suite. Au lieu de cela, elle me dit :

« Coco et Doudou sont morts. »

Je chancelai à reculons vers le matelas.

« Quoi... ? Que s'est-il passé ?

– Heiko leur avait construit un enclos dehors. Contre la clôture des voisins, les Ebert.

– Et ?

– Les Ebert ont de la belladone dans leur jardin. Heiko pense que des feuilles et des baies de cette plante ont dû tomber dans l'enclos. En tout cas, il y a deux jours, on a retrouvé Coco et Doudou tout raides dans l'herbe. Leurs gueules grandes ouvertes. Visiblement intoxiqués. »

Les images de la mort d'Evi et la vision des lapins sans vie se confondirent dans mon esprit. L'œuvre de Heiko.

Il s'était senti menacé par Coco et Doudou. Les avait bannis dans le jardin. Et maintenant, ils n'étaient plus.

Marquer. Bloquer. Supprimer.

Je ne croyais pas une seule seconde à la fable de lapins se gavant de belladone en dehors de la période des récoltes. Il fallait vraiment être malade pour empoisonner des lapins nains !

« Comment va Emily ?

– Elle ne les a pas vus, heureusement. Je les ai découverts avant qu'elle se lève.

– Et qu'est-ce que tu as fait ?

– Je les ai d'abord mis dans un carton à la cave. Ensuite, j'ai ouvert le portillon de l'enclos et glissé une lettre dans la cage. Emily l'a trouvée et me l'a apportée pour que je la lui lise. »

Ma gorge se noua.

« Et qu'est-ce que ça disait ?

– Écrit en lapin, ça disait que… (Katharina avait la gorge serrée, elle aussi…) que Coco et Doudou étaient partis en voyage et qu'Emily ne devait pas s'inquiéter.

– Elle le croit ?

– Bien sûr. Pour elle, ils sont en train de crapahuter. Comme toi.

– Et toi, tu crois quoi ? »

Katharina savait exactement où je voulais en venir.

« Je crois aussi peu à l'excursion des lapins qu'à l'histoire de leur intoxication. Ça fait des jours que Heiko fait des siennes parce qu'il a le nez qui coule et qu'il renifle tout le temps, supposément à cause des lapins. Je ne veux pas croire que je suis avec un homme qui empoisonne les lapins de ma fille. Mais je crains que ce soit le cas.

– Vire-le.

– Björn, si ce type est assez fou pour tuer des animaux domestiques, j'ignore comment il réagira si je le renvoie. À ton retour, j'aurai une conversation avec lui. Mais d'ici là, je ne veux pas de drame à la maison. »

Restait à savoir s'il pourrait y avoir un drame plus grand encore que l'empoisonnement de Coco et Doudou.

J'étais tenté de dire à Katharina tout ce que je savais sur Heiko. Mais je me ravisai. Katharina devait décider seule de sa séparation. Sinon elle me reprocherait pour le restant de ma vie d'avoir saboté sa relation. De plus, cela aurait mis fin à mon pèlerinage. Mais Heiko ne m'arrêterait pas. Pas lui.

Katharina et Emily étaient en sécurité.

Je rappelai à Katharina qu'elle pouvait appeler Sascha à tout moment si Heiko disjonctait. Je ne lui dis pas que les hommes de Walter la surveillaient de toute façon.

« Et de ton côté ? Quoi de neuf ? » demanda-t-elle.

Je lui racontai que je randonnais désormais de nuit. Pour voir le soleil se lever. Dans cinq jours, j'arriverais à la *Cruz de Ferro*, le point culminant du Camino Francés.

Je prévoyais de déposer la pierre offerte par Joschka Breitner – ma *pierre-chagrin* – au bas de la croix de fer.

36

FONCEBADÓN

« Le chemin ne vous donne pas ce que vous voulez mais ce dont vous avez besoin. »

Joschka BREITNER
En chemin vers le Moi –
le pèlerinage, un voyage vers soi-même

Quatre jours plus tard, je constatai qu'on ne pouvait résister à la tentation que là où elle existait. Renoncer volontairement à son portable n'avait de sens que dans des endroits avec du réseau. Dans mon hôtel à Rabanal del Camino, il n'y en avait pas. Longtemps après l'avoir quitté, vers quatre heures du matin seulement, tandis que j'étais au beau milieu de nulle part dans la province de León, mon portable me signala un SMS envoyé par Katharina la veille. Je consultai l'écran verdâtre de mon Nokia :

1 message reçu.

J'appuyai sur « afficher » et le SMS apparut : *Sascha te souhaite un Buen Camino !*

C'était tout.

Il était encore très tôt. J'essayai malgré tout de joindre Sascha mais le réseau disparut de nouveau. Je rangeai mon portable et continuai ma route.

Une demi-heure plus tard, les contours de Foncebadón se dessinèrent dans l'obscurité bleue. Autrefois un lieu de pèlerinage animé et apprécié, le village avait perdu l'ensemble de ses habitants à cause de l'exode rural dans les années quatre-vingt. Depuis, quelques individus étaient retournés s'y installer. Néanmoins, Foncebadón restait largement abandonné.

Peu avant d'entrer dans le village, je notai que le lacet de ma chaussure gauche était défait. Un chariot à main équipé d'une pancarte publicitaire pour une *bodega* fermée depuis longtemps bordait le chemin. Je m'y arrêtai, posai le pied sur une roue du chariot et refis mon lacet. Durant la dernière heure et demie, j'avais été complètement seul. C'est du moins ce que j'avais pensé. Mais alors que j'étais penché sur ma chaussure dans le silence de la nuit, j'avais nettement entendu un bruit de pas. Des pas qui, soudain, s'étaient immobilisés aussi.

Je fis semblant de n'avoir rien remarqué. Mes pensées s'affolèrent mais je forçai mes jambes à avancer au même rythme qu'avant. J'entrai dans le village calmement. De vieilles maisons délabrées en pierre flanquaient la rue à gauche et à droite. Cinquante mètres plus loin, celle-ci faisait un coude qui m'aurait caché au regard d'un poursuivant même en journée. Saisissant cette chance, je filai me cacher dans la première des maisons en ruines. À l'intérieur, je constatai que je n'étais manifestement pas le premier visiteur à pénétrer en ces lieux depuis leur abandon. Le sol était couvert de tessons de bouteilles. Chacun de mes pas produisait un crissement sonore. Je me réfugiai aussi silencieusement que possible dans l'ancienne pièce d'habitation et attendis. Mon cœur cognait, ma respiration semblait beaucoup trop forte, mon sang bourdonnait dans mes oreilles. J'essayai d'observer mon environnement en pleine conscience. La pièce faisait peut-être quatre mètres sur cinq. Le plafond en bois qui devait autrefois surplomber un salon confortable était percé d'énormes trous. À travers eux et la toiture presque entièrement découverte, on apercevait les étoiles. Je me mis en position de méditation et calmai mon souffle. D'ici, j'avais une bonne vue sur la rue plongée dans la lueur bleutée de la lune. En revanche, il était impossible qu'on me vît de l'extérieur. Tandis que mon souffle s'apaisait, j'entendis de nouveau des pas s'approcher.

On dit que la démarche d'une personne serait aussi unique que ses empreintes. En cet instant, j'en eus la certitude. Le tempo était le même que tout à l'heure. Ce ne pouvait pas être une coïncidence.

Peu avant le coude que faisait la rue, les pas ralentirent. Mon poursuivant se demandait sans doute pourquoi il ne m'entendait plus. Puis les pas s'accélérèrent de nouveau.

Une ombre se profila sur la portion de route éclairée par la lune. L'ombre portait un bâton et un sac à dos. Un pèlerin. La silhouette devint un corps. À moins de dix mètres de moi, quelqu'un traversa mon champ de vision. Un homme. Avec une queue-de-cheval et un foulard à la main droite.

L'Asiatique.

Instinctivement, je reculai d'un pas. Grossière erreur. L'épaisse semelle de ma botte militaire écrasa un des éclats de verre dispersés sur le sol. Le craquement ne fut probablement que léger, mais, dans la nuit, il me fit l'effet d'une explosion.

L'homme se figea, dressant l'oreille. Il avait bien situé le bruit. Visiblement, il se demandait qui ou quoi avait pu le provoquer. Il se retourna lentement et s'approcha de l'entrée de ma cachette. Tout en continuant d'avancer, d'un mouvement fluide, il tira quelque chose de la poche latérale de son sac à dos. Le reflet brillant de la lune sur ce qui ressemblait à de l'acier poli me révéla ce que c'était : un couteau. À grande lame.

J'ignorais s'il y avait une possibilité de fuite par l'arrière. En faire le pari me semblait trop risqué. Je devais essayer d'attirer le Chinois au fond de la maison pour pouvoir m'éclipser par la porte d'entrée.

L'exercice de pleine conscience de Joschka Breitner avec le lac, le bâton et les pierres qui m'avait tant aidé à Pampelune me revint à l'esprit. Si le Chinois était le bâton que je voulais éloigner de moi, j'avais, ici et maintenant, une seule pierre à ma disposition à jeter dans le lac : ma pierre-chagrin. Celle que M. Breitner m'avait donnée avant mon pèlerinage pour que je la dépose au pied de la *Cruz de Ferro,* comme je me débarrasserais d'un fardeau. Pour le moment, ma plus grande inquiétude était un tueur chinois sur le point de me découvrir et de me zigouiller. Dans ces circonstances, comment mieux me servir de ma pierre qu'en l'utilisant pour distraire le meurtrier ? Sur le côté droit de mon sac, j'ouvris doucement la petite poche extérieure dans laquelle elle se trouvait. Je la pris et la jetai, comme une petite boule de bowling, d'un mouvement lent sur le sol où elle roula dans un grand tintamarre sur quelques mètres vers la façade postérieure de la maison.

Désormais, l'Asiatique pouvait être sûr de ma présence. Mais il ne savait pas où. Je m'écartai de la porte en me glissant sur le côté, brandissant mon bâton de pèlerin à deux mains, comme un gourdin.

Mon poursuivant arriva près de la porte. La main armée du couteau tendue en avant, il entra dans la maison et s'orienta vers le mur où la pierre avait roulé. Levant le bras bien haut, j'abattis de toutes mes forces mon bâton sur le poignet de l'intrus.

Le bâton et le meurtrier avaient beau venir tous deux de Chine, ce dernier était visiblement de meilleure qualité. En percutant son avant-bras, mon bâton se cassa en deux. L'homme en perdit tout de même son couteau. Qui tomba par terre en faisant un gros bing. Suivi d'un bing plus sourd, causé par l'impact au sol du morceau de bois cassé.

D'un air menaçant, j'agitai la partie du bâton qui me restait. À son extrémité, au bout d'une cordelette en cuir, se balançait la coquille Saint-Jacques achetée avec Roland dans la boutique de souvenirs de Saint-Jean-Pied-de-Port. L'Asiatique ne se laissa guère impressionner ni par l'un ni par l'autre et fit un pas vers moi. Je reculai. Et trébuchai sur une poutre.

Tout en tombant, je me demandai si j'avais été stupide ou malin de ne pas ôter mon sac à dos en attendant mon poursuivant. L'avantage serait que le sac amortirait ma chute, empêchant les éclats de verre disséminés un peu partout de se planter dans mon dos. L'inconvénient serait qu'une fois à terre, je n'arriverais plus à me relever, désemparé comme une tortue retournée sur sa carapace.

Cela étant dit, même sans sac sur le dos, je n'aurais guère été préparé au combat. Je n'étais pas un bagarreur. Je ne m'étais jamais battu. Pas même petit. Avant, je réglais mes problèmes par le biais de l'argumentation. Plus tard, je recourus au meurtre. Mais je n'étais pas un assassin qui tuait ses victimes à main nue. Au lieu de faire des haltères, j'avais rédigé des actes. Jusqu'ici, quand j'avais causé la mort de quelqu'un, j'avais pu m'aider de tronçonneuses ou de broyeurs à végétaux. Or là, tout ce que j'avais, c'étaient un bâton de pèlerin cassé et une coquille Saint-Jacques.

Tout ceci me traversa l'esprit dans les deux secondes séparant ma perte d'équilibre de mon impact au sol. En me voyant couché sur le dos, l'Asiatique saisit sa chance et profita de ma paralysie pour récupérer son couteau. Il sauta dans le coin de la pièce où son arme avait volé. À travers un trou au plafond, la lumière de la lune fit étinceler la lame.

Le couteau en main, mon futur meurtrier se dirigea droit sur moi, sûr de sa victoire. Affalé sur le sol, sans défense, je tendais mon bâton vers lui.

Et le Chinois, que fit-il ? Il se mit à jouer avec moi ! Sauta dans ma direction. Je réagis en dégainant mon bout de bois. Le Chinois éclata de rire. Il sautillait, s'amusait à lancer son couteau de la main droite à la gauche et s'apprêtait à bondir de nouveau vers moi.

En cet instant, je ne souhaitais rien de plus que de pouvoir encore regarder ma fille danser le *hupa lupa* tout en écoutant des conversations insignifiantes sur des piscines hors sol.

C'est alors qu'une des grandes sagesses du chemin de Compostelle se vérifia :

Le chemin ne vous donne pas ce que vous voulez mais ce dont vous avez besoin.

Tout ce que je voulais, c'étaient une tronçonneuse et un broyeur à végétaux pour faire disparaître le Chinois et pouvoir continuer à accompagner ma fille à l'école de danse à l'avenir. Tout ce dont j'avais besoin était mon bout de bâton et la coquille Saint-Jacques à son extrémité.

L'Asiatique avait commis une erreur fatale : son petit numéro d'intimidation l'avait rendu imprudent. Il posa un pied sur la pierre que j'avais jetée au fond de la pièce. Bien qu'elle ne fût pas grande, elle faisait deux fois la taille d'une châtaigne tout en étant assez ronde. Il n'en fallut pas plus pour que mon agresseur perdît l'équilibre. Le couteau toujours dans sa main gauche, il tomba en avant, directement sur moi. J'étais transi de peur.

La lame entailla – scratch – la manche droite de ma veste sur le côté, effleurant mon bras. Simultanément, la pointe de mon bâton s'enfonça dans la cage thoracique de mon adversaire. Scratch – Gloups – Argh.

Entraîné dans sa chute par son propre poids, il s'était empalé tout seul. Sa tête – qui me regardait, incrédule – ne s'immobilisa qu'à quelques centimètres de mon visage. Étonnamment, il vivait encore. Rassemblant ses dernières forces, il chercha son couteau du regard. Il essayerait vraiment de me tuer jusqu'à son dernier soupir. Un parfait exemple de la fameuse discipline de travail chinoise dont manquaient supposément beaucoup d'Allemands aujourd'hui.

Mais je ne me laisserais pas faire. Je refusais de me laisser tuer par un moribond. Le couteau était hors de portée. Tout ce qu'il me restait, c'était la coquille Saint-Jacques.

Je plantai le bord crénelé du coquillage dans la gorge du Chinois et l'enfonçai dans la chair en le tirant d'un coup sec de droite à gauche. Par réflexe, il lâcha le couteau et porta ses mains à son cou. Mais cela n'empêcha pas le sang de gicler de sa carotide.

L'homme se cabra et je roulai sur le côté. Secoué de spasmes, il finit par s'effondrer au sol, à l'endroit où je gisais paralysé d'effroi encore un instant auparavant.

37

LA SAGESSE

« Le prélude de la sagesse est l'abandon de la bêtise. »

Joschka BREITNER
En chemin vers le Moi –
le pèlerinage, un voyage vers soi-même

Mon portable vibra dans le silence de la nuit. Apparemment, le réseau était revenu et j'avais reçu un autre SMS. Heureux de cette distraction, je consultai l'écran au lieu de regarder mon meurtrier contrarié se vider de son sang.

Ce message aussi était de Katharina et avait été envoyé des heures plus tôt :

Vacancières de retour saines et sauves. Le post-it restera à jamais dans le fortune cookie.

(Va comprendre...)

Ce SMS, arrivé un quart d'heure après celui qui me souhaitait un « *Buen Camino* » de la part de Sascha, avait visiblement été envoyé juste avant ce dernier. Le premier m'avait sauvé la vie. Le deuxième était un mystère.

J'avais toujours du réseau et le signal était plutôt bon, trois barres sur cinq.

J'appelai Sascha.

C'était un lève-tôt, certes, mais, même pour lui, un appel à quatre heures et demie du matin serait singulier.

« Björn ! Qu'est-ce qui t'arrive ?

– Je viens de recevoir le SMS de Katharina de ta part. Tu peux me dire ce qu'il se passe ?

– Chayenne et Sandy sont bien rentrées de vacances hier. Leur richissime client leur a offert un séjour de deux semaines en Sardaigne, tout compris, qu'elles ont prolongé de quelques jours. D'ailleurs, leur bienfaiteur était italien, pas chinois. »

Cela était aussi rassurant qu'inquiétant. Si M. K'uang n'avait pas été en contact avec ces deux demoiselles, il ne pouvait pas avoir fait le lien entre moi et la mousse expansive. Dans ce cas, pourquoi le Chinois par terre devant moi voulait-il me tuer ?

Le message de Sascha soulevait encore d'autres questions.

« Et que signifie “Le post-it restera à jamais dans le fortune cookie” ? » voulus-je savoir.

Sascha se mit à rire.

« C'est une façon de dire que M. K'uang va rester en Chine. Définitivement.

– Pourquoi ça ?

– J'ai repensé à ce que tu m'as dit. Que M. K'uang devait probablement organiser sa revanche tout seul parce qu'il ne peut confier à personne ce qui s'est réellement passé dans sa chambre d'hôtel. Qu'il perdrait la face sinon, etc.

– En effet. Et en quoi ça nous aide ?

– Si M. K'uang ne veut pas parler de l'incident, il n'aimerait pas que nous le fassions.

– Pourquoi on ferait ça ? Tu sais parler chinois ?

– Non. Mais une image vaut mille mots. »

Devant moi, le sang du Chinois avait formé une flaque qui rappelait la péninsule ibérique. Je commençais à m'impatienter.

« Laisse tomber les images et dis-moi ce qu'il en est.

– Chayenne avait oublié son sac à main dans sa chambre d'hôtel le soir de ton anniversaire, tu te souviens ?

– Viens-en au fait !

– Elle filme tous ses clients. Par sécurité, comme elle dit. Dans son sac, il y a une petite poche pour son portable, percée d'un trou bien camouflé pour la caméra. »

Je voyais où il voulait en venir.

« Chayenne n'ayant pas conclu avec le Chinois, l'enregistrement de cette soirée ne lui avait pas paru important. En vacances, alors qu'elle libérait de l'espace de stockage pour ses photos, elle est retombée sur la vidéo. Qui montre dans toute leur splendeur – tadaa – Walter, Stanislav, M. K'uang et une bombe de mousse expansive. Elle ne l'a pas effacée et me l'a montrée hier.

– Et toi ? Tu en as fait quoi ?

– J'ai demandé au réceptionniste de me trouver le numéro de M. K'uang et lui ai envoyé une capture écran de l'enregistrement. En lui disant que s'il osait ne serait-ce qu'envisager de revenir en Allemagne, la vidéo serait transférée par mail à l'ensemble de son entreprise.

– Et alors ?

– Il m'a répondu dans un anglais exécrable qu'il tuerait personnellement tous les employés de S-Exclusive si quelqu'un avait vent de cette vidéo malgré tout.

– Donc tu as établi un équilibre des forces ?

– On dirait bien. »

Que de bonnes nouvelles. Qui tranchaient néanmoins avec le fait qu'un Chinois avait voulu m'assassiner.

« Juste par curiosité, est-ce que tu aurais une photo de M. K'uang ? J'ignore toujours de quoi il a l'air, dis-je à Sascha.

– J'ai celle de son passeport. Le réceptionniste en avait fait une copie. Mais je vais avoir du mal à te l'envoyer sur ton vieux Nokia.

– Attends une seconde. »

Je posai doucement mon portable par terre et m'approchai de l'Asiatique. Je le tournai sur le côté et fouillai les poches intérieures de sa veste. Comme supposé, j'y trouvai son smartphone.

Un iPhone 10. Verrouillé par un scan d'empreinte digitale. Je déverrouillai l'appareil avec la main du mort, ouvris la boîte de réception et envoyai un SMS vide à Sascha. Puis je repris mon Nokia.

« Sascha ? Je viens de t'envoyer un message. Transfère la photo de M. K'uang à ce numéro.

– Un instant… »

Le portable du Chinois fit bip. J'ouvris le SMS et regardai le cliché en noir et blanc. M. K'uang avait une petite cinquantaine d'années et une calvitie naissante.

Le Chinois devant moi avait trente-cinq ans tout au plus et une queue-de-cheval.

« C'est bon ? demanda Sascha.

– Oui, bien reçu », répondis-je, perdu dans mes pensées.

Si l'homme mort n'était pas M. K'uang, si ce dernier n'avait pas découvert qui j'étais et n'avait donc pas pu dire ce qu'il ne savait pas à un tueur à gages, s'il avait de toute façon abandonné ses velléités de vengeance, alors qui avait commandité mon assassinat ?

« Je peux faire autre chose pour toi ?

– Non ça va, merci. »

Je raccrochai.

Au moment où je m'apprêtais à éteindre l'iPhone, un autre SMS arriva : *Mission accomplie ?*

Le nom de l'expéditeur était : *Veritas*.

Je vacillai en arrière, sidéré, et marchai sur un autre tesson qui crissa en se brisant.

38

MOSAÏQUES

« Certaines choses ne prennent sens que quand on les observe avec du recul. »

Joschka BREITNER
En chemin vers le Moi –
le pèlerinage, un voyage vers soi-même

J'étais entouré de débris de verre, dans une maison en ruine sur le chemin de Compostelle. Le crissement sous mes pas n'était couvert que par un fredonnement dans ma tête. Par une mélodie, de plus en plus forte. Le refrain d'un air obsédant d'Andrea Berg.

Les éclats de verre, j'y vois des mosaïques

Colorées et belles comme le Soleil

Promesse d'un lumineux réveil[4]...

Ma fille adorait cette chanson.

Soudain, d'innombrables éclats de pensée se mirent à tournoyer dans mon esprit.

Sur l'un d'eux était écrit *Veritas* comme dans le SMS.

Sur un autre, on pouvait lire VERITAS comme sur la page d'accueil du site Internet de l'entreprise éponyme.

Les deux éclats s'assemblèrent.

Un autre montrait Katharina dans un domaine de chasse.

Un autre encore, la tête de Roland en train d'exploser.

Ceux-là aussi s'imbriquaient et allèrent rejoindre les éclats VERITAS.

---

4. Trad. Jenny Bussek. Texte légèrement modifié pour la rime. Original : « In jedem Scherbenmeer seh ich ein Mosaik/Bunt und schön wie das Licht/Das den Morgen verspricht... »

Je vis un éclat dans lequel se reflétaient deux lapins empoisonnés.

Et un autre avec Evi, agonisante.

Puis des éclats qui me montraient dans un bar du quartier d'affaires, avec Emily au zoo, avec Katharina en train de faire la vaisselle.

Trois éclats supplémentaires comprenaient les appels téléphoniques passés à Katharina où je lui détaillais mes itinéraires.

Un éclat était traversé d'une longue ligne de coke.

Trois autres affichaient les mots *marquer, bloquer, supprimer*.

Et tous les éclats rassemblés formaient une mosaïque qui ressemblait à un visage.

Celui de Heiko.

VERITAS était son entreprise. Il maîtrisait le maniement d'armes. Il aurait pu commettre lui-même la première tentative d'assassinat. À ce moment-là, il était censé assister à un congrès. Par la suite, il aurait pu engager un tueur à gages. Heiko aurait pu empoisonner les lapins d'Emily avec la même toxine qui avait malencontreusement tué Evi.

Mais pourquoi voudrait-il me tuer ?

Par jalousie ?

N'importe quelle personne à peu près saine d'esprit aurait compris que ma relation avec Katharina était purement amicale.

Par peur que je puisse ébruiter ses secrets du passé ?

N'importe quelle personne à peu près saine d'esprit aurait compris que j'avais laissé passer cette chance depuis longtemps, Heiko m'ayant coupé l'herbe sous le pied vis-à-vis de Katharina en lui avouant des demi-vérités.

Dans ces conditions, m'accuser moi-même d'avoir, des années plus tôt, sciemment fait tomber les charges pesant sur deux de mes clients grâce à un faux alibi me porterait plus préjudice à moi qu'à lui.

Pour n'importe quelle personne à peu près saine d'esprit, la jalousie et la peur de son propre passé ne seraient pas des raisons suffisantes pour vouloir la mort de quelqu'un. Mais peut-être pouvaient-elles causer une rechute dans la drogue. Qui avait tendance à renforcer les émotions négatives même de personnes à peu près saines d'esprit.

J'avais peut-être fait une grosse erreur en prenant Heiko pour une personne à peu près saine d'esprit.

Si on considérait que corriger des portes de toilettes, s'en remettre à une application pour susciter l'étincelle d'une rencontre, se farcir le cerveau de coke pour augmenter ses performances et empoisonner des lapins par crainte de faire une réaction allergique témoignait d'un esprit à peu près sain, je préférais m'en tenir à la folie.

Je n'avais pas caché à Heiko que je trouvais son sens démesuré des valeurs ridicule, son remaniement de la langue stupide et son exigence de solidarité de la part des autres très peu solidaire. Si nous nous étions rencontrés sur Internet, cela lui aurait sans doute suffi pour me supprimer. Mais il n'y avait pas là de quoi vouloir me liquider, si ?

Pour franchir l'interdit moral du meurtre, il fallait avoir un motif impérieux. Mais apparemment, Heiko avait si peu de moralité qu'il pouvait s'en passer.

Pour le moment, je n'avais cependant pas le loisir de me soucier davantage de Heiko. Je me trouvais dans une maison délabrée d'un village majoritairement abandonné, en compagnie du corps exsangue d'un meurtrier inconnu.

Je devais mettre de l'ordre dans mes pensées.

J'enlevai mon sac à dos, me mis debout au centre de la pièce, les jambes alignées sur mes épaules, les bras le long du corps, les épaules redressées et le torse en avant. Puis je me concentrai sur un conseil donné dans le guide du pèlerin de Joschka Breitner :

Sur le chemin, ne pensez pas à tous les pas que vous avez à faire mais toujours à un seul : au prochain.

Au bout de quelques minutes, j'avais un plan.

Je ne visualisais pas encore l'ensemble de mon itinéraire mais je voyais très clairement la direction que je devais prendre.

Avec le portable du Chinois, je répondis au message de VERITAS : *Mission accomplie.*

Heiko n'avait qu'à penser que j'étais mort. Cela me ferait gagner du temps. Du moins jusqu'à mon prochain coup de fil à Katharina dans trois jours.

Ensuite, je modifiai les paramètres de verrouillage du smartphone et remplaçai le scan d'empreinte par un code PIN.

Je rappelai Sascha et le priai de faire suivre Heiko. Pour justifier ma demande, je prétendis m'être rendu compte qu'il valait mieux que je sois au courant des agissements du futur ex-copain cocaïnomane de mon ex-femme avant de le faire disparaître de nos vies à mon retour.

Sascha n'était certainement pas dupe. Mais il ne posa pas de questions et je ne dis rien de plus. Il promit de m'appeler au numéro du Chinois mort – dont il ne savait rien – au moindre comportement suspect de Heiko.

Je cherchai le chariot à main sur lequel j'avais pris appui pour refaire mon lacet à l'entrée du village. Une fois remis la main dessus, je le tirai aussi doucement que possible dans la ruine. Il faisait encore nuit noire. Les quelques habitants du lieu semblaient tous dormir encore.

Je débarrassai l'Asiatique de son sac à dos, lui ôtai ses vêtements, mis son corps nu dans le chariot et le traînai hors de la bâtisse.

Puis j'entassai du bois et quelques planches sur la flaque de sang, renversai le contenu du sac à dos dessus, jetai les vêtements sur le tas et y mis le feu.

Les pèlerins de nuit étaient probablement déjà tous passés. Quelques heures s'écouleraient avant que les rares habitants du village ne s'éveillent et que les pèlerins suivants n'arrivent à Foncebadón. Si d'aventure des marcheurs devaient quand même traverser le village entre chien et loup, la vision de la baraque en flammes les retiendrait probablement jusqu'à ce que j'eusse atteint mon prochain objectif : la *Cruz de Ferro*.

Tandis que la maison s'embrasait, je repris mon chemin dans la nuit d'encre en poussant devant moi le chariot chargé du cadavre du Chinois.

39

LA *CRUZ DE FERRO*

« Les rituels ont quelque chose de doublement apaisant. Non seulement ils témoignent de la foi en une tradition ancestrale, mais ils la préservent aussi pour l'avenir. »

Joschka BREITNER
En chemin vers le Moi –
le pèlerinage, un voyage vers soi-même

La *Cruz de Ferro* se trouve à deux petits kilomètres de Foncebadón. Ralenti par le chariot et le cadavre, il me fallut l'équivalent d'un épisode de *Bibi & Tina* pour les parcourir.

La croix a une signification particulière pour les pèlerins. C'est le sommet de la montagne. À partir de là, dire qu'on « est sur la pente descendante » revêt pour une fois un sens positif. L'épreuve de l'ascension est finie.

Les pèlerins ont pris l'habitude de déposer une pierre au pied de la croix. Leur pierre-chagrin. Au fil des siècles, de nombreux pèlerins très chagrinés ont formé sous la croix un monticule rocailleux d'un mètre de haut, à quelques centaines de mètres d'un autre monticule rocheux que les Romains en leur temps élevèrent pour les mêmes raisons et qui jouxte lui-même un monticule pierreux d'origine celte.

La tradition chrétienne consistant à empiler des pierres les unes sur les autres reposait apparemment sur une coutume païenne ancestrale. La raison pour laquelle cet endroit précis était devenu une décharge à ciel ouvert de chagrins m'était inconnue. Mais désormais, je comprenais mieux le sens figuré du mot « décharger ».

Quant à moi, je m'étais déjà délesté avec succès de ma pierre dans la maison délabrée de Foncebadón, ce qui m'avait valu un Chinois mort en retour. Je n'avais donc plus besoin de pierre à déposer. J'avais un cadavre à la place.

Le monticule de la croix de fer semblait avoir été fait pour accueillir la dépouille. Elle trouverait sa place sous les peines et les tourments des pèlerins. Je mis la durée d'un autre épisode de *Bibi & Tina* pour dégager à mains nues une niche de la taille d'un homme dans le tas de pierres. Un quart d'heure plus tard, j'avais recouvert le corps et comblé le trou.

À l'est, le soleil levant me chatouilla la peau. Libéré de mon fardeau, une légèreté que je n'avais plus ressentie depuis longtemps m'envahit.

Tandis que la lumière ravivait les couleurs autour de moi, je m'aperçus que le combat contre l'Asiatique avait laissé des traces sur ma veste. Les taches dont il était parsemé ressemblaient beaucoup trop à du sang. Je roulai la veste sur elle-même et la fourrai dans mon sac en projetant de la laver le soir même.

Abandonnant le chariot en haut de la montagne, je me remis tranquillement en route.

Les trois jours suivants se déroulèrent de manière tout à fait classique. De longues marches en journée, suivies de nuitées dans des auberges bondées. Avec leur lot de ronflements, de chaussettes et de conversations étrangères. J'étais plus ouvert vis-à-vis des autres pèlerins mais je continuais à marcher seul et en silence.

J'essayais de voir les envies de meurtre du compagnon de mon ex-femme non pas comme un problème mais comme une inspiration. Qui me donnait l'occasion de méditer longuement.

Sachant que quelqu'un voulait me prendre tout ce que j'aimais, j'estimais ma vie davantage. Même les écoles de danse pour enfants, les terrains de jeux et les piscines n'étaient plus des entraves à mes yeux. Mais des lieux où ma fille enrichissait ma vie en me transmettant la joie qu'ils lui p aient. Tant que je vivrais.

Après l'expérience de la mort de Rolan craignais plus la mort en soi. J'avais peur de passer à côt vie avant de mourir.

Je notai trois prises de conscience dans m al :

Personne n'a le droit de décider de ma vie o ort.

Le sens de l'existence consiste à vivre plein ie et à la partager avec d'autres. Sereinement, avec amou sacrifier.

Pour mon épanouissement, j'espère que la j que je transmettrai aux autres rejaillira sur moi-mêm

J'avais atteint l'objectif de mon pèlerinage.

À présent, je savais ce que je voulais faire de l artie de ma vie : vivre. Ce qui était plus que simplem

À cela s'opposaient diamétralement les envie de Heiko.

Celui-ci découvrirait qu'il avait une fois de plu lors de mon prochain appel à Katharina, pas avant resterait une semaine de marche. Il était peu probabl en si peu de temps à trouver un autre tueur et à lui fa un nouvel attentat contre moi.

Je décidai donc de continuer à le voir non pas menace mais comme une inspiration. D'ici mon re verais sûrement un moyen de changer ma vie pour abrégeant la sienne.

Le samedi suivant, mon appel hebdomadaire à Katharina me fit l'effet d'une douche écossaise.

Emily me demanda si j'avais croisé Coco et Doud route. Je ne voulais ni lui mentir ni la désillusionner.

« Hier matin, j'ai aperçu deux lapins à l'autre b champ, peut-être que c'étaient eux... mais je n'en suis pa

– Papa, ap n pèlerinage, tu devrais aller chez l'ophtalmo-
logue ! » 'interpréter cela positivement. Apparemment,
Je m'eff avantage pour moi que pour ses lapins.
elle s'inq , Katharina semblait nerveuse. Pas à cause de moi
Au b Heiko.
mais à ıelques jours, il est encore plus étrange que d'ordi-
« ntendu dire des choses bizarres à Emily, du style
nair pour elle si tu ne rentrais pas. Il est de plus en plus
qu
f nnes.
; pouvoir tenir le coup jusqu'à mon retour ?
erais en finir. Le plus tôt sera le mieux. »
ina voulait qu'Emily fût avec moi quand elle quitterait
'était aussi mon souhait. En attendant, les équipes de
ıssuraient discrètement leur protection.
rminerais le Camino. Ensuite, j'aurais plaisir à regarder
ina mettre Heiko à la porte. Je me voyais déjà le mettre à
e de sa vie ensuite.
e serai là le week-end prochain », dis-je à mon ex-femme. Si
s vraiment voulu la rassurer, j'aurais ravalé la phrase d'après :
ıais si jamais il devait m'arriver quelque chose sur les derniers
res du Camino, j'aurais un service à te demander.

- Tu me fais peur.

– À Saint-Jacques-de-Compostelle se trouve un monastère le monastère de la Confrérie des messagers du Seigneur. Tu y rouveras un courrier adressé à Dragan Sergowicz. J'aimerais que u le récupères et que tu agisses ensuite dans l'intérêt d'Emily.

– Björn. Qu'est-ce qui se passe ?

– Rien du tout. » J'avais toujours eu du mal à cacher des choses à Katharina. « Tu sais quoi ? Dans trois jours, je serai à Compostelle. Puis j'irai jusqu'à Finisterre pour voir ce que les

Européens ont pris pendant des millénaires pour l'extrême limite du monde, avant de rentrer enfin à la maison. Ensuite, nous réglerons le problème Heiko ensemble.

– Promis ?

– Promis. »

Je raccrochai et rangeai mon portable.

À l'origine, j'avais prévu de le recharger dans la nuit. Le câble était déjà branché sur la prise à côté de mon lit.

Mais en allant me coucher, j'oubliai d'y raccorder le téléphone. Une étourderie qui allait me sauver la vie.

40

SAINT-JACQUES-DE-COMPOSTELLE

« Le chemin n'est pas le but. Vous ne reconnaîtrez le chemin qu'une fois arrivé au but. »

Joschka BREITNER
En chemin vers le Moi –
le pèlerinage, un voyage vers soi-même

Trois jours après ma conversation avec Katharina, j'arrivai à Saint-Jacques-de-Compostelle.

Difficile de mettre des mots sur mes impressions au moment d'atteindre mon objectif. Le pluriel aurait en effet été totalement inapproprié. Un seul mot suffisait amplement : inintéressant.

Compostelle était le point final de mon pèlerinage, rien de plus. Mon objectif extérieur. Et encore, qu'à moitié. Après tout, j'avais l'intention de poursuivre ma route jusqu'au bout du monde. Mon objectif intérieur, je l'avais déjà atteint en chemin. Je voulais vivre. Vraiment.

La ville débordait de gens euphoriques, heureux et éméchés, affublés de sacs à dos de trekking. Si je n'avais pas révisé mon jugement durant mon périple, mes préjugés initiaux contre les pèlerins auraient tous été confirmés ici.

Le collectif animé qui s'était formé à Saint-Jacques-de-Compostelle s'opposait en tout point à mon expérience très personnelle du pèlerinage, vécue essentiellement en solitaire, sur des centaines de kilomètres.

D'abord je m'occupai des formalités. Pour récupérer mon certificat de pèlerinage, la *Compostela*, je dus patienter trois quarts d'heure dans la cohue devant l'Office des pèlerins. Contre la présentation de ma *Credencial*, le carnet comprenant les cachets des auberges où j'étais passé, on me remit un document en latin. La mention *lorem ipsum*[5] n'apparaissait étonnamment pas une seule fois dans le texte, contrairement à mon nom, écrit à la main. Ensuite, je me rendis au monastère de la Confrérie des messagers. Ayant rejoint Compostelle vivant, je voulais récupérer mon courrier du pèlerin en main propre. Je le relirais au bout du monde, à la toute fin de ma route.

Après m'être présenté en tant que Dragan Sergowicz, l'on me remit sans plus de questions la feuille de papier A4 que j'avais glissée quatre semaines auparavant dans un cube en pierre, à huit cents kilomètres plus à l'est.

Une lettre pour laquelle Kladdy avait été piétiné par un taureau.

Violer le secret des correspondances peut être extrêmement dangereux.

Je ne m'enquis pas du HK G3 emmitouflé dans ma housse de pluie. Les moines n'avaient qu'à décider eux-mêmes du sort de l'arme, quitte à la jeter ou à la garder en tant que donation.

J'empochai ma lettre sans l'ouvrir.

Malgré mes réticences face à la foule des pèlerins, je ne renonçai pas à me rendre à la cathédrale de Saint-Jacques-de-Compostelle pour assister à un office.

La cérémonie atteignit son apogée lorsqu'un immense encensoir fut allumé et lancé dans un mouvement de balancier à travers la nef de l'église tel un pendule enflammé. Pareil au battant surdimensionné d'une cloche, l'encensoir oscillait au-dessus des fidèles en répandant son parfum sacré. Celui-ci ne pouvait néanmoins pas masquer le fait qu'en-dessous de la cassolette, des centaines de

---

5. Ndlt : Le *lorem ipsum* (également appelé « faux-texte ») est, en imprimerie, une suite de mots sans signification utilisée à titre provisoire pour calibrer une mise en page.

croyants ruinaient le caractère unique de cet auguste événement en le filmant avec leurs smartphones.

Je quittai la messe et repris ma route pour rejoindre le jour même la « fin de la terre ».

À la sortie de la ville, le portable du Chinois se mit à sonner. C'était Sascha. Il alla droit au but.

« On a perdu Heiko.

– Où ça ?

– À l'aérodrome. Il est monté dans un jet privé hier matin. D'après le pompiste, l'appareil appartient à un web entrepreneur.

– Ah, ah, sûrement un de ses amis en affaires. Peut-être qu'il avait un rendez-vous professionnel quelque part ?

– C'est aussi ce qu'ont pensé les hommes de Walter qui l'ont attendu. Mais l'appareil n'est pas rentré de la journée. Alors ils ont cherché où il avait atterri.

– C'est aussi simple que ça ? demandai-je, surpris.

– Oui, grâce à une application mobile gratuite. Tu indiques le numéro d'immatriculation de l'avion et ça te donne sa position dans le monde ou dans les airs.

– Et où est celui de Heiko ?

– C'est pour ça que je t'appelle. Il s'est posé hier soir à Saint-Jacques-de-Compostelle. »

La conversation terminée, l'écran s'éteignit. Je n'aurais peut-être pas dû brûler le chargeur du Chinois à Foncebadón.

Il y a trois jours, Heiko avait appris par Katharina que j'étais encore en vie. Il avait également su quand je serais ici. Manifestement, il avait mis deux jours pour faire de l'ordre dans ses pensées, élaborer un plan et organiser son vol. Il était donc à Compostelle depuis hier. La ville où il était sûr de me trouver aujourd'hui.

À ceci près que j'étais déjà reparti. Sans le rencontrer. Il aurait facilement pu mettre la main sur moi. Quasiment tous les marcheurs finissaient par se rendre à l'Office des pèlerins. M'abattre en pleine ville aurait cependant été un peu trop voyant.

Heiko prévoyait sans doute de me suivre jusqu'à Finisterre pour se débarrasser de moi là-bas, en toute tranquillité. Mais pour cela, il faudrait que j'y sois.

Je décidai de modifier légèrement mon itinéraire. Dans mon guide, je découvris qu'au nord du cap Finisterre se trouvait une pointe de terre située encore plus à l'ouest : le *Cabo da Nave*. Apparemment, même le « bout du monde » était une notion extensible.

Je pris quelques précautions. Cette nuit, je ne dormirais pas dans une auberge de pèlerins mais dans un petit hôtel. De là, je ferais une partie du chemin en bus et ne parcourrais que la toute dernière portion à pied.

Dans un premier temps, changer les horaires, ma destination et ma vitesse d'avancée devrait suffire à semer Heiko.

Au bout du monde, je louerais une voiture pour aller à Madrid d'où je rentrerais directement chez moi.

À compter de là, je ne considérerais plus Heiko comme une source d'inspiration mais comme un problème.

Or s'il y avait bien quelqu'un qui savait comment éliminer ce genre de problèmes, c'était moi.

41

AU BOUT DU MONDE

« C'est en rencontrant des personnes qui n'ont jamais fait de pèlerinage que vous comprendrez combien le vôtre vous a transformé. »

Joschka BREITNER
En chemin vers le Moi –
le pèlerinage, un voyage vers soi-même

Deux jours plus tard, après quatre semaines de marche, quatre morts et la découverte de ce que je souhaitais faire du reste de ma vie, j'arrivai enfin au bout du monde. Du haut d'une falaise au *Cabo da Nave*, je plongeai le regard dans les remous de l'Atlantique.

Sur cette portion de côte, les journées pouvaient être froides et venteuses même en plein été. Aujourd'hui était un de ces jours.

Dans le ciel, des lambeaux de nuages bas filaient sous une épaisse chape nébuleuse à l'intérieur des terres.

À une trentaine de mètres en contrebas, les vagues déferlaient impétueusement contre le littoral européen. Cette portion de terre ne s'appelait pas pour rien *Costa de la Muerte* – la côte de la mort.

La fin de mon pèlerinage méritait d'être célébrée. Je posai mon sac à dos par terre, m'y assis comme sur un tabouret et sortis ma lettre et mon journal de ma poche.

En première page figuraient les trois questions suggérées par Joschka Breitner :

Quel est le sens de l'existence ?

Quel est mon rapport à la mort ?

De quoi ai-je réellement besoin pour m'épanouir dans la vie ?

Je feuilletai mon carnet jusqu'à une page blanche. Aux réponses que j'avais déjà pu donner à ces trois questions, j'ajoutai un dernier commentaire, quelques précisions :

Le sens de l'existence est d'en profiter chaque jour.

La mort ne concerne qu'un seul jour dans une vie. Le dernier.

Pour m'épanouir, j'ai besoin d'une routine quotidienne. Avec ses problèmes, ses moments de joie et ses danses hupa lupa.

Je rangeai mon journal et dépliai ma lettre :

Je t'écris depuis Saint-Jean-Pied-de-Port où commence mon pèlerinage. Dans mon sac à dos, je transporte des pierres dont je ne sais encore que faire. Parmi elles, il y a les décombres de mon mariage. Le marbre brillant qu'est ma fille. Les boulets que sont les huit vies humaines auxquelles j'ai mis un terme. Les personnes que j'ai tuées sont : Dragan, Toni, M. Möller, Malte, les deux jeunes du parc dont j'ai oublié les noms, Kurt et Boris. J'ai huit cents kilomètres de marche devant moi. J'espère qu'en lisant cette lettre, tu seras plein d'empathie et d'amour pour son rédacteur, et que tu sauras ce que tu attends du reste de ta vie.

Objectivement, les huit cents kilomètres de marche étaient maintenant derrière moi. Entre-temps, le nombre de personnes mortes par ma faute avait augmenté. Passant de huit à dix.

Mais sur le chemin de Compostelle, j'avais appris à m'aimer et à aimer ma vie. Ainsi que toutes les pierres qui la composaient.

Ma fille restait le marbre étincelant de mes jours. Que je chérissais encore plus désormais. Quant aux décombres de mon mariage, je les voyais d'un autre œil. À moi de décider si je voulais continuer à vivre au milieu des ruines ou bien bâtir une autre maison. Katharina avait bien réussi, elle, à déblayer son terrain pour y installer un nouvel édifice. Même si elle avait opté pour une cahute croulante occupée par un triple idiot. Mais l'erreur est humaine et pouvait être corrigée. Après Heiko, Katharina aurait d'autres relations amoureuses. Tout comme moi. Je rassemblerais moi aussi les pierres de mon passé pour en faire un foyer d'avenir. Non pas oppressé mais protégé par un rempart de boulets et couronné de marbre. J'envisageais mon avenir avec joie.

Je déchirai la lettre en mille morceaux que je lançai en l'air. Le vent les emporta, les faisant voleter au-dessus de la mer.

Voilà. Mon pèlerinage était fini. Il était temps de rentrer.

Je me retournai.

Et me retrouvai nez à nez avec le canon d'un pistolet. Dans son prolongement, Heiko.

« *Buen Camino*, monsieur l'avocat ! s'exclama-t-il avec un sourire satisfait, son arme braquée sur mon visage médusé.

– Quoi... ? Comment tu m'as... ?

– Trouvé ? Alors que tu me fuis depuis Compostelle, comme une poule apeurée ? Tu as un *tracker* dans le sac.

– Un quoi ?

– Un traceur GPS. Je savais que tu irais chercher ta *Credencial* à l'Office des pèlerins. Les gens comme toi font ça. C'est là que je t'ai eu. J'étais juste derrière toi dans la file d'attente et j'ai glissé le mouchard dans la poche extérieure droite de ton sac. Te tuer là-bas aurait causé trop d'agitation. On est bien mieux ici. »

Ma première réaction fut la colère. Contre moi-même. Tandis que je me gargarisais de ma philosophie de la déconnexion, n'importe quel crétin pouvait me coller un traceur dans le dos ? Si je sortais vivant de ce guêpier, je devrais vraiment accorder plus d'attention aux nouvelles technologies.

Ma deuxième réaction fut de me dire : « Du calme. »

Heiko, complètement surexcité, parlait vite, sans point ni virgule.

Dans un troisième temps, je remarquai que je ne ressentais aucune peur. Même ma colère avait disparu.

Heiko était tout simplement ridicule. Dire que ce petit bonhomme aux lunettes rondes m'avait suivi jusqu'au bout du monde pour me tuer. Mais pourquoi au juste ?

« C'est quoi ton problème à la fin ? lui demandai-je. Tu m'en veux parce que Katharina n'a pas encore accepté ta demande en mariage ?

– Moi ? Je n'ai pas de problème. Quand tu auras disparu, Katharina me suppliera de l'épouser. Un avenir radieux m'attend. Un avenir que je ne me laisserai pas gâcher par quelqu'un qui vit dans le passé. »

Avoir des soucis avec le passé ne me semblait pas forcément être une raison pour faire l'impasse sur le présent. Mais ce n'était pas moi qui avais une arme en main.

« En quoi est-ce que j'influence ton avenir ?

– Fais pas semblant. Tu me hais. »

J'étais un peu surpris.

« Heiko. De mon point de vue, tu es un imbécile. Mais je ne te hais pas.

– Où est la différence ? » Déjà, Heiko braquait son pistolet un peu plus mollement sur moi.

« Eh bien, si la haine n'est pas une opinion, mon opinion ne peut pas être de la haine, tentai-je d'expliquer.

– Mais ton opinion est fausse.

– C'est justement ce qu'il y a de bien avec les opinions. Par définition, elles ne peuvent pas être fausses. Elles ne sont qu'une façon de voir le monde. Si c'est pour ça que tu pointes une arme sur moi, tu pourrais la ranger maintenant. »

Heiko fit le contraire et redressa son pistolet.

« Tu veux utiliser mon passé contre moi pour me priver d'avenir.

– Je suis désolé de devoir te décevoir. Mais tu m'es bien trop égal pour ça. Toi et moi, on est complètement différents. Et alors ? Pourquoi devrais-je gaspiller mon énergie pour te changer ? Les êtres humains sont différents, c'est ainsi.

– Tous les êtres humains sont égaux. Admets-le. C'est même écrit dans la Constitution ! » hurla Heiko contre le vent.

De nouveau, un point essentiel faisait défaut à cette vérité.

« Non, c'est faux. Il est écrit "Tous les hommes sont égaux *devant la loi*". Cela signifie que nous pouvons être totalement différents et avoir des visions du monde totalement différentes, tout en ayant tous les mêmes droits malgré tout. »

Apparemment, la conversation prenait une tournure trop rationnelle pour Heiko. Il la ramena sur le terrain personnel.

« Tu éloignes Katharina de moi. »

La jalousie quand même, donc.

« Je ne l'éloigne pas de toi. Je ne la pousse simplement pas dans tes bras. Ce n'est pas la même chose. Katharina peut choisir librement de rester avec toi ou non. Étant donné qu'elle n'est pas complètement débile, elle n'aura pas besoin de moi pour te quitter.

– Je vais empêcher ici et maintenant qu'elle fasse le mauvais choix à cause de toi.

– Ah oui, j'avais oublié. C'est toi qui décides ce qui est bien et ce qui est mal. On peut arrêter les conneries maintenant ? Allez, baisse ton arme et on... »

Je fis un pas vers lui. Il tira. Au sol devant moi. Un argument qui m'impressionna.

« La vérité, c'est que tu seras de l'histoire ancienne dans un instant. » Heiko visa mon front. Ses pupilles étaient anormalement grandes.

Je trouvais déjà fort absurde d'être abattu par vaine jalousie. Mais Heiko n'avait probablement même pas besoin d'un motif. Il était défoncé. À l'adrénaline. À la coke. Ivre du sentiment de sa propre importance.

Sachant que j'étais sur le point de me faire tuer, je ne voulais pas gaspiller le peu de temps qu'il me restait à démêler sa logique fruste.

Je voulais vivre. Libre et sans contraintes. J'avais parcouru de nombreux kilomètres pour le comprendre. Je voulais savourer cette prise de conscience aussi longtemps que possible. Chaque seconde de vie supplémentaire était précieuse. En cet instant, je ne pensais pas en termes d'années, de jours ou d'heures mais de secondes. Je pouvais gagner du temps en discutant. Car l'avantage d'un interlocuteur dopé à la cocaïne, c'était son besoin irrépressible de parler.

« Une dernière question : comment tu as fait ? Tu as vraiment envoyé un assassin à mes trousses pour me suivre à la trace pendant quatre semaines ?

– Non. » Heiko baissa légèrement son arme, la pointant sur mon cœur. C'était un début. « À l'origine, je voulais régler ça rapidement. Grâce à Katharina, je savais que tu dormirais à Orisson le premier soir.

– Tu as donc tiré sur moi quand j'étais sur la terrasse.

– En effet. Je m'étais caché dans le bosquet derrière l'auberge. C'était un tir d'essai. Raté, malheureusement.

– Pourquoi ne pas avoir tiré une seconde fois ?

– Le projectile a déformé le silencieux. Un coup de chicane. Et j'ai trouvé l'endroit un peu trop animé pour m'en passer.

– Du coup, tu m'as guetté le jour suivant pour retenter ta chance sans silencieux.

– J'étais sûr de t'avoir au col d'Ibañeta.

– Mais non. Tu as tué Roland. »

Heiko haussa les épaules. « Si tu le dis… Je ne pouvais pas savoir que tu échangerais ton sac à dos avec lui. »

Du Heiko tout craché. Une fois de plus, un autre était responsable de ses erreurs. Ce n'était pas Heiko qui avait touché la mauvaise cible. La cible avait porté le mauvais sac à dos.

La colère monta en moi. Heiko avait beau être en possession d'une arme, moi, j'avais mes mots.

« Et après ton deuxième tir manqué en deux jours, tu as compris que tu n'avais pas les compétences requises pour mettre ton plan à exécution. Tu as donc abandonné ton arme avant de te sauver et de charger quelqu'un d'autre de faire le boulot à ta place.

– Par Katharina, je savais toujours où tu serais et quand. Il suffisait d'y envoyer quelqu'un.

– Tu as engagé qui ? Un des superhéros de ton équipe ? »

Le fait de se faire attaquer verbalement alors même qu'il avait un pistolet en main semblait l'avoir désarçonné.

« Je… c'est que… j'ai des contacts.

– En tant que petit dealer ? Tu joues pas dans la même cour que des tueurs professionnels !

– Je connais des gens qui connaissent des gens. Tu n'imagines pas tout ce qui s'achète sur le Darknet.

– Tout le monde peut se trouver un abruti sur Internet, formidable ! Qu'on cherche un partenaire sur une application de rencontre ou un assassin sur le Darknet. »

Même pour Heiko, ça commençait à bien faire.

« Je veux que tu sautes maintenant. »

Du canon, il désigna le précipice derrière moi. Moins de cinquante centimètres me séparaient du bord de la falaise.

« Pourquoi je ferais ça ?

– Tu ne serais pas le premier pèlerin à faire un pas de trop à la fin du chemin.

– Aucune chance, dis-je. Tu vas devoir me tirer une balle. Ensuite, mon cadavre aura un trou. Ce qui suscitera des questions.

– En un seul jour, le ressac jettera ton cadavre tant de fois contre la falaise qu'aucun os n'y résistera et que personne ne posera de questions. »

Je refusais malgré tout de sauter ou d'être forcé à le faire.

« Une dernière chose. Comment tu as fait pour la fontaine à vin ? »

Heiko fut heureux que quelqu'un fasse semblant de s'intéresser à son travail.

« Quand j'ai su que tu irais à la fontaine, le Chi... je veux dire... mon collègue a proposé d'utiliser de l'atropine. La toxine contenue dans la belladone. Je ne pouvais pas me douter que cette grosse femme boirait à ta gourde. Le poison t'aurait tué toi aussi.

– Celui que tu as testé sur les lapins de ma fille ? »

Je m'efforçais toujours de gagner du temps.

Le chemin ne vous donne pas ce que vous voulez mais ce dont vous avez besoin.

Je voulais que le ciel s'ouvre et que la foudre s'abatte sur Heiko, le fendant en deux. Mais ce dernier, loin d'être touché par le moindre éclair de lucidité, continuait à déblatérer ses bêtises.

« Je voulais vérifier son efficacité tout en me débarrassant d'un autre problème. De toute façon, personne n'avait besoin de ces stupides bestioles. Ta sale gosse et ses saletés de lapins m'ont... »

En cet instant, le chemin m'offrit ce dont j'avais besoin.

Un déjà-vu.

De nouveau, une tête explosa en un nuage rose.

Seulement cette fois, ce n'était pas celle de Roland mais celle de Heiko.

Ce qui venait d'insulter mon enfant s'était évaporé. Le corps qui se trouvait en dessous tomba en avant, comme un sac mouillé. Si sa tête avait encore été reconnaissable, celle-ci aurait été suspendue au-dessus du vide quand Heiko s'écrasa au sol à côté de moi.

Heiko ayant disparu de mon champ de vision, mon regard tomba sur une femme munie d'un fusil, sur une falaise en surplomb à ma gauche : Katharina.

« Personne ne traite ma fille de sale gosse. »

Elle sauta au bas du rocher, se dirigea vers moi et tira une autre balle dans le corps sans vie de son copain. Jamais je n'avais vu Katharina à la fois si furieuse et si contrôlée. Je ne l'avais jamais vue non plus sous une telle dose d'adrénaline.

« Katharina ? Comment... pourquoi tu es... qu'est-ce que tu fais là ?

– J'ai essayé de te joindre mais ton portable était coupé. Peut-être que ta batterie était vide et que tu avais oublié ton chargeur, mais peut-être qu'il t'était arrivé quelque chose... »

Debout à côté du cadavre de son ex-petit copain, Katharina parlait d'un portable déchargé. Une réaction compréhensible, sachant qu'elle venait de tuer un homme pour la première fois.

« À cause de ça, tu m'as suivi jusqu'en Espagne ?

– Après ton dernier appel, je me suis inquiétée. Quand tu m'as dit que tu avais mis quelque chose en dépôt que je devrais récupérer si tu ne rentrais pas. J'avais peur que tu aies rédigé ton testament.

– Et du coup, tu es... ?

– J'ai essayé de t'appeler. Mais ton téléphone était mort.

– J'ai oublié le câble du chargeur dans une auberge. »

Un goéland s'approcha en planant contre le vent et tenta de se poser près du corps de Heiko. Katharina le chassa du canon de sa carabine tout en poursuivant – visiblement en état de choc – son récit.

« J'ai pris mes dispositions et j'ai amené Emily chez ma mère. Hier, je suis allée à Vigo en avion et, de là, j'ai pris un train jusqu'à Saint-Jacques-de-Compostelle. Je suis allée voir les moines en leur disant que je voulais récupérer quelque chose pour Dragan Sergowicz. »

Elle n'avait pas pu avoir ma lettre puisque j'étais allé la chercher le jour précédent.

« On m'a remis une housse de pluie scotchée avec des sparadraps anti-ampoule. En déballant le paquet, les pièces détachées de ce fusil me sont tombées dans les bras. J'ai vu tout de suite que c'était le HK G3 de Heiko.

– Tu savais que ce con avait des armes ?

– Je suis allée à la chasse avec lui. C'est là qu'il m'a tout appris sur son fusil. Comment tirer avec, comment le démonter et le remonter. En voyant la carabine, ça a fait tilt. Heiko et ses allusions au fait que tu ne reviendrais pas. Son départ précipité il y a deux jours parce qu'il devait soi-disant se rendre à un autre de ses congrès.

– Mais… comment tu nous as trouvés, ici, au bout du monde ?

– Après son numéro avec les lapins, j'avais installé en douce une application de suivi de téléphone dans un sous-dossier de son portable. Je voulais être sûre qu'il n'aille pas chez nous en cachette, sans moi. Hier, quand j'ai vu sur l'appli qu'il était en Espagne, j'ai compris son manège. J'ai loué une voiture et l'ai suivi depuis Compostelle. Et me voilà. »

Peut-être que je devrais être plus ouvert aux aspects positifs des outils de localisation. Détox digitale ou pas. Au moins, leurs rayonnements négatifs se neutralisaient mutuellement.

« À point nommé ! »

Je pris Katharina dans mes bras. Elle se laissa faire. Elle était bien trop ébranlée par sa propre détermination pour remarquer mon étreinte.

Tandis que je la tenais toujours, elle regarda le corps inerte de Heiko.

« Qu'est-ce qu'on va faire de lui ?

– On le jette à la mer. Suicide.

– Suicide ? Avec une tête dégommée par derrière ?

– Tu vois un *fact-checkeur* dans le coin pour examiner ça ?

– Non.

– En un jour, le ressac aura jeté son cadavre tant de fois contre la falaise que personne ne posera de questions.

– Comment tu sais ça ?

– Grâce à l'inspiration et à la méditation. »

Katharina et moi nous regardâmes. Nous avions trouvé un accord muet. J'attrapai les jambes de Heiko et mis son corps parallèle à l'à-pic. Katharina et moi glissâmes chacun un pied sous le cadavre, comptâmes jusqu'à trois et le fîmes tomber à l'eau.

« Et ça, on en fait quoi ? » Katharina désigna le fusil.

Je le lui pris et le jetai également par-dessus la falaise.

« Parti aussi.

– OK, dit-elle. Et maintenant ?

– On va retrouver Emily. »

J'aimais cette Katharina sous le choc. Dans cet état, elle coopérait efficacement et sans faire de remarques assassines.

Je la suivis en haut de l'escarpement, sur un sentier qui menait à un parking.

Nous montâmes dans la voiture sans dire un mot et allâmes vers l'est.

Sur la route, nous croisâmes un seul pèlerin.

Un Asiatique. Avec un sac à dos. Et un étui à guitare.

Par habitude, j'allais noter dans un coin de ma tête une remarque pour mon journal. Mais son dernier chapitre était déjà clos. Peut-être que je pourrais utiliser la révélation qui venait de me traverser l'esprit dans un autre journal :

Rien n'est plus beau que de tomber en toute amitié sur son ex-femme au bout du monde.

Si elle a un fusil chargé dans les mains.

Et parfois, un Chinois avec un étui à guitare n'est en effet rien d'autre qu'un Chinois avec un étui à guitare.

REMERCIEMENTS

Écrire un roman, c'est un peu comme faire un pèlerinage. On a un objectif extérieur clairement défini. Le temps pour y parvenir est limité. Le voyage demande une certaine organisation et, en chemin, on atteint un objectif intérieur. J'ai beaucoup appris sur moi-même.

Je remercie tous ceux qui m'ont permis d'entreprendre ce voyage.

Parmi eux, il y a d'abord vous, mes lecteurs. Le succès de mes deux premiers romans a été le point de départ du troisième.

Par conséquent, ma reconnaissance va également à tous les libraires qui ont mis mes livres entre les mains de leurs clients.

Merci aux personnes de mon entourage de m'avoir laissé partir en pèlerinage avec Björn Diemel.

Merci à mon agent, Marcel Hartges. D'une part pour tout. D'autre part, et en toute franchise, pour son regard critique à la fois ouvert, honnête et constructif.

Merci à tous les collaborateurs des éditions Heyne et notamment à Oskar Rauch pour son accompagnement optimal.

Merci à Heiko Arntz pour son enrichissant travail de relecture.

Sans oublier saint Jacques que je remercie d'avoir fait l'effort de sortir de sa tombe après tant de siècles passés au repos. Ou tout du moins – si l'on en croit Martin Luther – celui qui a mis les os de chien dans le cercueil.

Bien à vous,
Karsten Dusse

#lisez engagé !
www.lisez.com
Pour plus d'information :
Imprimé sur du papier issu de forêts gérées durablement.

Achevé d'imprimer en octobre 2023
par Normandie Roto Impression s.a.s. à Lonrai
N° d'impression : 2304096

Imprimé en France